AF218117

LAS FLORES DEL MAL

LA FANFARLO

DEL VINO Y EL HACHÍS

CHARLES BAUDELAIRE

Títulos: Las flores del mal / La Fanfarlo / Del vino y el hachís
Títulos originales: *Les fleurs du mal / La Fanfarlo / Du vin et du haschisch*
Autor: Charles Baudelaire

© Edimat Libros, SA
C/ Primavera, 10, nave 35
28500 Arganda del Rey
Madrid-España
www.edimat.es

Traducción y estudio preliminar: Enrique López Castellón
Diseño e ilustraciones de cubierta: Karakachoff estudio

ISBN: 978-84-9794-678-0
Depósito Legal: M-7468-2025

Impreso en España - *Printed in Spain*

LAS FLORES DEL MAL

ESTUDIO PRELIMINAR

BAUDELAIRE O LA DOLOROSA COMPLEJIDAD DE LA MORAL

La divinidad no se está tranquila, sino que sus potencias obran sin tregua y luchan amorosamente, se mueven y combaten, como sucede con dos criaturas que juegan amándose una a otra y se abrazan y se estrechan; a veces una es vencida, a veces la otra, pero el vencedor se detiene enseguida y deja que la otra vuelva a su juego.

JAKOB BOEHME.

EL HOMBRE, SER DESGARRADO

Lo primero que observa en los escritos de Baudelaire quien se acerca a ellos con apasionada receptividad es una situación de desgarramiento. La experiencia que el autor tiene de la condición humana se plasma en la constatación de que somos naturalezas urgidas por instancias no sólo diferentes, sino contrapuestas. Si admitimos que *Mi corazón al desnudo* es el libro más sincero de Baudelaire, podemos partir de lo que allí se dice: «Existen en todo hombre, y a todas horas, dos postulaciones simultáneas: una hacia Dios y otra hacia Satán. La invocación a Dios, o espiritualidad, es un deseo de ascender de grado; la de Satán, o animalidad, es un gozo de rebajarse»[1].

[1] *Mi corazón al desnudo y otros papeles íntimos,* Colección Visor de Poesía, Madrid, 1983, p. 47. En uno de los proyectos de prefacios para *Las flores del mal* especifica Baudelaire: «Resulta más difícil amar a Dios que creer en Él. Por el contrario, para la gente de este siglo, es más difícil creer en el diablo que amarlo. Todo el mundo lo siente y nadie cree en él. Sublime sutileza del diablo». (Los esbozos de estos prefacios han sido recogidos por C. GONZÁLEZ RUANO, en *Baudelaire,* Espasa-Calpe, Colección Austral, Madrid, 1958, pp. 236-240).

El hombre, ser desquiciado por antonomasia, se halla sumido en una tesitura que le impele en todo momento tanto al angelismo como al bestialismo. Su esencia se reduce a este doloroso desgarramiento. «Dividido entre el deseo de elevarse hasta la contemplación de "los tronos y las dominaciones" —señala Marcel Raymond[2]— y la necesidad de saborear los zumos espesos del pecado, alternativamente y a veces simultáneamente atraído y rechazado por los extremos —ya que el amor atrae al odio y se nutre de él—, el hombre, presa de esa cruel ambivalencia afectiva, acaba por inmovilizarse».

No se trata —perdóneseme la insistencia— de que el hombre sea una naturaleza intermedia entre la bestia y el ángel, un escalón en la escala jerárquica de los seres, que participaría de las características de su inmediato superior y de su inmediato inferior, sino de «la interferencia de los movimiento opuestos, pero igualmente centrífugos, de los cuales uno se dirige hacia arriba y el otro hacia abajo»[3]. La llamada del mal nos es tan consustancial como el tirón imperioso que nos lleva a las alturas de los goces más excelsos. No es execrable ni incomprensible —podría decirnos Baudelaire— que los bíblicos hijos de Israel añoraran las cebollas y los ajos de Egipto, aun después de haber saboreado el maná. He aquí la tensa complejidad del alma humana que confiere un poder de irradiación a los escritos de nuestro autor, lo que hace que *Las flores del mal* no sea un libro apropiado para «el ingenuo hombre de bien», es decir, para quien no es capaz de captar el poder irresistible del mal, que atenaza nuestra voluntad con el señuelo de sus placeres efímeros.

Para Baudelaire, las exigencias morales no se confunden con imperativos abstractos, racionales y universales. El bien son los dictámenes despóticos o autoritarios que emiten los seres superiores al sujeto moral. Desde esta perspectiva poco importa que

---

[2] *De Baudelaire al surrealismo,* Fondo de Cultura Económica, México, 1960, p. 14.

[3] J. P. SARTRE. *Baudelaire,* Alianza, Madrid, 1984, p. 26.

el poeta creyera o no en la existencia de Dios[4]. La obligación moral se identifica en él con la necesidad de ser mandado, castigado o querido. El siempre niño Baudelaire se sentirá continuamente responsable ante la mirada autoritaria de su padrastro y ante los ojos amorosamente recriminatorios de su madre. Su desorientación y su carencia de afecto —real o imaginaria— le impiden apreciar la posible racionalidad del deber moral y descubrir por sí solo en qué consiste la virtud. Por decirlo en un sentido kantiano, la moral de Baudelaire es siempre heterónoma. Sartre está en lo cierto cuando, comentando este aspecto del poeta, determina: «Revelada por los profetas, inculcada a la fuerza con el látigo de los sacerdotes y de los ministros, esa virtud posee como principal característica ser inalcanzable al poder de los individuos»[5].

Se trata, en suma, de una moral ajena a toda especulación racional, de una moral rígida, convencional, marcada por el inalterable jerarquicismo que configura las relaciones interpersonales, y sustentada, a su vez, por quienes se sienten débiles, desamparados y urgidos por una irrefrenable necesidad de protección. Baudelaire odia esa moral, como odia a las personas que la encarnan, pero en ningún momento cuestionará la legitimidad de sus exigencias. De ahí la intensa ambivalencia (aceptación y rechazo) que impregna sus sentimientos morales. Por un lado, la moral forma parte del paraíso infantil, es un refugio contra la soledad y contra la falta de cariño. Someterse a ella es prestar adoración a los ídolos que le protegen, encontrar en el carácter eterno de sus leyes un contrapeso a la fragilidad que intensifica el transcurrir del tiempo, vislumbrar la posibilidad de conferir un sentido al dolor, pues, según esta lógica, quien sufre es porque lo ha merecido. En sus escritos íntimos, la sujeción a la moral tiene que ver con la vida ordenada, con la higiene y la limpieza, con la realización de un programa de trabajo, con la paz familiar y ho-

[4] En *Mi corazón al desnudo,* leemos: «Aun cuando no existiera Dios, la religión continuaría siendo *Santa* y *Divina.* Dios es el único ser que, para reinar, no tiene necesidad de existir» (p. 15). Más adelante añade: «Nada existe sin fin. Luego mi existencia tiene un fin. ¿Cuál? Lo ignoro. Por lo tanto no soy yo quien lo ha determinado. Es alguien, pues, más sabio que yo. Y por eso hay que rezarle a ese alguien, para que me ilumine. Tal es la posición más sensata» (p. 40).

[5] *Mi corazón al desnudo,* p. 33.

gareña, con la supresión de todo excitante, con una alimentación sana, con la sobriedad y la castidad, con la oración confiada que se dirige a Dios[6]. Por otro lado, el rechazo de esa moral permite a Baudelaire atraer sobre él la atención de los otros. Quien juzga y quien condena concede importancia al pecador, viéndose obligado a fijar sus ojos en él y en su delito. El grado de atención suscitada en los otros guardará relación con la mayor o menor magnitud de la falta cometida. Los desplantes y las amenazas de Baudelaire han de ser entendidos desde su intenso deseo de que se interesen por él, de que se le tenga en cuenta. Por eso, en la carta que escribe a su madre en mayo de 1862, le dice: «¿No crees que, si yo quisiera, podría arruinarte y sumir tu vejez en la miseria? ¿No sabes que tengo bastante astucia y elocuencia para hacerlo?».

Estamos ya ante el otro polo de la tensión: la atracción hacia el mal. Baudelaire está muy lejos de suscribir la afirmación de Sócrates en el *Gorgias* platónico según la cual «queremos lo que es bueno, pero no queremos ni lo que es neutro o indiferente, ni lo que es malo», llega por esta vía a la conclusión de que «nadie comete voluntariamente injusticia y que, al contrario, todos los que obran injustamente proceden en contra de su voluntad»[7]. También se sitúa el poeta en los antípodas de quienes, como Freud, combatieron el sentimiento de culpabilidad en nombre de la vida fuerte o de la sanidad mental. Si tiene razón Paul Claudel al afirmar que «el remordimiento es la única pasión que el siglo XIX sintió con sinceridad»[8], cabría apostillar que Baudalaire es el exponente más claro de semejante sensibilidad. Efectivamente, Baudelaire se siente culpable. Aun más, considera que es imposible ahogar el remordimiento[9], que puede roernos incluso después de la muerte[10]. Sin duda que la intensidad del remordimiento está en relación directa con el carácter irreparable de la falta cometida. Pero la situación de nuestro autor es más com-

---

[6] Es interesante ver, para este punto, el plan de vida esbozado por Baudelaire en *Mi corazón al desnudo*, pp. 83-87.

[7] PLATÓN, *Gorgias*, 468 c y 509 e. También en *Leyes*, 731 c y 860 d.

[8] Recogido por GONZÁLEZ-RUANO, *loc. cit.*, p. 127.

[9] Poema 59 de *Las flores del mal*: «Lo irreparable».

[10] Poema 36 de *Las flores del mal*: «Remordimiento póstumo».

pleja. No busca disculpas para su transgresión. Prefiere suponer que fue plenamente libre y lúcido en el momento de cometer la falta y acariciar la perspectiva de saborear las delicias del castigo y del perdón. Con otras palabras, Baudelaire busca en la realización del mal el intento de afirmar su singularidad y su rebeldía, e inmediatamente esta necesidad se ve reforzada por su deseo de ser castigado y de obtener perdón. Hay, qué duda cabe, una inquietante tendencia al masoquismo en esta urgencia punitiva, pues quien es castigado puede ver en el que le castiga a un ser que le ama o al menos que se interesa por sus actos. El sadismo y el masoquismo impregnan sutilmente las relaciones amorosas entre los individuos, apuntalan el complejo entramado de esta moral de indudable matiz católico eclesial y le otorgan su inconfundible sabor agridulce. Sólo la realización del mal —ese mal que tiene que ver con la vida desordenada y artificialmente excitada, con el hacer el coito sin amor, con la relación homosexual, con la sordidez y la ausencia de esfuerzo puede poner en marcha el proceso que conduce al castigo y al perdón, suscitando esta manifestación agresiva del amor. Ello explica que Baudelaire aumente la gravedad de sus faltas y que hasta se acuse de transgresiones imaginarias.

Tal es uno de los aspectos funcionales que reviste el remordimiento. Otro es la posibilidad que ofrece de dar una explicación al dolor. Si sufro, es porque soy culpable, parece razonar Baudelaire. El remordimiento, que es fuente de dolor, ejerce así un efecto lenitivo. Al menos ayuda a hacer soportable el sufrimiento. Y Baudelaire, naturaleza psicológicamente frágil, es un hombre atormentado. Al igual que Nietzsche, cree que el individuo moderno es un ser más sensible al dolor que el individuo de la antigüedad. Este sufrimiento es más espiritual, más refinado, más sutil, y por ello mismo infinitamente agudo e hiriente. El dolor del individuo moderno es consecuencia de la radical insatisfacción de sus deseos. Nada en esta tierra puede serenarle, porque no se posa en tierra alguna. Sus ansias de ir más allá le impiden disfrutar del placer que llega por fin a sus manos. Por si fuera poco, «el gozo da fuerzas al deseo», le impele a buscar nuevos objetivos sin comprender que «el fin es móvil» y que, «no estando en parte alguna, puede hallarse en cualquiera»[11].

Si el dolor es insuperable, también lo será el mal que lo provoca. Y el mal, como el bien, está igualmente personificado. Es Satán, el radicalmente culpable y vencido por el poder de Dios, el ser que es la esencia de la rebeldía y de la autoafirmación, aquél con quien el poeta se siente identificado en su intimidad, aquél a quien reza desde su más honda desesperación. Walter Benjamin subraya que este Lucifer de Baudelaire «es distinto del intrigante infernal al que los poetas llaman con el nombre de "Satán Trimégiste", de demonio»[12]. Su fuerza radica en el orgullo al que se aferra la víctima para proclamar la dignidad de su caída. En último término, representa el complemento de Dios, con quien formaría un solo ser si el universo entero no se viera desgarrado por la tensión de un dualismo absoluto. Dios necesita a Satán para mostrar su poder. Satán precisa de Dios para autoafirmarse frente a él, para que realice su sublime victimación. Pero los dos despiertan en el hombre idénticos sentimientos ambivalentes de temor y de veneración. Elegir a Satán no es romper el juego de la religión, pues éste pertenece a la misma escenografía bíblica que Dios y anuncia su presencia sobrehumana con los mismos relámpagos y truenos. Si Baudelaire reza a Satán es para concitar las iras de quienes siguen a Dios, para afirmar su individualidad única e irrepetible frente al Ser Supremo, que es patrimonio común de los mortales. Pues, como pregunta Sartre, «¿quién es en el fondo Satán sino el símbolo de los niños desobedientes y enfurruñados que piden a la mirada paterna que los paralice en su esencia singular y hacen el mal en el marco del bien para afirmar su singularidad y lograr su consagración?»[13]. Apelar a su condición de hijo de Dios está al alcance de cualquier hombre. Por eso, afirmar la diferencia y la singularidad exige la elección de Satán, el que es castigado por sus ansias de elevación, el patrono de los desterrados y de los malditos, el sabedor del lugar donde se

---

[11] Poema 149 de *Las flores del mal:* «El viaje».

[12] W. BENJAMIN, *Iluminaciones 2 (Baudelaire),* Taurus, Madrid, 1972, p. 35.

[13] SARTRE, *loc. cit.,* p. 65.

encuentran los tesoros ocultos, el conocedor de los enigmas que la ciencia se empeña en descifrar.

Paralelamente, el Dios de Baudelaire no es el Cristo evangélico, no es Amor. El poeta comprende la rebelión de san Pedro contra el Jesús manso y humilde, y se suma a ella con convicción[14]. El Dios que se concibe aquí es, por el contrario, el Dios del Antiguo Testamento, el Dios del Sinaí, el juez de vivos y muertos que nos presenta el Apocalipsis, el que aniquila ciudades pecadoras, aquél cuyo poder es tanto mayor cuanto más grande es la necesidad de protección y de cobijo que sienten sus criaturas. La urgencia de creer en Él depende de la imagen que tengamos de nosotros mismos. El fuerte y seguro de sí no precisará de la creencia. Pero en esos instantes de abatimiento que acarrea el deterioro de la propia estimación, el desgraciado se volverá a Dios para implorarle la fortaleza que le falta.

¡Ah, Señor!, ¡dame fuerza y coraje para
contemplar sin repugnancia mi corazón y mi cuerpo![15]

Tal es el drama del hombre, un drama sin duda de proporciones cósmicas, pero que germina y se desarrolla en la extrema y dolorosa complejidad de su alma. Juego de fortalezas y debilidades, de sumisiones y rebeldías, de excesos que provocan enfermedades, de placeres que despiertan inexorables castigos. He aquí la esencia del desgarramiento de Baudelaire.

LA MUJER, ANIMAL O ÁNGEL

La imagen que el poeta tiene de la mujer guarda una relación íntima con este doloroso desgarramiento. Efectivamente, «la eterna Venus (capricho, histeria, fantasía) es una de las formas seductoras del Diablo»[16]. En cuanto naturaleza en estado puro, la mujer animaliza, arrastra al hombre al abismo de la brutalidad, ahoga su inteligencia y sus ansias de elevación. La tendencia irresistible a la mujer que es objeto de voluptuosidades constituye una mani-

---

[14] Véase el poema 141 de *Las flores del mal:* «La negación de san Pedro».

[15] Final del poema 139 de *Las flores del mal:* «Un viaje a Citera».

[16] *Mi corazón al desnudo,* p. 60.

festación de la inclinación del hombre a ese mal que le priva de voluntad, que anula todo posible esfuerzo. Huelga decir que, para Baudelaire, Jeanne Duval supuso la personificación de este ser que se agota en su más absoluta animalidad y cuya fortaleza reside en su ausencia de complejidad, en encarnar exclusivamente uno de los polos de la tensión del hombre. Creo que a esta simplicidad de la mujer se debe el sentimiento de ambivalencia que el autor experimenta hacia ella. A un tiempo, es objeto de su amor y de su odio, pero de cualquier forma se encuentra encadenado a ella por vínculos indestructibles. Idolatra su ausencia de tensión, la inexistencia de un conflicto interno, pero la odia y agrede por cuanto le amputa la inclinación más elevada de sí mismo. Estas son las consideraciones de Baudelaire: «Hay gentes que se ruborizan de haber amado a una mujer el día en que se dan cuenta de que ella es idiota. No son sino sabihondos vanidosos, hechos para pacer los cardos más impuros de la creación o para ramonear los favores de unas medias azules. La tontería es a menudo el ornamento de la belleza; es ella quien da a los ojos esa limpidez tranquila de los estanques negruzcos y esa calma aceitosa de los mares tropicales. La idiotez es siempre la conservadora de la belleza; aleja las arrugas, es un cosmético divino que preserva a nuestros ídolos de los mordiscos que el pensamiento nos reserva a nosotros, ¡viles sabios que somos!»[17].

Por otro lado, la mujer es también el ángel que en el poema 50 de *Las flores del mal* se eleva con el sol del alba por encima de los restos fumosos de la estúpida orgía vivida la velada anterior. En este segundo caso, la «Venus blanca» —madame Sabatier— concreta en su encanto inaccesible al tacto el otro platillo de la balanza: el ideal que purifica y exalta, aunque privando ahora al poeta del éxtasis de la malsana voluptuosidad. Su belleza, como diría Stendhal, consiste en que es «una promesa de felicidad», un goce presentido, vislumbrado desde la soledad idealizadora del hombre y que, en consecuencia, puede revestirse de todas las gra-

---

[17] *Sección de máximas consoladoras sobre el amor:* «Le Corsaire-Satán», 1846. Recogido por R. HERVÁS en «Baudelaire», incluido en la edición de *Las flores del mal,* Ediciones 29, Libros Río Nuevo, Barcelona, 1974, p. 15.

cias que la imaginación sea capaz de concebir. El ángel femenino es belleza, paz, norte y salvación.

La división radical de las mujeres en ángeles o bestias representa una dramática muestra de la escisión moral que existe entre el bien y el mal, y este dualismo ético es a su vez causante de la imposibilidad de una comunicación humana auténtica y sincera que equilibre y apacigüe al individuo. ¿Es preciso añadir que la visión que Baudelaire tiene del hombre está profundamente condicionada por su masculinidad?

Por otro lado, no resulta desencaminado afirmar que la identificación que se hace aquí del mal con el contacto sexual y del bien con la idealización de la relación absolutamente casta y espiritual remite por necesidad a la educación católica que Baudelaire habría podido recibir durante sus años de internado. Está fuera de toda duda que, para el poeta, hacer el amor es por excelencia lo prohibido y que el mal monopoliza todo deleite sexual. La expresión clara y precisa de esta postura la hallamos en *Mi corazón al desnudo,* donde el autor afirma que «la voluptuosidad única y suprema del amor radica en la certidumbre de hacer el *mal,* y que tanto la mujer como el hombre saben de nacimiento que en el mal se encuentra toda voluptuosidad»[18]. Posiblemente estemos ante uno de los numerosos ejemplos en los que la condena moral esconde una incapacidad para mantener relaciones sexuales placenteras y maduras. De hecho, no han faltado biógrafos que han defendido que Baudelaire era impotente y que sus actividades en el terreno sexual se reducían al voyeurismo y a la masturbación. Sartre, por ejemplo, ha escrito de Baudelaire que «el acto sexual propiamente dicho le inspira horror porque es natural y brutal y porque es, en el fondo, una comunicación con el Otro: "Copular es aspirar a entrar en otro, y el artista no sale jamás de sí mismo". Pero existen placeres a distancia: ver, palpar, respirar la carne de la mujer. Sin duda alguna, son los que se concedía. Era mirón y fetichista precisamente porque estos vicios alivian la voluptuosidad, porque realizan la posesión desde lejos, simbólicamente

[18] *Loc. cit.,* p. 18.

por así decirlo»[19]. Poco puede añadirse a esto como no sea para subrayar la incapacidad de Baudelaire respecto a toda forma de relación humana (nunca disfrutó de la amistad absolutamente sincera) y su ya señalada tendencia a reducir toda forma de pecado al terreno del erotismo. El amor le horroriza a la vez que le seduce, y, para él, esta mezcla de terror y fascinación significa el sentimiento más poderoso que invade al hombre en el momento de la transgresión moral.

El otro aspecto de referencia obligada a la hora de explicar la compleja sensibilidad del artista lo constituye su drama familiar. Pese a su corta edad —o quizá precisamente por ello—, Baudelaire vivió traumáticamente el segundo matrimonio de su madre y el alejamiento temporal del domicilio familiar. La estancia en los internados debió de suponer una honda represión afectiva en la delicada psicología del futuro poeta hasta el punto de anclarle en un estadio infantil no superado en sus cuarenta y seis años de existencia. A partir de este momento se sintió de más en el mundo y recurrió alternativamente a toda una serie de conductas histéricas con el objeto de llamar la atención o a encerrarse en la más insuperable y dolorosa soledad. «Sentimiento de *soledad* desde mi infancia —escribe en *Mi corazón al desnudo*[20]—. A pesar de la familia —y rodeado de camaradas, sobre todo— sentimiento de destino eternamente solitario».

Ante esta desgarradora experiencia, Baudelaire reaccionó de dos maneras: sublimando la soledad, considerando que era el estado propio del genio y del elegido, a diferencia del hombre vulgar que busca la vida en pareja, y tratando de ver en toda mujer a la madre cuyo cariño ansiaba. Huelga decir que este mantenido empeño de amar en una misma mujer a la madre y a la amante generó el doloroso distanciamiento y la profunda insatisfacción que se traducen en los numerosos poemas de *Las flores del mal* dedicados a Jeanne Duval, a madame Sabatier o a Marie Daubrun.

---

[19] SARTRE, *loc. cit.*, p. 51.

[20] *Loc. cit.*, p. 44. Es aquí aconsejable la lectura del poema en prosa XXIII, «La soledad», incluido en *El spleen de París,* de BAUDELAIRE, Fontamara, Barcelona, 1981, pp. 70-71.

No es preciso recurrir al psicoanálisis para hacer constar que Baudelaire vio siempre en su padrastro al poderoso rival que le robaba el cariño de su madre, a la que nunca perdonó la «traición» de sus segundas nupcias. La lectura de la correspondencia epistolar que Baudelaire mantuvo con ella a lo largo de su vida se convierte en un testimonio inapreciable para el conocimiento de la psicología del autor. Sus sentimientos hacia su madre oscilan entre el amor apasionado y exclusivista, la nostalgia de los recuerdos infantiles, el ansia de experimentar el peso de su autoridad, el remordimiento ante ella, la necesidad de protección y cobijo, el miedo y la ansiedad, y hasta la altanería y el desplante. Estamos, en resumidas cuentas, ante una relación compleja y equívoca, no exenta de ribetes obsesivos.

¿Puede explicar esta oscura relación con su madre la incapacidad de Baudelaire para unir el sexo y el afecto, su afición por el amor comprado, su gusto y su horror hacia la prostitución? Arnold Hauser aventura una interpretación de este punto, que vale la pena conocer: «La simpatía por la prostituta, que los decadentes comparten con los románticos y en la que Baudelaire es intermediario, expresa la relación vedada y culpable con el amor. Desde luego, es sobre todo la expresión de la rebelión contra la sociedad burguesa y la moral basada en la familia burguesa. La prostituta es la desarraigada y la proscrita, la rebelde que se rebela no sólo contra la forma institucional burguesa del amor, sino también contra la "natural" forma espiritual. Destruye no sólo la organización moral y social del sentimiento, sino también las bases mismas del sentimiento. Es fría en medio de las tormentas de la pasión, es y se mantiene espectadora por encima de la lujuria que despierta, se siente solitaria y apática cuando otros están arrebatados y embriagados; es, en suma, el doble femenino del artista. De esta comunidad de sentimientos y destino surge la comprensión que los artistas decadentes tienen por ella. Ellos saben bien cómo ellas se prostituyen, cómo vencen sus más sagrados sentimientos y qué baratos venden sus secretos»[21].

---

[21] *Historia social de la literatura y el arte,* vol. 3, Labor, Barcelona, 1980, p. 219.

Estas palabras de Hauser son ciertas, pero sólo explican un aspecto de esta inclinación oscura de Baudelaire: su relación con la prostituta como acto de rebeldía —condenar la moral burguesa abrazando lo que ésta rechaza— y la identificación del artista con la ramera en la medida en que también aquél acepta monedas contantes y sonantes a cambio de la confesión pública de sus secretos más íntimos[22]. Sin embargo, quedaría sin explicar la actitud menesterosa de Baudelaire que le impele a mendigar el cariño de la mujer comprada y a sublimar el hecho mismo de la prostitución. Y es que, para él, amar es salir de uno mismo, negar nuestra singular individualidad, tomar partido por la generalidad y la indiscriminación, entregarse a todos. «El amor es el gusto por la prostitución. No existe placer noble que no pueda ser referido a la prostitución». Por eso, el arte es prostitución, y «el ser más prostituido —llega a decir Baudelaire guiado por una lógica implacable— es el ser por excelencia, es decir, Dios, supuesto que es el amigo supremo para cada individuo, ya que es el receptáculo común, inagotable del amor»[23].

Dios frente a Satán. Estamos otra vez ante la tensión antedicha cuyos dos polos son el bien y el mal, que en este plano se traducen en la contraposición entre el afecto espiritual y generalizado (la mujer-madre-ángel) y la voluptuosidad posesora y animal (la mujer-amante-bestia). Esta última es la encarnación de Satán, pues animaliza y degrada, lo cual no quiere decir que su voluptuosidad no atraiga irresistiblemente al débil intelectual, al refinado artista. Más aún, todo parece indicar que la fuerza del mal es mucho más poderosa que la atracción del bien, consecuencia fácilmente explicable cuando se identifica la inclinación al mal con la urgencia sexual. Un perfume «cargado de indo-

---

[22] Véase el poema «Al lector», en *Las flores del mal.* W. BENJAMIN ha recogido este aspecto en el *loc. cit.*, p. 47, donde reproduce unos versos pertenecientes a uno de los primeros poemas de Baudelaire, no incluido en *Las flores del mal.* Su traducción podría ser:

Para tener zapatos ella ha vendido su alma;
mas el buen Dios se reiría si, cerca de esta infame,
presumiera de tartufo e imitara la altanería,
yo que vendo mi pensamiento y que quiero ser autor.

[23] *Mi corazón al desnudo,* pp. 15 y 59.

lencia» es capaz de encadenar todas las potencias del poeta y de «cambiar su alma». Ello es lo que convierte a Baudelaire en un «maldito», que canta el lado «más oscuro» del complicado psiquismo humano, en un adorador de Satán, en un cultivador a su pesar de la relación que degrada y envilece. El permanente tirón de la voluptuosidad se convierte, así, en el causante de la persistencia del remordimiento.

La atracción al bien, a la mujer-ángel, es más débil. En principio, sólo se experimenta como una reacción contra la desorientación y el terror que produce el abismo adonde arrastra la voluptuosidad. Es el cobijo, la calma subsiguiente al castigo y al perdón, que busca el descarriado, tras haber saboreado el fruto prohibido. Por definición, el bien es la negación de todo lo que el mal implica, incluyendo en este caso la eliminación de la voluptuosidad. El autor parece rechazar todo goce carnal con la mujer idealizada, como la mujer-ángel, porque ello supondría una especie de incesto. Esta es la razón de que cuando madame Sabatier accede a entregarle su cuerpo, Baudelaire rechace la posibilidad de convertir a su amada en un ser privado de la dimensión espiritual e inaccesible que le es genuina.

De todo lo expuesto cabe deducir que ninguna mujer concreta podía satisfacer las ansias contrapuestas del poeta, lo que explica el sentimiento ambivalente (amor-odio) que experimenta tanto hacia Jeanne Duval como hacia madame Sabatier. La identificación del deleite sensual con el dolor espiritual se muestra a todas luces como un resultado de la condena moral del erotismo. Y ello le induce al autor a exclamar:

> *¡Maldito sea por siempre el soñador inútil*
> *que por primera vez, en su imbecilidad,*
> *apasionándose por un problema insoluble y estéril*
> *quiso mezclar con las cosas del amor la honestidad!* [24]

¿Acaso no es cierto que la descalificación moral del erotismo, la vinculación placer-castigo, guarda relación con el carácter sadomasoquista que, para Baudelaire, reviste la relación sexual?

---

[24] Poema 132 de *Las flores del mal:* «Mujeres condenadas. Delfina e Hipólita».

El orgullo y la humillación, el papel de verdugo y el de víctima, se entremezclan e intercambian en la compleja relación amorosa. Pierre Poupart Davyl cuenta que estando con Baudelaire en un restaurante presenció cómo se dirigía a una bellísima dama rubia para decirle que le gustaría colgarla de las manos al techo de su habitación con el deseo de besarle los pies arrodillado[25]. Independientemente de la verosimilitud de esta anécdota, hay un largo pasaje de *Mi corazón al desnudo* ilustrador de este punto, cuya extensión no me desanima a transcribirlo: «Creo haber escrito en mis notas, que el amor se asemeja mucho a una tortuga o a una operación quirúrgica. Sin embargo, esta idea admite un desarrollo de la forma más amarga. Aun cuando los amantes estén muy enamorados y muy colmados de recíprocos deseos, uno de ellos se hallará siempre más tranquilo o menos poseído que el otro. Éste, o ésta, es el operador o el verdugo; el otro es el sujeto, la víctima. ¿Escucháis esos suspiros, preludios de una tragedia de deshonor, esos gemidos, esos gritos, esos estertores? ¿Quién no los ha proferido, quién no los ha arrancado, irremisiblemente? ¿Y encontraréis peor el tormento aplicado por escrupulosos esbirros? Esos ojos desorbitados de sonámbulo, esos miembros cuyos músculos saltan y se contraen, como estimulados por una pila galvánica, la embriaguez, el delirio, el opio, en sus más furiosos aspectos, no os proporcionarán, ciertamente, nada tan horrible ni tan curiosos ejemplos. Y el rostro humano que Ovidio creía hecho para reflejar los astros, no habla sino a través de una mueca de loca ferocidad o se aplaca en una especie de muerte. Porque la verdad es que creería estar cometiendo una suerte de sacrilegio aplicando la palabra éxtasis a esta suerte de descomposición. ¡Juego espantoso donde es necesario que uno de los jugadores pierda el gobierno de sí mismo! Cierta vez preguntaron delante de mí en qué radicaba el placer más grande del amor. Uno respondió, naturalmente: en recibir, y otro: en entregarse. Éste decía: ¡placer de orgullo!, y aquél: ¡voluptuosidad de humi-

---

[25] P. POUPART DAVYL, en *Le Figaro,* 15 de agosto de 1880. Recogido por GONZÁLEZ-RUANO, *loc. cit.,* p. 109.

llación! Todos estos asquerosos hablaban como *La imitación de Cristo*»[26].

La relación amorosa y, por extensión, toda relación interpersonal se reducen a un campo de batalla en el que siempre hay vencedores y vencidos, verdugos y víctimas, dominadores y dominados. La estructura fundamental del psiquismo humano se ha mantenido inalterable a lo largo de la historia y, por supuesto, es algo radicalmente distinto del «buen salvaje» de Rousseau. Entre Hobbes y Spengler, Baudelaire escribe: «Nada más absurdo que el progreso, puesto que el hombre, como lo prueban los hechos cotidianos, es siempre semejante e igual al hombre, es decir, se encuentra siempre en estado salvaje. ¿Qué representan los peligros del monte y la pradera, comparados con los choques y conflictos cotidianos de la civilización? Que el hombre abrace a su víctima en el bulevar o alancee a su presa en selvas desconocidas, ¿no es siempre el hombre eterno, es decir, el más perfecto animal de presa?»[27].

La postura de Baudelaire es algo más que un cristianismo desprovisto del amor: es la constatación de la imposibilidad de que el hombre sea capaz de cumplir el mandamiento cristiano del amor. Desde esta perspectiva, el poeta podría decir con el filósofo: «el infierno son los otros».

La moral del dandismo

En medio de esta lucha de todos contra todos importa sumamente la manifestación externa de la superioridad. Como actitud moral, el dandismo cumple una doble misión: social e individual. Socialmente, es el signo externo de una individualidad que se rebela contra la grotesca exaltación de lo burgués, contra el mal gusto de la aristocracia advenediza, contra todo lo que supone la ridícula monarquía de Luis Felipe, con el «ingenuo hombre de bien», regido por esa moral de tenderos que es el utilitarismo. Desde el punto de vista individual, el cuidado y

---

[26] *Loc. cit.*, pp. 17-18.

[27] *Mi corazón al desnudo*, p. 32.

excéntrico atuendo del dandi es máscara y coraza, oculta la intimidad y la protege del peligro que supone la mirada del otro.

En Inglaterra, el dandi (literalmente, «elegante», «refinado») asume en cierto modo el papel que en Francia desempeña el bohemio, con una notable diferencia en cuanto a movilidad social se refiere, que ha sido apuntada por Hauser: el dandi inglés es el intelectual burgués que asciende desde su clase a otra superior, mientras que el bohemio francés es el artista que ha descendido a un nivel proletario. Con todo, la elegancia exagerada y la extravagancia del dandi significarán el «equivalente funcional» de la depravación y la disipación del bohemio. Uno y otro representan la encarnación de la protesta contra la rutina y la trivialidad de la vida burguesa acomodada a unas leyes establecidas que regulan unas existencias grises y mediocres.

Pese a la procedencia del término, es de advertir, sin embargo, que los autores ingleses como Wilde, Whistler y Beardsley, tomaron la filosofía del dandismo de fuentes francesas. Hay que recordar aquí que, para Baudelaire, el dandi supone la unificación de todas las virtudes del *gentleman* que son posibles aún en una sociedad configurada por el rasero igualitario de la mediocridad. En este sentido, el dandi supone la acusación viviente contra el igualitarismo burgués y democrático. Es el tipo capaz de afrontar cualquier situación sin que nada le coja de sorpresa, el que siempre dispone de recursos para no caer en lo vulgar y conservar la sonrisa fría del estoico. En definitiva, el dandismo, según Baudelaire, es la última revelación del heroísmo en una época de decadencia, una puesta de sol, el último rayo del orgullo humano.

El sentimiento primordial del dandi frente al otro es ese *«pathos* de la distancia» del que habla Nietzsche. «¿Os imagináis a un dandi hablando al pueblo como no sea para escarnecerlo? —pregunta Baudelaire—. Monarquía y República basadas en la

democracia son igualmente absurdas y débiles. Salvo el aristocrático no existe gobierno razonable y seguro»[28].

Pese a este componente social, el dandismo no es un movimiento generalizado, sino la expresión de un estado personal, cuyas emanaciones se traslucen al exterior. O, mejor aún, mediante su apariencia ciudadana y elegante, el dandi pretende provocar en sí un sentimiento íntimo de superioridad en virtud de las leyes de la interacción que regulan las relaciones humanas. Triunfo, pues, de la diferencia individual sobre la masificación urbana del París decimonónico, de la apariencia intransferible sobre la odiosa repetición.

Semejante actitud implica un ascetismo, un esfuerzo de superación, de creación y de mantenimiento constante de la imagen original y provocadora. «El dandi debe aspirar a ser sublime sin interrupción: debe vivir y morir ante el espejo»[29]. «Para aquellos que son a la vez sacerdotes y víctimas —explica Baudelaire en otro lugar[30]—, todas las condiciones materiales complicadas a las cuales se someten, desde el atuendo irreprochable a toda hora del día y de la noche hasta las pruebas deportivas más peligrosas, sólo son una gimnasia propia para fortalecer la voluntad y disciplinar el alma».

Sin duda que el aspecto más doloroso de esta ascesis es la frialdad afectiva que exige. Un auténtico dandi ha de ahogar la expresión confidencial, ocultar su dolor y su alegría, rehuir el trato íntimo, y mostrar esa impasibilidad que caracteriza a los

---

[28] *Mi corazón al desnudo,* p. 48. Más expresivo se muestra aun el autor en la larga cita siguiente: «¿Han experimentado ustedes, cuando su oscuridad de paseante les ha metido en una algarada, la misma alegría que yo al ver a un guardián del sueño público —policía o municipal, el verdadero ejército —, maltratar a un republicano? Y como yo, ustedes se habrán dicho en su corazón: "Maltrata, golpea un poco más fuerte, aporrea, aporrea, municipal de mi corazón; porque en ese aporreamiento supremo, yo te adoro, y te juzgo semejante a Júpiter, el gran justiciero. El hombre a quien tú golpeas es un enemigo de las rosas y de los perfumes, un fanático de los utensilios; es un enemigo de Watteau, un enemigo de Rafael, un enemigo encarnizado del lujo, de las bellas artes y de las bellas letras, iconoclasta jurado, ¡verdugo de Venus y de Apolo! Él no quiere trabajar, humilde y anónimo obrero, en las rosas y en los perfumes públicos; quiere ser libre, el ignorante, y es incapaz de fundar un taller de flores y de perfumes nuevos. ¡Aporrea religiosamente los omoplatos del anarquista!"». (Recogido por R. Hervás, *loc. cit.,* p. 17).

[29] *Mi corazón al desnudo,* p. 41.

[30] *El arte romántico: el pintor de la vida moderna.* IV: «El dandy». Recogido por Sartre, *loc. cit.,* p. 87.

seres superiores. Lleva razón Sartre: el dandismo es comparable a la adopción de una Moral. Pero no, como él dice, por su libre posición de valores y obligaciones, sino porque cumple la función falsificadora e interesada que suele ser propia de la utilización de un lenguaje moral. Baudelaire no elige; adopta la actitud pública que le permite paliar su horror a la comunicación con el otro, a manifestar su honda inseguridad respecto a sí mismo, a exponer ante los ojos ajenos su corazón dolorido para recibir la limosna de la compasión que agudizaría el sentimiento de su propia miseria. En lugar de esto, reviste su espantosa soledad con el distanciamiento precavido y prudente, enmascara su sed de cariño con el antifaz de la frialdad y extiende entre él y los demás una tierra de nadie infranqueable para que no puedan ser conocidas las llagas de su alma. Al suscitar a su alrededor una atmósfera de admiración o de terror, robustece la imagen que tiene de sí mismo. En su guardarropa dispone de una serie de disfraces para usar a su antojo a tenor de sus necesidades subjetivas o de las expectativas de su entorno. Pues, según él señala, «el poeta disfruta del privilegio incomparable de poder, a su gusto, ser él mismo o ser otro. Como esas almas errantes en busca de un cuerpo, entra, cuando lo desea, en el personaje de cada cual»[31]. Por otra parte, la poesía que escribió y la actitud moral que adoptó tuvieron, como no podía ser de otro modo, un sentido social, habida cuenta de que respondieron a unas necesidades históricas concretas, cuyas expectativas iban más allá de las posibilidades de elección del poeta[32].

El dandismo supone también un rechazo de lo natural, a lo que se considera abominable y vil, y una afición a lo artificial, al adorno, a lo elaborado. A diferencia de los románticos, Baudelaire odia los campos y los bosques. Su radio de acción y el foco de su interés se circunscriben a la gran ciudad y, preferentemente, al

---

[31] *El spleen de París,* p. 39. En el esbozo de un prefacio posible a *Las flores del mal,* confesó el autor: «Mi gusto diabólicamente apasionado por la estupidez, me ha hecho encontrar muy particulares placeres en los disfraces de la calumnia. Casto como el papel, como el agua sobrio, volcado a la devoción como una comulgante, inofensivo cual víctima, no me disgustaría pasar por un libertino, un borracho, un impío o un asesino». *(Loc. cit. en nota 1).*

[32] Este aspecto ha sido destacado por G. BATAILLE en *La literatura y el mal,* Taurus, Madrid, 1981, p. 49.

interior de sus edificios. «Lo que puede verse bajo el sol —escribe en *El spleen de París*— es siempre menos interesante que lo que ocurre detrás de un cristal. En ese agujero negro o luminoso vive la vida, sueña la vida, sufre la vida»[33]. Cuando le piden que participe en una obra colectiva sobre el bosque de Fontainebleau, Baudelaire rechaza la oferta a la vez que expresa sus preferencias estéticas: «Me pides unos versos sobre la *Naturaleza,* ¿verdad? Bosques, castaños gigantescos, prados, insectos, incluso el sol, ¿no? Lo siento, pero ya sabes que soy incapaz de enternecerme ante los vegetales y mi alma se rebela ante esa nueva religión que siempre tendrá algo de *shocking* ("chocante", "repugnante", "horrible") para alguien realmente *espiritual,* me temo. Nunca creeré que *el alma de los Dioses habite en las plantas,* y aunque allí habitara, me importaría más bien poco, pasando a considerar la mía como mucho más preciosa que la de esas legumbres santificadas»[34]. Realmente, ¿qué pueden importar los árboles y las flores al hombre que, después de abominar de la campiña de Honfleur, dice que prefiere una caja de música a un pájaro y que «el estado perfecto de los frutos de un jardín sólo comienza en la compotera?».

Por supuesto que esta concepción estética de Baudelaire no se da socialmente aislada, sino que enlaza con el cultivo interno del arte que preconizará el impresionismo, en el que la naturaleza incontaminada por la cultura perderá el atractivo que la Ilustración y el romanticismo veían en ella, a favor del culto a la artificiosidad. La espiritualidad está del lado de la cultura ciudadana y de esos paraísos artificiales, cuyo encanto radica no en el hecho de que sean paraísos —que para Baudelaire no lo son—, sino en su carácter artificial, en que supongan una trampa a la naturaleza.

Ha entrado en crisis la identidad rousseauniana entre naturaleza, razón y bondad. Para Baudelaire, lo natural es el mal, ya que éste se realiza sin esfuerzo, espontáneamente; el bien, por el

---

[33] *El spleen de París,* p. 106.

[34] Carta a Desnoyers en 1855, recogida por F. DE AZÚA, en *Conocer Baudelaire y su obra,* Dopesa, Barcelona, 1978, p. 51. Obsérvese que en el poema 121 de *Las flores del mal* Baudelaire elimina «al vegetal irregular» de su paraíso onírico.

contrario, es siempre producto de un arte, es artificial, no natural. Pero entiéndase la cuestión en sus justos términos: lo que se está aquí rechazando no es sino el mal vulgar y sin artificio, y ello no excluye la fascinación que experimenta Baudelaire ante el mal refinado, exquisito, el mal satánico, que exige creatividad y, sobre todo, laboriosidad. Su horror se dirige al carácter abarcador y penetrante de la vida, a su prolífico don, que reproduce interminablemente millones de seres idénticos, carentes de unicidad y de irrepetibilidad. Hay aquí un rechazo de la fertilidad que enlaza con el horror que le suscitan la mujer, siempre dispuesta al coito y a la fecundación, y la simplicidad animal que personifica. Lo dice Baudelaire sin paliativos: «La mujer es lo contrario del dandi. De modo que debe producir horror. La mujer tiene hambre y quiere comer, sed y quiere beber. Se encuentra en celo y quiere ser poseída. ¡Menudo mérito! La mujer es *natural,* es decir, abominable»[35].

Decía antes que el dandismo supone una reacción contra el utilitarismo democrático, liberal y burgués. Consideremos ahora su aspecto más genuino y definitivo, cuestión que nos permitirá conocer uno de los aspectos más ambiguos y contradictorios de la compleja personalidad de Baudelaire.

La elegancia en el vestir, el melindre en las maneras y el rigor mental son sólo la disciplina externa que el dandi se impone en el mundo vulgar del presente. Lo que interesa, realmente, es la íntima superioridad e independencia, la carencia práctica de objetivos y el desinterés por la vida y la acción. El dandi ansía llevar la existencia indolente, voluptuosa y perversa de un gato en una sociedad aristocrática; goza de la independencia limitada de un animal de lujo, ocioso, inútil. Le parece que el trabajo es como la sal que conserva a las almas momificadas. «Ser un hombre útil —escribe Baudelaire— me pareció siempre algo bastante odioso»[36]. En el fondo de esta apreciación está el horror que inspira al dandi la posibilidad de servir de instrumento para los fines de otro y de que su actividad espiritual pueda ser retribuida mate-

---

[35] *Mi corazón al desnudo,* p. 40.

[36] *Mi corazón al desnudo,* p. 42.

rialmente. Ya veíamos antes que obtener beneficios económicos por su actividad literaria se le antojaba a Baudelaire una forma de prostitución, sentimiento que no estaría lejano del desprecio que experimentaba Platón hacia los sofistas, a quienes llamaba «mercaderes de golosinas del espíritu». Si un dandi trabaja, su actividad ha de ser desinteresada y realizarse por capricho. Observemos esta clasificación de funciones que hace Baudelaire, tan ajena a la compleja situación del París de la época: «No existen más que tres seres respetables: el poeta, el sacerdote y el soldado; el hombre que canta, el que bendice, el hombre que sacrifica y se sacrifica. Crear, saber y matar. El resto está hecho para el látigo. Los otros hombres son pecheros y jornaleros, buenos para las caballerizas; es decir, para ejercer lo que se llaman *profesiones*»[37].

El lector puede pensar, con toda justicia, que Baudelaire se está poniendo a cubierto de las críticas de pereza e inutilidad que le llegaban desde su ámbito familiar o desde la burguesía en general, una burguesía empeñada en un trabajo socialmente útil y profesionalizado. Nuestro autor se defendería concediendo un lugar máximo en su escala de valores a su propia situación personal. «¿Qué es el hombre superior? —se pregunta—. No es el especialista. Es el hombre de ocios y de educación general»[38]. Es decir, un dandi es un individuo que, no sujeto a exigencias económicas, deambula, observa, trabaja cuando y porque quiere, y dispone de una cultura no circunscrita a un terreno concreto del saber; en suma, es lo contrario del «bárbaro especialista», que diría Ortega. No obstante, hay aquí un drama que, como tantos poetas y pintores, Baudelaire soportó con tremendo dolor. Me refiero a la consideración que merece el artista en una sociedad regida por la utilidad y entregada al trabajo. Valgan las siguientes consideraciones para ajustar perspectivas y ayudar a entender el proceso que se opera en la psicología de Baudelaire.

A partir del primer capitalismo industrial y comercial y a impulsos del nuevo sesgo que confirió a la moral y a la religión el calvinismo, la cultura moderna ha sido una cultura del trabajo.

---

37 *Mi corazón al desnudo,* pp. 48, 49 y 60.

38 *Mi corazón al desnudo,* p. 55.

El mundo moderno es un mundo de trabajadores que toma sobre sí la tarea de dominar científica y técnicamente la naturaleza, que se justifica en función del trabajo y del ejercicio profesional y que destierra el ocio improductivo del campo de los signos de distinción social. El dandismo propugnaba la ociosidad aristocrática de pasadas épocas, pero era una flor delicada y frágil, que no podía prosperar en un suelo tan hostil, pues tenía en contra de él desde los mecanismos de retribución económica hasta los sutiles vínculos de la moral imperante, si tenemos en cuenta que el principio de eficacia había asumido el papel de las más altas virtudes éticas. El esfuerzo laboral incesante, el aplazamiento de recompensas inmediatas, adquirirá un carácter compulsivo y psicopatológico, puesto que, como señala Fromm[39], «el individuo debe estar activo para poder superar el sentimiento de duda y de impotencia. Este tipo de esfuerzo y de actividad no es el resultado de una fuerza íntima y de la confianza en sí mismo; es, por el contrario, una manera desesperada de evadirse de la angustia». Baudelaire, pese a que la ociosidad corresponde al modelo de vida del dandi, parece suscribir repetidas veces las anteriores palabras de Fromm. «Para curarse de todo —escribe—, de la miseria, de la enfermedad y de la melancolía, lo único necesario es la *afición al trabajo*»[40]. «Si trabajases todos los días, la vida te resultaría más soportable»[41]. «Es preciso trabajar, si no por gusto al menos por desesperación, puesto que, bien analizado, trabajar es menos aburrido que divertirse»[42]. «El trabajo engendra forzosamente buenas costumbres, sobriedad y castidad y, en consecuencia, salud y riqueza, genio sucesivo y progresivo y caridad»[43]. Cuando Baudelaire escribe todo esto, indudablemente está muy cerca del llamado *ethos* burgués, un *ethos* que vendrá caracterizado por la

---

[39] *El miedo a la libertad*, Paidós, Buenos Aires, 1964, p. 123.

[40] *Mi corazón al desnudo,* p. 81. En pp. 65 y 66 destaca los aspectos positivo y negativo del ocio: «Yo he crecido, en buena parte, gracias al ocio. Y con gran detrimento; porque el ocio sin fortuna aumenta las deudas y las deudas acarrean vejaciones. Pero también con gran provecho, en relación con la sensibilidad, con la meditación y con la facultad del dandismo y del diletantismo. Los otros hombres de letras son, en su mayoría, viles jornaleros ignorantísimos».

[41] *Mi corazón al desnudo,* p. 82.

[42] *Mi corazón al desnudo,* p. 46.

[43] *Mi corazón al desnudo,* p. 85.

valoración del «orden», el «ahorro», la «diligencia», la «pureza», la «modestia», etc.[44]

Con el descubrimiento de la máquina de vapor, llegamos a la explosión a gran escala del proletariado que marca la primera revolución industrial. Durante el maquinismo, la situación de la clase obrera francesa, al igual que en otros países, alcanza niveles insoportables. Entre 1840 y 1845, en sesenta y tres departamentos franceses, trabajan ciento treinta y un mil niños en fábricas. La jornada de trabajo diaria llega a las trece horas, con un salario que oscila entre 25 céntimos (el precio de un kilo de pan) y 75 céntimos[45]. Ante la enorme mortalidad infantil y las enfermedades de los adultos[46], la ley de 1841 limita al fin la duración del trabajo de los niños a ocho horas y fija la edad de admisión en los ocho años. Un decreto dictado por Louis Blanc durante la revolución de 1848 fija la jornada de diez horas en París y once en provincias, para el trabajo de los adultos[47]. Pronto se olvidarán dichas leyes, y habrá que esperar hasta 1900 para que produzcan en Francia la estabilización de las diez horas.

Ante semejante cuadro laboral, la ociosidad del dandi resulta un insulto. Baudelaire no sólo se deja llevar por la corriente, sino que saborea la amargura del tedio que produce la ausencia total de actividad, y en sus años de madurez revisará la actitud de su primera juventud hasta llegar a declarar: «El gusto de la concentración productiva, en un hombre maduro, debe sustituir el gusto por el despilfarro»[48]. Nuestro poeta ama el trabajo. Para él tiene un carácter purificador que introduce orden y serenidad en su vida. Lucha contra la abulia que le produce la depresión y valora la voluntad por encima de cualquier otra facultad, con esa seguridad con que apreciamos aquello que nos falta. Considera que, más allá de la espontaneidad creadora y de la inspiración, los atributos del artista son el esfuerzo, la dedicación tenaz, el

---

[44] Véase O. F. BOLLNOW, *Esencia y cambios de las virtudes,* Revista de Occidente, Madrid, 1960, pp. 55-56.

[45] Referido por R. GUERRAND, «Le droit à la paresse», en *Revue de l'Action Populaire,* 155, 1962, pp. 135 y ss.

[46] *Ibidem,* pp. 135-136.

[47] *Ibidem,* p. 136.

[48] *Mi corazón al desnudo,* p. 15.

dominio de una técnica, la exactitud de la expresión, la pulcritud de la obra. Pasa largas horas puliendo los versos de un poema o corrigiendo el estilo de un artículo literario, y sólo siente que su existencia está justificada cuando tiene los ojos cansados de fijarlos en el papel. No le interesan los problemas de los obreros, pero le atrae el trabajo porque ve en él un medio de imprimir pensamientos en la materia, de humanizarla, arrebatándole su carácter brutal y salvaje.

Ahora bien, ¿qué papel le reservaba esta sociedad mercantilista a un poeta, a un crítico literario y artístico como Baudelaire? Porque, tradicionalmente, los mecenas del arte habían sido los aristócratas y los burgueses que imitaban a la nobleza. La crisis de la situación social del artista es paralela a la caída de la aristocracia en la Francia revolucionaria de 1789. En adelante, a menos que el escultor, el pintor o el literato se plieguen a las exigencias del nuevo orden y muestren la utilidad de su obra para el proyecto colectivo o para la exaltación de la moral instaurada, no disfrutarán de los favores de la burguesía, de las instituciones oficiales o de esa nueva clientela que representa la masa anónima de la gran ciudad. La teoría del arte por el arte fue una reacción contra esa demanda funcional y utilitaria. Baudelaire se adhirió a ella, pero con vacilaciones y ambigüedades que le impulsaron a defender que *Las flores del mal* o *Los paraísos artificiales,* por ejemplo, eran libros provistos de una considerable carga moral. Cuando menos, la posición del artista resultaba incómoda para él mismo y para la sociedad. Y el pintor o el escritor optaron por responder a los valores dominantes de su tiempo o por trabajar al margen o incluso contra la sociedad. Al margen de la sociedad se situaron los esteticistas, los partidarios del arte por el arte, los defensores de la actitud del dandi. Pero los autores «malditos» utilizaron sus plumas o sus pinceles contra la sociedad que pretendía convertirlos en sumisos funcionarios. A mi juicio, y pese a que Baudelaire suele ser considerado como el prototipo del escritor «maldito», su posición osciló entre estas dos últimas posibilidades.

Como señala muy bien Umbral, «contra la sociedad trabajan el anarquista y el poeta maldito. Este último es una fuerza centrípeta que se diferencia del anarquista en que no destruye ni trata de destruir a la sociedad, sino que se destruye a sí mismo»[49]. Baudelaire confirma estas palabras cuando, antes de su frustrado suicidio, deja escrito: «Me mato porque soy inútil a los demás y peligroso para mí mismo». De cualquier forma, lo que sí parece claro es que autores como él fueron seres desarraigados y desclasados en el hirviente París del siglo XIX. Pues, ¿pertenecía Baudelaire a una comunidad de seres superiores, dotados de una sensibilidad fuera de lo común, que no podían contaminarse descendiendo a las miserias de la vida cotidiana, o entraba en la categoría de los marginados sociales, como las rameras, los traperos, los gitanos, los asesinos, los mendigos, personajes a los que Baudelaire trata en sus escritos con especial consideración y delicadeza? Es difícil hacer afirmaciones precisas. Los textos del autor, en este punto, como en tantos otros, resultan contradictorios, pues fueron redactados desde estados de ánimo sumamente dispares. Sí cabe señalar que sus posibilidades económicas, tasadas y administradas por otros, y los escasísimos beneficios materiales que le reportaron sus publicaciones, le impidieron ser un dandi, con todo lo que ello requería. Y la humillación de su creciente falta de disponibilidad económica acentuó sus depresiones y sus reacciones de orgullo.

EL *SPLEEN* Y EL TRANSCURRIR DEL TIEMPO

El dandi es un ser sin ambiciones, sin propósitos ni fines. Fijo en la quietud de un presente que pretende ser eterno, despilfarra lo que tiene y se gasta a sí mismo como el perfume contenido en un frasco destapado, cuya fragancia a nadie ha de deleitar. El *spleen*[50], la melancolía, constituye su sentimiento más íntimo, el terrible monstruo que le agarrota, la consecuencia dolorosa de su actitud demoníaca. En cuanto tal, es un sentimiento aris-

---

49 *Lorca, poeta maldito,* Biblioteca Nueva, Madrid, 1968, p. 13.

50 Este término procede del griego σπλήν («bazo»), del que deriva el inglés *spleen* («bazo», «melancolía») y el castellano esplín (melancolía, tedio de la vida). Ello se debe a que, de antiguo, se pensaba que el bazo era la sede fisiológica de la tristeza y el hastío. Con esta creencia está relacionada la etimología de la palabra castellana «melancolía» (del griego μελαγχολία «bilis negra»), pues se consideraba que el predominio de este «humor» en el cuerpo era el causante de lo que hoy llamaríamos depresión.

tocrático, pues surge en el individuo que no se ve distraído por el quehacer cotidiano, por la obligación laboral sometida a un horario, por la necesidad de ganarse el pan de la supervivencia. Es la enfermedad característica del ocioso sensible y lúcido. No equivale a la tristeza por un motivo concreto —de ahí su carácter crónico, no episódico—, sino al «tedio de vivir» del que habla Valéry, al sabor amargo de quien no espera nada y al que nada la interesa, es «el fruto de la melancólica falta de curiosidad»[51].

El *spleen* —flor del mal— paraliza la voluntad, asfixia el alma, ahoga las ansias de elevación y embota los sentidos. El aristócrata trata de combatir su *spleen* recurriendo al viaje a países exóticos, afrontando los riesgos de la selva y del mar, experimentando las peripecias inaquietables de la pura acción que no busca sino perpetuar su juego. Pues, realmente, «la vida no posee más que un encanto verdadero: el encanto del juego. Pero, ¿y si nos resulta indiferente ganar o perder?»[52].

Esta indiferencia dolorosa es ya el *spleen,* la falta de ganas de vivir, cuando todo manjar se vuelve insípido y toda distracción pierde su aliciente. «Lo que siento —escribe Baudelaire a su madre en diciembre de 1957— es un inmenso desánimo, una sensación de aislamiento insoportable, una ausencia total de deseos, una imposibilidad de encontrar cualquier diversión». Los cielos nublados, los climas lluviosos, los días otoñales, las noches con nevadas, la monotonía y la ausencia de las novedades intensifican el dolor del *spleen.* De la hondura de semejante sentimiento, la alegría superficial del hombre vulgar, del común de los mortales, resulta irritable. En el borrador de la carta que pensaba escribir a J. Janin, señala Baudelaire: *«Usted es un hombre feliz.* Le compadezco, señor, por ser tan fácilmente feliz. ¡Ya tiene que haber caído bajo un hombre para creerse feliz...! ¡Ah!, usted es feliz, señor. ¡Y qué! Si usted dijera: soy virtuoso, comprendería lo que en esta frase se sobreentiende: sufro menos que otros. Pero no, usted es *feliz.* ¿Fácil de contentar, entonces? Le compadezco y considero más distinguido mi mal humor que su felicidad celes-

[51] Poema 87 de *Las flores del mal:* «Spleen».

[52] *Mi corazón al desnudo,* p. 21.

tial. Llegaría incluso a preguntarle si los espectáculos de la vida le bastan. ¡Qué! ¿Nunca sintió ganas de irse, aunque sólo fuera por cambiar de espectáculo? Tengo muy serias razones para compadecer a quien no ama la muerte»[53].

Este mismo sentimiento de desprecio hacia la felicidad contentadiza y trivial la hallamos en un relato breve de Chejov, *Las grosellas,* lo que no es de extrañar en el caso de un autor que tiene tanta simpatía por la bohemia: «Dígame, ¿por qué lleva usted una vida tan monótona y tan aburrida?», pregunta el héroe de una de estas breves narraciones sobre artistas a su huésped. «Mi vida es triste, embotada, monótona, porque soy pintor, un pez raro, y he sido atormentado toda mi vida por la envidia, el descontento y la falta de fe en mi obra; soy siempre pobre, soy un vagabundo, pero usted es un hombre rico y normal, un propietario, un caballero. ¿Por qué vive usted de manera tan vulgar y toma tan poco de la vida?»[54].

Los nuevos bohemios parisienses tienen poco que ver con la juventud frívola y amable de la famosa ópera de Puccini. Son, por el contrario, individuos atrabiliarios, esto es, seres intoxicados por esa bilis negra de la que hablaban Hipócrates y Galeno, causante de la depresión y la tristeza. Sobreviven bajo el peso de un aburrimiento embotado, sin que el arte logre otra cosa que servirles de estupefaciente. La excesiva alegría es para ellos un símbolo de frívola vulgaridad. Son los antepasados, por línea directa, de los existencialistas franceses de la posguerra, y, en cuanto tales, sufren ya los efectos de la modernidad: el tedio, la náusea, la incomunicación, la soledad, el ser para la muerte, la existencia sin sentido, la ausencia de esperanzas, el absurdo y la angustia.

Como la naturaleza, en sí, no despierta interés ni curiosidad, la vida en el campo intensificará el *spleen.* Pero Baudelaire, existencia urbana, sufre también el *spleen* de la metrópolis. Ella es la sede de la masa anónima y despersonalizada, aborregada en torno a los lugares de trabajo o de diversión, indiferente al dolor ajeno, que fomenta en el individuo inconformista un sentimiento

---

[53] *Obras póstumas,* Ed. de J. Crépet, vol. 1, pp. 222-223. Recogido por Sartre, *loc. cit.,* p. 62.

[54] Recogido por A. Hauser, *loc. cit.,* pp. 224-225.

de desamparo y de inseguridad, porque la calle ha dejado de ser un lugar de encuentro para convertirse en un lugar de paso. Como señala Félix de Azúa, «en la Naturaleza está todo por hacer; en la ciudad todo se ha hecho, es perfectamente aburrida, una fuente de *spleen*»[55]. París, con sus edificios grises, su nuevo urbanismo, su clima desapacible, es una selva de piedra, donde el espíritu se encuentra desterrado.

Tiene razón Robert Vivier cuando sitúa el *spleen,* presentido por Gautier, por Sainte-Beuve, por O'Neddy[56], entre los elementos que aún no habían logrado una afirmación literaria completa y que serían recobrados por Baudelaire en las corrientes frustradas del romanticismo. Las melancolías románticas de Chateaubriand y Lamartine, y ese furioso y desesperado apetito de muerte que en los años treinta del siglo XX florece en tantos seres oscuros, tras un proceso de incubación que se inicia en los *Pensamientos nocturnos sobre la vida,* de Edward Young, encuentran su eco en el *spleen* que sufre nuestro autor[57]. Eso es muy cierto. Pero entre los románticos y Baudelaire está Poe, y, bajo la inspiración de esas dos almas gemelas, lo lúgubre, lo macabro y lo tétrico dejarán paso a lo terrorífico, la *meditatio mortis* moralizante se convertirá en necrofilia y la idealización del amor burgués cederá ante el sadomasoquismo del sexo. El horror será un oasis en medio del desierto del tedio, porque significa una sacudida que, como una descarga eléctrica, logra poner en movimiento inesperadamente el cuerpo y el alma paralizados, incide al igual que un rayo en la psicastenia, esa pereza patológica en la que inmoviliza el *spleen.* Con estos estallidos discontinuos, la tristeza salta hecha pedazos. Luce el relámpago de un interés momentáneo, pues inspirar terror y sentir terror es otra forma de marcar las diferencias que existen entre los seres superiores y demoníacos y los individuos débiles y asustadizos.

Sin embargo, el *spleen,* la melancolía, se manifiesta a los ojos de Baudelaire como una toma de conciencia de la condición humana en general. En este sentido, el dolor es el aspecto afectivo

---

[55] *Loc. cit.,* p. 51.

[56] Y por STENDHAL, cabría añadir.

[57] R. VIVIER, *L'Originalité de Ch. Baudelaire,* Renaissance du Livre, París, 1926, p. 314.

de la lucidez, el estado emocional que permite captar la auténtica situación del hombre, ser radicalmente insatisfecho, sin perspectivas, condenado a una decadencia progresiva que culminará con la muerte. El sentimiento de inutilidad del dandi no es ya bandera de su singularidad superior, sino el punto de partida de un proceso de concienciación que conduce a experimentar la absoluta contingencia del hombre, la gratuidad de su existencia. Por eso «la poesía baudelairiana aparece mucho menos sentimental y mucho más claramente "psíquica" que la de los primeros románticos; dirigiéndose menos al "corazón que al alma" o al "yo profundo", intenta conmover, allende nuestra sensibilidad, las regiones más oscuras del espíritu»[58].

El dolor agudiza la lucidez, eleva a unas alturas desde las que se capta la imposibilidad del hombre de llegar a ser feliz. Si la felicidad es el único estado en el que cabe realizar el bien, el dolor crónico coadyuva a la realización del mal junto con la fascinación que éste irradia. La capacidad de realizar el mal, su grado de refinamiento, está en relación directa con el dolor que soporta el sujeto[59].

Este dolor es, además, creciente, pues con el paso del tiempo la belleza se marchita, la capacidad de esfuerzo disminuye, la inteligencia se obnubila y la lucidez decrece. «Hay algo más grave que los dolores físicos —escribe Baudelaire—: es el miedo a ver cómo se debilita, decae y desaparece en esta horrible existencia llena de conmociones la admirable facultad poética, la claridad de ideas y la capacidad de esperanza que constituyen en realidad mi capital»[60]. Por eso, vivir mañana será mucho más doloroso de lo que supone vivir hoy.

Nada definitivo puede hacerse contra el carácter irreversible del tiempo, verdugo implacable del género humano. Esta idea obsesiona a Baudelaire hasta el punto de hacerle concebir la idea de que, si existiera el paraíso, éste no podría consistir sino en una vuelta hacia atrás en el tiempo, en un reencuentro con los seres queridos que han muerto, en un retorno a la inocencia de

---

[58] M. RAYMOND, *loc. cit.*, p. 17.

[59] En el poema de *Las flores del mal* leemos: «el tedio hace tu alma cruel».

[60] Recogido por SARTRE, *loc. cit.*, p. 109.

la infancia. El cielo es la vuelta al pasado, el rejuvenecimiento imposible. La búsqueda del tiempo perdido, que Proust emprenderá, será un intento de recuperar el paraíso del que nos arrojó el transcurrir del tiempo. ¿Cabe mayor antítesis que la existente entre esta posición y la idea liberal de progreso? Como señala Sartre, «Baudelaire padeció profundamente por el éxito de la idea de Progreso, porque la época le arrancaba a la contemplación del pasado y le volvía a la fuerza la cabeza hacia el porvenir. Para él, al arrastrarle así, se le hacía vivir el tiempo a contrapelo; se sentía tan torpe e incómodo en esa situación como un hombre a quien se le obliga a andar hacia atrás»[61].

La cultura dispone del recurso de las fiestas para combatir la irreversibilidad del tiempo. Cada fiesta reviste características propias y es sede de recuerdos individuales y colectivos. Su ininterrumpido retorno a lo largo de cada año fomenta la ilusión de una imagen circular del tiempo, en la que fragmentos del pasado se recuperan en una serie de presentes revividos. La capacidad de reminiscencia, como ya intuyó la filosofía de Platón, nos pone en contacto con ese limbo en el que moran seres espirituales más allá del tiempo. En Baudelaire, el ideal robustece la reminiscencia; el *spleen,* en cambio, adormece los recuerdos.

Entre todos los sentidos humanos, el olfato es el más apto para lograr ese retorno del pasado «en espíritu». Como cada cuerpo y cada lugar tienen un olor que le es propio y su percepción yace en la memoria, volver a sentir un perfume olvidado es traer a la vida a un fantasma del pretérito[62]. Walter Benjamin lo dice con singular precisión: «El olor es el refugio inaccesible de la memoria involuntaria. Difícilmente se asocia con representaciones visuales; entre las impresiones sensoriales sólo se emparejará con el mismo olor. Si el reconocimiento de un aroma tiene, antes que cualquier otro recuerdo, el privilegio de consolar, tal vez sea así porque adormece la consciencia del paso del tiempo»[63]. He aquí la causa de que en un verso dictado por el *spleen* el poeta ex-

---

[61] *Loc. cit.,* p. 110.

[62] Véase el poema 53 de *Las flores del mal:* «El frasco».

[63] *Loc. cit.,* p. 158.

clame: «¡La adorable primavera ha perdido su olor!»[64]. Hay, por consiguiente, en la obsesión baudelairiana por los perfumes que impregnan los cabellos y el cuerpo de su amada una intención que va más allá del simple fetichismo de los olores[65]. Captar su aroma y describirlo es fijar lo más íntimo de su ser. Y lo mismo sucede con los objetos y con los lugares, pues hasta el infierno tiene para el poeta su olor característico.

Otra forma de luchar contra la irreversibilidad del tiempo es crear poesía. El verso puede eternizar lo que describe. Baudelaire era consciente de ello cuando subió al carro de su gloria inmarcesible a la vulgar Jeanne Duval.

Te doy mis versos para que si mi nombre
llega felizmente a épocas lejanas,
y hace una noche soñar a los cerebros humanos,
navío favorecido por un gran aquilón,

tu memoria, semejante a las fábulas inciertas,
fatigue al lector al igual que un tímpano,
y por un fraternal y místico eslabón
quede como colgada a mis rimas altivas[66].

La poesía es una suerte de brujería evocadora que redime lo que toca al espiritualizarlo, que embellece la realidad al ajustarla a las exigencias de la métrica y de la rima, mediante el trabajo constante del autor. Baudelaire cree que nada debe quedar fuera del paraíso. La ruina, la enfermedad, la muerte, el horror, el crimen, la marginación, el anonimato, la miseria, la insignificancia revelan aspectos de la condición humana, y, por consiguiente, deben ser salvados de la zarpa del tiempo. La labor del poeta es ilimitada. Su actividad es como la del sol que vivifica, vigoriza y rejuvenece. Ahora bien —hay que insistir en ello—, no es tanto la inspiración del artista cuanto su trabajo lo que se enfrenta a

[64] Poema 92 de *Las flores del mal:* «El gusto de la nada».

[65] Recordemos que otro gran dandi, OSCAR WILDE, narró con sublime precisión en *El retrato de Dorian Gray* cómo cada estado de ánimo se corresponde con un olor. Así, el incienso está hecho para los místicos y el ámbar gris para los trastornados por las pasiones, el violeta resucita el recuerdo de los amores fenecidos, el almizcle colorea la mente y el aloe ayuda a expulsar la melancolía del alma.

[66] Poema 42 de *Las flores del mal.*

la acción destructora del tiempo. La alternativa que aquí se abre reviste el rasgo de una auténtica opción moral: «A cada minuto somos aplastados por la idea y la sensación del tiempo. Y no existen más que dos medios para escapar de esta pesadilla —para olvidarla—: el placer y el trabajo. El placer nos gasta. El trabajo nos fortifica. Escojamos»[67].

Pese a todo, la empresa está condenada al fracaso. Baudelaire lo sabe cuando dice que «el Tiempo se come la vida y el oscuro Enemigo que nos roe el corazón crece y se fortalece con la sangre que perdemos»[68]. O cuando increpa al tiempo llamándole: «negro asesino de la vida y el arte»[69]. La poesía, como los otros paraísos artificiales, sólo logra sumir al sujeto en un estado de embriaguez, en el que el trascurrir del tiempo resulta más llevadero. Esta es la receta: «Hay que estar siempre ebrio. Nada más: ese es todo el asunto. Para no sentir el horrible peso del Tiempo que os fatiga la espalda y os inclina hacia la tierra, tenéis que embriagaros sin tregua. Pero, ¿de qué? De vino, de poesía o de virtud, como queráis. Pero embriagaos»[70].

LAS FLORES DEL MAL

Unos dieciséis años tardó Baudelaire en escribir los poemas que integran *Las flores del mal,* prácticamente la totalidad de su producción en verso. Antes de decidir el título definitivo, el autor pensó en otros dos: *Las lesbianas* —con vistas a señalar probablemente la singularidad del amor lésbico como prototipo de la voluptuosidad gratuita e improductiva, del deleite erótico sin penetración— y *Los limbos* —para resaltar quizás los estados de inocencia en los que se realiza el mal—. Jugando con el título de un antiguo manualito de retórica, *Les fleurs du bien dire,* un amigo sugirió a Baudelaire que llamase a su poemario *Las flores del mal*. Y el título me parece afortunado, pues resume

---

67 *Mi corazón al desnudo,* p. 81. Se atribuye a Baudelaire la frase que dice: «La inspiración, señora, es trabajar todos los días», como respuesta a la típica pregunta de la admiradora.

68 Poema 11 de *Las flores del mal:* «Un enemigo».

69 Poema 41, IV, de *Las flores del mal:* «Un fantasma. El retrato».

70 *Los paraísos artificiales,* de BAUDELAIRE, Editorial Fontamara, Colección Alejandría, Barcelona, 1984, p. 103.

espléndidamente la ambigüedad de la obra. Por un lado, las flores son hermosas, y valen como símbolo para sugerir la tesis implícita de que el bien no ostenta el monopolio de la belleza, de que el mal es moralmente condenable, pero puede ser ensalzado en nombre de la estética, de un raro gusto artístico que está más allá del bien y del mal. El autor lo explica con claridad cuando especifica en un proyecto de prólogo: «Hace ya mucho tiempo que las más floridas provincias del dominio poético estaban repartidas entre ilustres poetas. Me ha seducido mejor, tanto más cuanto la tarea era más difícil, buscar, extraer, "la belleza del mal"»[71].

Por otro lado, hay flores nocivas para el hombre. Y, según el autor, *Las flores del mal* pertenecen a esta categoría, como lo indica en la dedicatoria a Gautier donde les da el calificativo de «malsanas». *Las flores del mal* surgen de la semilla del dolor y producen frutos de dolor. El hombre hace el mal porque sufre, y al realizarlo redobla inevitablemente su pesar. Es enfermizo practicar el mal —he aquí su morbosa fascinación—, y ello reporta las dolencias subsiguientes a todos los excesos. Este parece ser el mensaje que da unidad a una buena parte del libro y que, por sí solo, bastaría para justificar la afirmación de José María Valverde, para quien Baudelaire es «el más hondo moralista de la poesía francesa»[72].

Por último, flor es también lo más escogido de una cosa. Muchos de los ejemplos que Baudelaire presenta con más detenimiento son aristocráticamente excepcionales y constituyen los frutos de naturalezas fuera de lo común.

Pero independientemente de lo que aquí se diga, lo cierto es que el autor quería que se viera en su libro un hilo argumental. Así, cuando en 1861 escribe a Vigny con motivo de la segunda edición de *Las flores del mal* le dice: «Sólo pido un elogio para mi obra, que se le reconozca un principio y un fin, que nadie vea en ella un *álbum*»[73]. Ello ha motivado que autores de la época como Barbey d'Aurevilly o críticos más recientes como Friedrich pusieran de relieve la arquitectura secreta, el plan calculado

---

[71] Recogido por GONZÁLEZ-RUANO, *loc. cit.*, p. 236.

[72] En el prólogo a *La Fanfarlo,* de BAUDELAIRE, Montesinos, Barcelona, 1981, p. 7.

[73] Recogido por F. DE AZÚA, *loc. cit.*, p. 95.

y rigurosamente desarrollado al que presuntamente responde el libro.

Sin exagerar las cosas, lo que Baudelaire quiso tal vez decir es que sólo debe emitirse un juicio sobre la totalidad del libro, habida cuenta de que cada uno de sus poemas adquiere su auténtico significado no tanto en virtud del lugar concreto que ocupa en el poemario, sino en función de la unidad del conjunto. La cuestión hay que entenderla, además, en el contexto del proceso judicial que se abrió a raíz de la primera aparición pública de *Las flores del mal,* durante el cual el escritor precisó a su abogado que «el libro había de ser juzgado en conjunto y que sólo entonces se vería su gran moralidad»[74]. No lo entendieron de este modo los jueces, y con más hipocresía estúpida que crueldad condenaron al autor y a sus editores por «ultraje a la moral pública y a las buenas costumbres», extirpando seis poemas a los que se consideró inadmisibles[75].

Baudelaire, ciertamente, trataba de escandalizar y provocar, pero su timidez y su miedo le impidieron llevar las cosas más adelante. No obstante, tanto sus desplantes rebeldes y sus temores, como su fascinación y su horror ante el mal formaban parte, a mi manera de ver, de su compleja personalidad. De ahí la sinceridad que impregna las páginas de *Las flores del mal,* por encima de todo divertimiento y de todo reto técnico. Hay que creer, pues, a Baudelaire cuando el 18 de febrero de 1866 escribió a Ancelle lo siguiente:

«¿Necesitaré decirle a usted, que tampoco lo adivinó, que en este libro atroz puse mi *corazón,* toda mi *ternura,* toda mi *religión* (disfrazada), todo mi *odio?* Desde luego, escribiré lo contra-

---

[74] *Notas y documentos para mi abogado*, recogidos en la edición de CRÉPET de las obras de Baudelaire. Fragmentos de ellos han sido reproducidos por GONZÁLEZ-RUANO en *loc. cit.*, pp. 159-160. De todas formas, Baudelaire no defendió su libro ni explicó a sus jueces que no concedía legitimidad a la ingenua moral de los policías y magistrados. Prefirió mentir sobre el significado de su obra, esgrimiendo unas veces el derecho del arte a imitar a las pasiones sin sentirlas o señalando incluso otras veces que su libro tenía como fin inspirar horror al vicio.

[75] Si examinamos estos seis poemas, concluiremos que lo que más hirió la sensibilidad moral de los jueces fue la fuerza arrolladora de la lubricidad, que ahoga la voluntad del hombre, el sadismo mortal de la relación erótica y la exaltación del amor lésbico, al que el autor equiparaba con «una religión tan augusta como las demás».

rio, juraré por mis grandes dioses que es un libro de *arte puro*, de *parodias,* de *juglaría* y mentiré como un sacamuelas»[76].

La obra resultaba revolucionaria, no sólo por el contenido, sino también por la forma. El poeta renunciaba a cantar a los mártires cristianos, a los nuevos héroes de la libertad, a los genios políticos y militares creadores del reciente orden social, al sencillo pastor incontaminado en su medio campestre. Esto había sido lo habitual en la Francia decimonónica en los poemarios anteriores al suyo. Menos aun respondía el libro a una intención moralizante o puramente ornamental. No se dirigía a las masas, sino a una minoría superior en espíritu y en sensibilidad al individuo vulgar aficionado a la novelilla lacrimógena con final edificante y feliz. A medio camino entre la truculencia y el refinamiento, la pasión desbordada y el estoicismo lúcido, la elevación mística y la sordidez asqueante, *Las flores del mal* no podían menos que suscitar el rechazo de una buena parte de la sociedad de la época. El escritor quería inspirar horror y, de hecho, consiguió este objetivo. Trató de abrir una nueva vía y, realmente, lo logró. Superó al romanticismo y a los parnasianos, trazó un sendero por el que habrían de pasear Lautréaumont, Rimbaud, Mallarmé, los autores aglutinados en torno al manifiesto simbolista redactado por J. Moréas, y, a través de Verlaine, influyó en el movimiento surrealista encabezado por André Breton. Si no fuera porque la frase parece uno de esos tópicos a memorizar por los sufridos estudiantes de bachillerato, podría decir que con Baudelaire se cerraba una época y se iniciaba otra dentro del azaroso caminar histórico de la poesía.

No era menos innovadora la obra en cuanto a la forma. El minucioso traductor de Poe tenía auténtica obsesión por la palabra precisa y pasaba mucho tiempo hasta dar con el término exacto, esquivando lo narrativo, lo anecdótico, lo didáctico, lo decorativo. Sin duda que en esa pasión por el rigor lingüístico, que recuerda León Cladel, había mucho de comedia y de inclinación por el artificio: «¡Desde la primera línea, qué digo desde

[76] Recogido por SARTRE, *loc. cit.,* p. 33. Este aspecto relativo a los fundamentos de la poesía y de la moral, ha sido analizado por BATAILLE en la obra citada, pp. 36-38.

la primera línea, desde la primera palabra fue necesario discutir! ¿Era bien exacta esa palabra? ¿Reflejaba rigurosamente el matiz deseado? ¡Cuidado! No hay que confundir agradable con amable, complaciente con encantador, afable con simpático, seductor con provocativo, gracioso con ameno; ¡eh!, esos términos diversos no son sinónimos: cada uno de ellos tiene una acepción particular; dicen más o menos en el mismo orden de ideas y no idénticamente la misma cosa. Nunca, nunca deben emplearse uno por otro... Nosotros, obreros literarios, debemos ser precisos, debemos encontrar siempre la expresión absoluta, o bien renunciar a la pluma y ser unos chapuceros... ¡Busquemos, busquemos! ¡Si el término no existe, lo inventaremos; pero veamos primero si existe! Y rápidamente se agarran los diccionarios de nuestro idioma para compulsarlos, hojearlos y sondearlos con rabia, con amor... Intervenían los léxicos extranjeros. Se interrogaba el francés-latín y luego el latín-francés. Una persecución despiadada. ¿Nada en los antiguos? ¡A los modernos! Y el tenaz etimologista, a quien la mayoría de las lenguas vivas le eran tan familiares como las lenguas muertas, hundiéndose en los vocabularios inglés, alemán, italiano, español, perseguía... la expresión rebelde, inasequible y que siempre acababa por crear si no se encontraba en nuestra lengua»[77].

Comediante o no, de este esfuerzo en el terreno de la expresión, acrecentado ante las normas de la métrica y de la rima, surgen unos versos límpidos y rigurosos, en los que el aire clásico y pulido se entremezcla con el uso audaz de términos vulgares, prosaicos y hasta urbanos, no incorporados aún al léxico literario. Tal es el caso de «quinqué», «ómnibus», «vagón», «balance», «volquete», «muladar», «reverbero»... Claudel lo ha formulado definitivamente al apuntar que Baudelaire une el modo de escribir de Racine al de un periodista del Segundo Imperio[78]. En este sentido, la belleza del lenguaje brilla por sí sola, independientemente de su relación al significado. Por decirlo con un texto de André Gide: «Musical, sirva esta palabra aquí, para expresar no

---

[77] Recogido por SARTRE, *loc. cit.*, pp. 73-74.
[78] Recogido por JACQUES RIVIÈRE, en *Études*, París, 1938, p. 15.

sólo la caricia fluida o el ritmo armonioso de las sonoridades verbales por las que el verso puede gustar incluso a los extranjeros que no conozcan su sentido, sino también la palabra exacta, dictada no sólo por la lógica, y que escapa a la lógica, por las que el poeta músico llega a fijar tan exactamente, que es una definición, la emoción, esencialmente indefinible»[79].

Con todo, no hemos llegado aún a dar con la clave que nos permite adentrarnos en el entendimiento del alcance expresivo de Baudelaire. El poeta, ser desgarrado, dividido, como hemos visto, siente una sed inaplacable de unidad. Ello le lleva a situar en un primer plano las relaciones existentes entre los objetos, relaciones que son captadas en una sensación en la que se confunden dos o más sensaciones. Se trata del conocido fenómeno psicológico de la sinestesia[80], imagen o sensación subjetiva, propia de un sentido, determinada por otra sensación que afecta a un sentido diferente. Se habla, así, de audición coloreada, o, al revés, de color sonoro. En música ciertos compositores, como Debussy, han considerado que una pieza escrita en una determinada clave sugiere, mejor que en cualquier otra, un determinado color: el verde del campo para una sinfonía pastoral o el azul para un poema sinfónico que intente describir el mar. Tales fenómenos sinestésicos suelen explicarse atribuyendo esa correspondencia al hecho de que los colores y los sonidos, por ejemplo, provocan un estado emocional común, mediante el cual se producirá la sensación.

Igual que largos ecos que a lo lejos se confunden
en una tenebrosa y profunda unidad,
vasta como la noche y como la claridad,
los perfumes, los colores y los sonidos se responden[81].

Baudelaire va, pues, más lejos. Cree que tales correspondencias o analogías son extrasubjetivas, que se dan en la naturaleza misma, de forma que cada ser, cada sensación tiene el poder de evocar la unidad más amplia a la que corresponde. Será función de la imaginación humana ordenar este aparente caos de la na-

---

79 ANDRÉ GIDE, prólogo a *Las flores del mal*, en Helleu.

80 Palabras derivadas del griego μαζί, «junto», y αίσθηση «sensación».

81 Poema 4 de *Las flores del mal:* «Correspondencias».

turaleza, unir a los seres que se corresponden y dar a conocer mediante el lenguaje la unidad que se halla tras los «bosques de símbolos»[82]. Para él, la naturaleza no es una realidad existente por ella misma y para ella misma, sino un inmenso depósito de analogías y también una especie de excitante para la imaginación. «Todo el universo visible —escribe— no es más que un almacén de imágenes y de signos, a los cuales la imaginación dará un lugar y un valor relativos; es una especie de pasto que la imaginación debe digerir y transformar»[83]. Se deduce de esto que la naturaleza ha de ser considerada como un conjunto de figuras por descifrar que ponen a prueba la capacidad de un poeta, a la manera de los enigmas en las antiguas leyendas de héroes. Por eso dice Baudelaire: «¿Qué es un poeta (tomo la palabra en su acepción más amplia) sino un traductor o descifrador? En los buenos poetas no hay metáfora, comparación o epíteto que no sea una adaptación matemáticamente exacta en la circunstancia actual, porque esas comparaciones, esas metáforas y esos epítetos proceden del inagotable fondo de la *analogía universal* y no pueden salir de otra parte»[84].

El conocimiento de ese sentido verdadero, único *real,* de las cosas, que no son más que una parte de lo que significan, permite a algunos privilegiados —en este caso al poeta predestinado— introducirse y moverse con soltura en el más allá espiritual que baña al universo visible. «Porque todo lo visible —explica Novalis— descansa sobre un fondo invisible; lo que se oye, sobre un fondo que no puede oírse; lo tangible, sobre un fondo impalpable»[85]. Lo que importa en las percepciones es que, en ciertos casos, pueden llevarnos hasta lo oculto.

Baudelaire enlaza aquí con la tradición del ocultismo, cuyo autor de referencia inmediato nos señala él mismo: «Swedenborg, que poseía un alma mucho más grande (que Fourier), ya nos había enseñado que *el cielo es un hombre grandísimo;* que

---

[82] *Ibidem.*

[83] *El arte romántico: El pintor de la vida moderna*, recogido por M. RAYMOND, *loc. cit.*, p. 17.

[84] «Reflexiones sobre algunos de mis contemporáneos: Víctor Hugo», en *Escritos sobre literatura,* de BAUDELAIRE, Bruguera, Barcelona, 1984, p. 116.

[85] Recogido por M. RAYMOND, *loc. cit.*, p. 17.

todo, forma, movimiento, número, color, perfume, en lo *espiritual* como en lo *natural,* es significativo, converso, *correspondiente»*[86]. En esta misma corriente habría que incluir a Hoffmann, Lavater, Nerval, Balzac y Fourier, que guían a Baudelaire en la elaboración de esa filosofía mística, de ese extraño sincretismo en el cual parece haber creído nuestro autor sin sacrificarle su libertad de poeta.

Esta teoría de las correspondencias que he esbozado y que implica una religión o cuando menos un culto, nos permite ahora no sólo comprender el alcance de sus abundantes metáforas, aposiciones, epítetos y adjetivos, sino replantear el problema anterior relativo a la unidad de *Las flores del mal,* a su lógica interna[87]. Porque Baudelaire considera la obra terminada como una síntesis perfecta, donde todos los elementos psíquicos y musicales han entrado en un sistema infinitamente complejo y coherente de relaciones recíprocas: hace pensar entonces en una sinfonía que da la impresión de un acorde ligado, de un organismo musical emitido por una voz única y que es, no obstante, el resultado de una paciente elaboración. Heredero, en este caso, de los clásicos más que de los románticos, aficionados a ceder a todos los vientos, discípulos también de Poe, nuestro autor —que tendría como precursor inmediato en este punto a Vigny— se sitúa a la cabeza de un linaje de artistas (Mallarmé, Valéry y otros) que quizá quisieran beber «las primicias de su canto en el bosque sensual» (como el autor de *Charmes)* o en un inconsciente nocturno, pero que se esforzaron en manifestar en sus obras el triunfo del orden y de la unidad creados por el espíritu, sobre la naturaleza incoherente.

Tradicionalmente, críticos como Ruff, Bonneville, Mathieu (y con algunas variantes Benedetto y Feuillerat), consideraron

86 «Reflexiones sobre algunos de mis contemporáneos: Víctor Hugo», en *loc. cit.,* pp. 115-116. EMANUEL SWEDENBORG (1688-1772), místico, filósofo y científico sueco. Su doctrina inspiró, poco después de su muerte, la creación de una iglesia llamada «Nueva Jerusalén», cuyos miembros afirmaban tener una visión directa del mundo espiritual.

87 Recordemos que, para Baudelaire, «una verdadera obra de arte no necesita requisitoria. La lógica de la obra se basta para todas las exigencias de la moral, y es el lector quien debe sacar las conclusiones de la conclusión». *(«Madame Bovary* de GUSTAVE FLAUBERT», en *Escritos sobre la literatura,* ya citados, p. 62).

que el tema de *Las flores del mal* lo constituye una reflexión sobre la rebeldía. «La invocación *Al lector* sugiere ya, sin embargo, que no puede haber triunfo del esfuerzo. En la primera sección, *Spleen e Ideal,* se trata de un primer intento de liberación por medio del Arte y del Amor. Pero una vez comprobado el fracaso del Ideal, nos encontraríamos en pleno *Spleen.* Un segundo intento de huida sería la masa, el mundo anónimo de la gran ciudad descrito en la segunda sección, *Cuadros parisienses;* son éstos los poemas que suelen tildarse de "cristianos" o "sociales", según el prejuicio del crítico. La tercera sección, *El Vino,* atacaría el motivo de *Los paraísos artificiales,* otra posible salvación; y la cuarta, *Flores del Mal,* la redención por la vía maligna, la perversión, el sadismo, el vampirismo, etc. Fracasadas las cuatro tentativas (arte, amor, sociedad y maldad), la sección quinta propondría una auténtica lucha frontal, la *Rebelión* contra las vías de salvación ortodoxa simbolizadas por Dios padre. El rechazo de la sumisión tiene ahora un carácter marcadamente metafísico. Y la conclusión, expuesta por la última sección, expresa la derrota general del intento y la única vía segura de salvación (una salvación que ya no salva nada): la *Muerte,* cuyo último verso invoca lo verdaderamente *nuevo*»[88]. Teniendo a la vista esta secuencia convencional introduciré algunas matizaciones.

Ya en el poema «Al lector» que encabeza el libro presenta Baudelaire los temas que le obsesionan: el aburrimiento, la muerte, el arrepentimiento, el deleite de hacer el mal sin sentir repugnancia, el triunfo de Satán en su acción de minar la fuerza de voluntad humana.

El primer grupo de composiciones, «*Spleen* e Ideal», va mostrando paulatinamente la imposibilidad de que el ideal del arte y el ideal del amor logren vencer el tedio vital. Su condición de artista permite al poeta elevarse por encima de la incomprensión y las maldiciones de su madre y de las burlas y humillaciones de su mujer. El cielo sólo puede ganarlo a través del sufrimiento. En «El albatros», la alegoría de este animal marino da pie para recoger el mismo tema. El poeta, torpe y hostigado en este mundo,

---

[88] Resumido por F. DE AZÚA, *loc. cit.*, p. 99.

sólo puede evadirse del lugar donde se halla desterrado, alzando el vuelo hacia el cielo sin límites, idea que vuelve a repetirse en la composición que viene a continuación. Dos opciones se abren ante el hombre: apurar hasta las heces los deleites que ofrece la vida o entregarse en brazos del sueño y descender al más oscuro abismo[89]. Acto seguido se evoca una edad de oro, un paraíso primitivo poblado de cuerpos ágiles y hermosos, cuyo recuerdo contrasta con el físico de los hombres modernos, deformados por el dios de lo Útil. La idea baudelairiana de la decadencia, frente a la fe en el mito del progreso, hace su aparición[90]. El autor delimita su ideal estético enumerando a los artistas que iluminan su vida como auténticos faros[91]. Pero en los dos poemas siguientes, la musa del poeta se halla enferma y su pobreza le obliga a venderse[92]. Es el primer atisbo de la imposibilidad de una evasión a través del arte, que hallará su culminación en el poema 21, donde el autor descubrirá que, tras su máscara, incluso la belleza llora a causa del terror y el tedio que le produce la vida. Paralelamente se ha ido ofreciendo el ideal femenino que fascina al poeta: la mujer de carácter enérgico y atlético cuerpo[93], que en el poema 20 adquiere las dimensiones de una giganta en cuyo seno desearía vivir el poeta «como un gato voluptuoso a los pies de una reina». También han brotado ya las primeras flores del mal: la pereza que conduce a la incapacidad para soportar la soledad[94], la insensibilidad ante el dolor que causamos a otros[95] y el orgullo luciferino que impele a atacar la religión[96]. Al igual que en una sinfonía suenan en estos primeros poemas los compases

---

[89] Poema 5: «La voz».

[90] Poema 6.

[91] Poema 7: «Los faros».

[92] Poema 8: «La musa enferma»; poema 9: «La musa venal».

[93] Poema 19: «El ideal». Baudelaire se refiere en este poema a la escultura alegórica de la Noche que adorna la tumba de Giuliano, duque de Nemours, en la Sacristía Nueva de las Capillas Medíceas de Florencia, representada por una figura femenina. Masculinas son, en cambio, las alegorías del Día, en la misma tumba, y el Crepúsculo, en la tumba de Lorenzo, duque de Urbino, situada frente a la anterior, debidas todas ellas al cincel de Miguel Ángel.

[94] Poema 10: «El mal monje».

[95] Poema 16: «Don Juan en los Infiernos». A mi juicio este poema tiene un carácter autobiográfico. Como la de don Juan, la actitud de Baudelaire es indiferente a las recriminaciones de su padrastro, a las demandas de sus deudores y a las solicitudes de su amante.

[96] Poema 17: «Castigo del orgullo».

que describen la principal obsesión de Baudelaire y que será el *leitmotiv* del libro: la brevedad del tiempo y el avance inexorable del hombre hacia la muerte[97]. Todo posible paraíso ha de consistir en un retorno a una vida anterior[98]. La situación del artista, aislado como una joya que nadie ha de alcanzar o como una flor cuyo perfume se pierde inútilmente, se une a los obstáculos que hacen imposible la liberación a través del arte.

Se abre, así, una segunda vía de liberación: el amor. El poema 23 inicia el ciclo donde se integran las composiciones eróticas de Baudelaire. En principio, la mujer misma es flor del mal, pues turba la serenidad del poeta y le priva de voluntad[99]. Uno de los mayores encantos de Jeanne Duval, la mulata, son los lugares exóticos que sus perfumes evocan[100], el viaje por mar a países lejanos y a cálidos climas que «corresponden» a su cuerpo moreno[101]. Pero enseguida se descubre que la amada es fría y cruel. También ella ha sido asaltada por el tedio[102]. Surge de pronto, como un fogonazo de espiritualidad en medio de la orgía erótica, el recuerdo de la propia muerte, sugerida por la visión de un cuerpo en descomposición[103]. Ello hace caer al autor en el abismo del *spleen* y desde sus profundidades pide inútilmente piedad a su fría amante[104], llegando incluso a maldecir a quien le ha sometido a la más absoluta esclavitud[105]. A estas alturas se comprende ya que la voluptuosidad no asegura el contacto espiritual entre dos almas. El poeta ha sido víctima de ese malentendido al que se refirió en *Mi corazón al desnudo:* «En el amor, como en casi todos los negocios humanos, el acuerdo es el resultado de un malentendido. El hombre grita: "¡Oh, ángel mío!". La mujer ronronea: "¡Mamá, mamá!" Y estos dos imbéciles están persuadidos

---

97 Poema 11: «El enemigo».

98 Poema 13: «La vida anterior».

99 Poema 23: «Las joyas». Obsérvese en este poema el fetichismo baudelairiano, que impulsa al autor a desear ver el desnudo de la mujer adornado de joyas sonoras.

100 Poema 24: «Perfume exótico».

101 Poema 25: «La cabellera»; poema 58: «La invitación al viaje». Véase también *El spleen de París*, pp. 53-57.

102 Poemas 26, 27, 29 y 30.

103 Poema 31: «Una carroña».

104 Poema 32: *«De profundis clamavi»*.

105 Poema 33: «El vampiro».

de que piensan de consuno. El abismo infranqueable que produce la incomunicabilidad, sigue infranqueado»[106].

Nace entonces la necesidad de una nueva forma de relación amorosa. El ansia de dormir y de olvidar impulsa a Baudelaire a resaltar el papel protector de la mujer[107], hasta que en el poema 35 estalla la dualidad entre la mujer-bestia-amante y la mujer-ángel-madre. Esta última es la encarnación del juez, el ser revestido de autoridad que mira y que condena[108], cuya presencia es evocada por el ansia de perdón. Los placeres sensuales ceden paso a la adoración distante, mientras la relación erótica revela su aspecto de lucha encarnizada que conduce a la perdición[109] y el recuerdo sereno se impone a la pasión desenfrenada[110], que convierte a los amantes en compañeros de tedio[111]. El libro va adquiriendo matices más sombríos. En las tinieblas que rodean la tristeza del poeta la mujer es ya un fantasma del pasado a quien sólo el perfume consigue evocar. El paso del tiempo ha hecho del amor un pálido dibujo[112], y al poeta sólo le queda pedir a su amante que compartan juntos y en silencio la tristeza[113]. La mujer-ángel adquiere en este momento perfiles más definidos, que conducen al autor por el radiante sendero de la belleza[114], y lo ilumina con la plenitud de su autoridad, su salud y su alegría[115]. Con todo, esta relación es ambivalente. Baudelaire siente a un tiempo amor y odio hacia la mujer-ángel, a la que desea agredir cuando se siente mirado y condenado por ella. De labios de una mujer anónima recibe la confesión estremecedora: la relación amorosa está penetrada de egoísmo, «todo cruje, amor y belleza», hasta que se imponen el olvido y la muerte[116]. Es la primera constatación, ya presentida, de que tampoco es el amor un camino

---

106 *Mi corazón al desnudo,* p. 63.

107 Poema 34: «El Leteo».

108 SARTRE ha estudiado este aspecto con singular agudeza, en *loc. cit.*, pp. 80-84.

109 Poema 38: *«Duellum».*

110 Poema 39: «El balcón».

111 Poema 40: «El poseso».

112 Poema 41: «El fantasma».

113 Poema 43: *«Semper eadem».*

114 Poema 45 y poema 46: «La antorcha viviente».

115 Poema 47: «A la que es demasiado alegre»; poema 48: «Reversibilidad».

116 Poema 49: «Confesión».

de liberación. El ángel representa la antítesis del deleite carnal y aparece siempre en contraste con éste cuando la clara luz del alba deshace las tinieblas de la noche de placer[117]. Pero ese sol, que brilla en un cielo triste y bello, no es capaz de curar al hombre su melancolía[118]: constituye un falso paraíso, que, a lo sumo, procura momentos de evasión enloquecida y venenosa como el vino y el opio[119]. En última instancia, el ángel intensifica los remordimientos del pecador, y desde su trono inaccesible no puede aminorar la desesperación humana[120]. Al mismo tiempo, la mujer-bestia ha desgarrado el corazón del amante y éste únicamente espera del ángel que calcine sus despojos[121]. Baudelaire es víctima nuevamente del *spleen.* La muerte llama a su puerta a la llegada de un melancólico otoño en el que sólo cabe gustar la dulzura efímera de un afecto protector[122], pues hombre y mujer se ven ahora hermanados en el dolor y en el tedio[123] y sumidos en un estado de sopor que el horror del sadismo sacude de cuando en cuando[124].

El dramatismo de este agobiante proceso se aligera momentáneamente con los dibujos de diversos tipos de mujer: Sisina, la caritativa guerrera; Berta, la niña de bellos ojos; Francisca, la modistilla erudita y devota; la dama criolla, morena encantadora; la malabaresa, surgida de un país cálido y azul; Dorotea, la joven engalanada e indolente; Agata, que con sus ansias de evasión recuerda la lejanía del verde paraíso de los amores infantiles, y Margarita, a cuya intimidad renuncia el poeta, conocedor de las mortíferas armas del amor[125]. La misma función aliviadora de la tensión creciente cumplen los animales que se intercalan en el poemario: los gatos[126] y los búhos[127]. Los primeros, como ya

---

[117] Poema 50: «El alba espiritual».

[118] Poema 52: «Armonía de la tarde».

[119] Poema 54: «El veneno».

[120] Poema 59: «Lo irreparable».

[121] Poema 60: «Conversación».

[122] Poema 61: «Canto de otoño».

[123] Poema 64: «Madrigal triste».

[124] Poema 62: «A una Madona»; poema 72: «El aparecido».

[125] Poemas 65 a 71 y 74. Véase también *El spleen de París*, pp. 74-76.

[126] Poemas 37, 56 y 76. En *Mi corazón al desnudo* aclara: «Por qué los demócratas no aman a los gatos es fácil de adivinar. El gato es hermoso, despierta ideas de lujo, limpieza, voluptuosidad, etc.», (p. 31).

[127] Poema 77.

sabemos, guardan relación, para Baudelaire, con las ideas de ocio protegido, lujo aristocrático y perezosa inutilidad, y son símbolos de una vida libre del cuidado de existir. Además, las «conversaciones con los animales, perros, gatos, etc.», como los amores por las mujeres, tienen que ver, según el autor, con la invocación a Satán, «con el gozo de rebajarse»[128], razón por la cual aparecen en este ciclo dedicado al amor. Los búhos, con sus ojos fijos, su actitud estática y prudente, y su enseñanza de que es necesario que sufra castigo «el hombre ebrio de una sombra que pasa», podrían significar, en cambio, la encarnación amable de la mujer-ángel. Estas imágenes de serenidad se subrayan en el poema titulado «La pipa», aunque en la siguiente composición, «La música», se vuelve a establecer, sobre la base de la alegoría del mar, el contraste entre la pasión tempestuosa y la bonanza del tedio y la desesperación.

Los veintitrés poemas con los que culmina este primer apartado del libro sintetizan el triunfo absoluto del *spleen* sobre los ideales del arte y del amor. La cercanía de la muerte resulta aterradora cuando se vislumbra la espantosa soledad, abandono y olvido que sufren los sepultados[129]. «Un grabado fantástico» dibuja una visión apocalíptica, y el tedio de vivir se hace tan insufrible que torna amable la muerte[130]. Brota el odio, como otra flor del mal, compañero inseparable del amor, con el tormento de su insaciabilidad[131].

Como señala Baudelaire, «en el *spleen* el tiempo se dosifica; los minutos cubren al hombre como copos. Las campanas, que antaño formaban parte de los días de fiesta, han sido, como los hombres, arrojadas del calendario. Se asemejan a las ánimas del purgatorio que se afanan mucho, pero no tienen historia»[132]. El artista que en los primeros poemas de la obra se elevaba a alturas sobrenaturales, es ahora un Ícaro derribado y anónimo, e incluso el cielo, arriba, se ha convertido en muro de panteón, que impi-

[128] *Mi corazón al desnudo*, p. 47.

[129] Poema 80: «Sepultura».

[130] Poema 82: «El muerto gozoso».

[131] Poema 83: «El tonel del odio».

[132] *Loc. cit.*, pp. 159 y 160.

de todo ascenso[133]. La monotonía, los recuerdos transidos de remordimientos, la falta de alicientes y la desesperanza angustiosa son síntomas de este *spleen* abrumador[134]. Ni el sueño ni el mar serenan al poeta, que se resigna a gustar el sabor de la nada[135], urgido por exigencias morales a las que se siente sin fuerzas para responder, convertido como está en verdugo de sí mismo bajo el acicate de una culpa imborrable[136]. Por último, aparece Satán, el imprevisto, a recoger su cosecha de flores malsanas, mientras el reloj marca inexorable la hora final del condenado[137].

La siguiente sección lleva por título *Cuadros parisienses*. Baudelaire se ha encerrado en su elevada buhardilla «para componer castamente sus églogas»[138]. Pretende que la soledad y el trabajo ahuyenten su *spleen*. Nada puede esperar ya del contacto con el otro. El paisaje de la gran ciudad afanada, hormigueante se extiende bajo sus ojos. Pero Baudelaire no quiere que el bullicio le asalte. Intenta extraer un sol de sí mismo para darse calor frente al frío invernal. Ese astro interior le lleva a prestar atención al sol real, a imaginarlo rejuveneciendo, ennobleciendo y haciendo que fructifiquen las cosas más viles[139]. Y el poeta, como el sol que penetra por todos los rincones, se lanza a la calle para aventar su *spleen*. Con la superioridad que ostenta el que conoce sobre lo que es captado, va a observar sin ser visto, a satisfacer su afición a mirar, animado por la idea de que los transeúntes, atareados, inmersos en sus preocupaciones, concentrados en sus trabajos, no le concederán ninguna atención. Ser anónimo entre seres desconocidos que no sólo no se reconocen entre sí, sino que se esfuerzan en desentenderse mutuamente; ser solitario en el hormiguero de seres psicológicamente aislados.

---

133 Poema 85: «Las lamentaciones de un Ícaro»; poema 98: «La tapadera».

134 Poemas 86 a 89.

135 Poema 90: «El abismo»; poema 91: «Obsesión», y poema 92: «El gusto de la nada».

136 Poema 96: «El heautontimorúmenos». Vuelve a aparecer aquí el elemento sadomasoquista, manifestado en *Mi corazón al desnudo* cuando escribe Baudelaire: «Puede que sea dulce ser alternativamente víctima y verdugo» (p. 38).

137 Poema 99: «El imprevisto»; poema 102: «El reloj».

138 Poema 103: «Paisaje».

139 Poema 104: «El sol».

El París de Baudelaire poco tiene que ver con el París real. En estos poemas hay muy escasas referencias a lugares concretos. Es más bien la mirada del alegórico la que se posa sobre la metrópolis para percibir hasta en sus fealdades y disparidades «correspondencias» secretas con sus propias contradicciones íntimas. Así, el cuerpo enfermizo de una niña mendiga halla eco en la morbosidad inconfesable del artista[140].

Pero la primera impresión que embarga a Baudelaire en este París que se encuentra en pleno proceso de transformación urbanística es la de extrañamiento. No es éste un sentimiento exclusivo de nuestro autor. La subida de los precios de alquiler ha empujado al proletariado creciente a los arrabales. Los barrios están perdiendo su fisonomía propia, bajo el efecto demoledor de los planes de Haussmann, empeñado en asegurar la ciudad contra la guerra civil. Las calles anchas y el entarugado impedirán la construcción de barricadas, y la apertura de nuevas vías establecerá el camino más corto entre los cuarteles y los barrios obreros. El cambio de París contrasta con la melancolía inalterable del escritor[141], que capta la alienación de los parisienses ante su ciudad, de cuyo carácter inhumano empiezan a tomar conciencia. El cisne escapado de su jaula, arrastrando sus patas sobre el seco pavimento en busca de un agua que ya no existe, la negra que añora entre la niebla y el barro los cocoteros de su tierra natal, son alegorías del destierro como situación humana radical, por encima de lugares y de época concretas.

Sin embargo, la calle reserva impresiones más hondas y dolorosas. En cualquier momento puede surgir el horror de entre la bruma, pues «por doquier fluyen los misterios como savia»[142]. Y el azar depara a Baudelaire la insoportable visión de siete viejos absolutamente idénticos. No es su aspecto estrafalario de los mismos lo que conmociona al poeta, sino el hecho real de la repetición de algo que, por su carácter estrambótico e inusual, debería ser necesariamente singular y único.

---

140 Poema 105: «A una mendiga pelirroja».

141 Poema 106: «El cisne».

142 Poema 107: «Los siete viejos».

Este rechazo contrasta con la simpatía que Baudelaire siente por las viejecitas, santuarios vivientes de un brillante pasado, llagadas por dolores antiguos, «sobre quienes gravita la garra espantosa de Dios»[143]. Los ciegos, con sus órbitas apagadas dirigidas al cielo, son la alegoría de quienes alzan inútilmente sus ojos a un cielo vacío[144]. El poeta, a solas con su dolor, guarda recogimiento en medio de la noche, lejos de la fiesta servil a la que acude la multitud esclava del placer, para recoger luego el inevitable remordimiento[145].

La masa, erigida por vez primera en protagonista de la historia durante la revolución de 1789, es ahora un conjunto indiferenciado de seres que se agita hormigueante por las aceras de los bulevares. No se trata de ninguna clase, de ningún colectivo, cualquiera que sea su estructura, sino de la amorfa y abigarrada multitud de los transeúntes, del público de la calle, en la que cada individuo es indiferente a los sentimientos de los otros[146]. Por eso, sumarse a la multitud es algo más que estar solo: supone experimentar la indiferencia de los que te rodean, lo que hace que la soledad en medio de la masa pueda parecer más acongojante que la soledad del aislamiento físico.

Pues bien, como apunta Benjamin, «la masa era el velo agitado a través del cual veía Baudelaire París»[147]. Desde semejante perspectiva, asombra que, de pronto, alguien destaque del con-

---

143 Poema 108: «Las viejecitas».

144 Poema 109: «Los ciegos».

145 Poema 110: «Recogimiento».

146 No he encontrado a nadie que explique lo que aquí quiero decir como GEORG SIMMEL: «En general, lo que *vemos* de un hombre lo interpretamos por lo que *oímos* de él; lo contrario es poco frecuente. Por eso, el que ve sin oír vive más confuso, desconcertado e intranquilo, que el que oye sin ver. En esto debe influir una circunstancia importante para la sociología de la gran ciudad. En comparación con la ciudad pequeña, el tránsito de la gran ciudad se basa mucho más en el ver que en el oír. La razón de ello no es sólo que en la ciudad pequeña las personas que nos encontramos en la calle son, con frecuencia, conocidos, con quienes cambiamos unas palabras, o cuya visión evoca en nosotros su personalidad total además de la visible, sino, sobre todo, por causa de los medios de comunicación públicos. Antes de que en el siglo XIX surgiesen los ómnibus, ferrocarriles y tranvías, los hombres no se hallaban nunca en la situación de estar mirándose mutuamente, minutos y horas, sin hablar. Las comunicaciones modernas hacen que la mayor parte de las relaciones sensibles entabladas entre los hombres queden confiadas, cada vez en mayor escala, exclusivamente al sentido de la vista, y por tanto, los sentimientos sociológicos generales tienen que basarse en fundamentos muy distintos». *(Sociología*, vol. 2, Revista de Occidente, Madrid, 1977, p. 681).

147 *Loc. cit.*, p. 139.

junto, que aparezca revestido de una personalidad peculiar. El luto, la esbeltez y la gracia de los andares hacen que el poeta perciba a una mujer que pasa por su lado. Con avidez busca sus ojos. En el lugar público donde se encuentran y en el que no suele darse la relación interpersonal imprevista, un cruce de miradas puede significar una corriente bidireccional de complicidad[148]. Pero independientemente de esto, el que observa se sobresalta si, de improviso, ve que le está mirando aquel a quien observa. Si la mirada es de lascivia, de deseo erótico o de simple admiración galante, el sorprendido en su acción experimenta esa confusión sexual que sobreviene al solitario tímido. Sin embargo, Baudelaire se siente «crispado de un modo extravagante»[149], no por haber brotado en él un amor a primera vista, sino porque sabe que esta visión encantada no volverá nunca a repetirse, dado que el cruce de los transeúntes en la gran ciudad es azaroso y no garantiza un nuevo encuentro. Esto determina que el poema 111 encaje con la idea recurrente y obsesiva que se halla en todo el libro: la pérdida irreparable de algo que nunca ha de volver.

Efectivamente, el París baudelairiano está superpoblado; la masa es algo que está ahí, como telón de fondo, como algo con lo que hay que contar, como el coro impasible de la tragedia griega. Las calles de la ciudad son arterias por donde fluyen las gentes ajetreadas. Tiene mucho de mecánico este ir y venir que carece de sentido para quien desconoce las intenciones de cada transeúnte. El alba y el crepúsculo ponen en marcha a las muchedumbres del potente coloso. Y el poeta, siempre atraído por el dualismo bien-mal, capta la diferencia de trayectoria de las gen-

---

[148] El cruce de miradas de la prostituta con un posible cliente es un buen ejemplo de esto.

[149] Poema 111: «A una que pasa». También SIMMEL tiene algo que decirnos respecto a esta cuestión: «Se comprende por qué la vergüenza nos hace bajar los ojos al suelo, evitar la mirada del otro. No sólo porque de esta manera prescindimos de comprobar que el otro nos mira en situación tan penosa y desconcertante, sino por un motivo más profundo, y es que al bajar la vista privamos al otro de una posibilidad de conocernos. La mirada a los ojos del otro no sólo me sirve para conocerle yo a él, sino que le sirve a él para conocerme a mí. En la línea que une ambos ojos, cada cual transmite al otro la propia personalidad, el propio estado de ánimo, el propio impulso. En esta relación sensible inmediata encuentra aplicación efectiva la "política del avestruz"; el que no mira al otro escapa realmente, hasta cierto punto, a su mirada. Para que el hombre se halle completamente ante el otro, no basta que éste le mire a él, es preciso que él también mire al otro». (*Loc. cit.*, p. 678).

tes en esos momentos de transición cósmica. La noche es el reino del mal, el momento en que, con los reverberos, se encienden el crimen, el robo y la prostitución, mientras el honrado trabajador busca en el hecho el descanso merecido. El alba, en cambio, es el triunfo del bien. El obrero que acude a su lugar de trabajo se cruza con el libertino que regresa entonces a su casa. La luz que ha estado encendida toda la noche queda reducida a una mancha rojiza ante la invasión esplendorosa del sol. Si Baudelaire aborda el tema del amanecer, hay siempre en las calles vacías algo de ese «silencio de un enjambre» que Victor Hugo rastrea en el París nocturno. Sin embargo, el alba y el crepúsculo tienen algo en común: es el instante en que los dolores se hacen más agudos y en que los agonizantes lanzan el último suspiro. El paso del día a la noche y de la noche al día evoca, así, en el poeta el tránsito definitivo de la muerte[150].

Vuelven a intensificarse los tonos funerarios. Tan pronto como el escritor posa su mirada sobre las láminas que venden en los polvorientos malecones del Sena, la masa de los muertos ocupa imperceptiblemente el sitio en el que antes se veían esqueletos aislados. Para Baudelaire esos grabados no tienen la utilidad del estudio anatómico: abren interrogantes sobre el futuro que aguarda más allá de la muerte[151].

Tras haber ofrecido una panorámica del nocturno ciudadano, el poeta, diablo cojuelo sobre los tejados de París, amplía a primer plano diversos interiores. Ahora es la sala de juego el motivo de un poema. Un conjunto de seres esperpénticos, marcados por la huella del tiempo, rodea los verdes tapetes. El placer del riesgo introduce una excitación malsana y febril en la monotonía del vivir hasta el punto de hacer preferible «el dolor a la muerte y el infierno a la nada»[152]. Hay una gran dosis de dandismo en la indiferencia con que el jugador confía su fortuna a un número o a una carta. Pero Baudelaire desdeña el estupefaciente con que los jugadores procuran acallar la consciencia que les ha abandonado

---

[150] Poema 113: «El ocaso»; poema 122: «El alba». Véase también *El spleen de París*, pp. 67-69.

[151] Poema 112: «El esqueleto labrador».

[152] Poema 114: «El juego».

al paso del segundero. Y es que, en realidad, el jugador siempre acaba apostando contra el tiempo. Ya conocemos el resultado:

Acuérdate que el Tiempo es un ávido jugador
que gana sin hacer trampas, ¡en todo lance!, es la ley[153].

Este es el secreto a voces que el jugador parece haber olvidado. Sin embargo, el tiempo prosigue su acción devastadora, y hasta la luna se revuelve ofendida cuando el poeta le pregunta con ironía si persiste en sus amores de juventud[154]. Todo se descubre de pronto envejecido. Cuando la Muerte avanza ataviada con ropas de coqueta extravagante en el baile nocturno, su terrorífica realidad maquillada no desentona en el conjunto de seres condenados a idéntico destino que se mueven al compás de la danza macabra[155].

Baudelaire recuerda los días tranquilos de su lejana niñez[156], y la ternura hacia su vieja sirvienta, ya fallecida, se mezcla con la evocación terrorífica[157]. También surge la muerte desde el pasado. Pocos recuerdos quedan a quien percibe alegorías funerarias en todas las esquinas del tiempo y del espacio: envolverse en las tinieblas estacionales o adormecer su dolor en un lecho con una compañera ocasional[158].

Resta, por fin, el sueño, coto cerrado de la imaginación, en el que el París real puede verse convertido en un paisaje de fábula: «un paisaje hecho con luz y mineral, y líquido para reflejarlos»[159]. Pero el brusco despertar hace más insoportable el reencuentro con la realidad cotidiana. La buhardilla del artista ya no es un lugar apacible del trabajo: revela ahora el horror del cuartucho donde el poeta se ve asaltado por las malditas preocupaciones[160].

Pero, ¿y el vino? ¿No sabe el vino «revestir el más sórdido antro de un lujo maravilloso?»[161]. Baudelaire no plantea directa-

---

153 Poema 102: «El reloj».
154 Poema 115: «La luna ofendida».
155 Poema 116: «Danza macabra».
156 Poema 118.
157 Poema 119.
158 Poema 120: «Nieblas y lluvias».
159 *El spleen de París*, p. 133.
160 Poema 121: «Sueño parisiense».
161 Poema 54: «El veneno».

mente en la sección siguiente del libro la posibilidad de que el recurso a los excitantes obtenga resultados positivos en la lucha contra el *spleen*. Por otros escritos suyos sabemos que la posición del poeta al respecto fue, una vez más, ambigua y contradictoria. De entrada, la embriaguez, cualquiera que sea, es un estado transitorio, que no puede mantenerse indefinidamente, pues entonces no sería una experiencia humana, sino una locura sin retorno. Baudelaire teme la vuelta a la realidad, el sabor amargo de evasión que exige una fortuna considerable. El vino, en cambio, está asociado con las dimensiones trágicas y la angustia del hombre. En los poemas agrupados en la sección dedicada al vino, éste es relacionado con las situaciones más míseras y terribles. El vino es amigo de los miserables, de los asesinos, de aquellos cuya vida se ve truncada o frustrada en la posibilidad de realizar altas apetencias. Sin embargo, el vino es también para el pueblo que trabaja y merece beberlo[162]. En el cuerpo del marginado trapero posee la facultad de aumentar desmesuradamente su personalidad y de encender su comunicación emotiva[163]. Transmite esperanza, juventud, vida y orgullo al solitario[164], y hace más amable el paraíso que atraviesan unidos los amantes[165]. Ahora bien, esta forma de intoxicación es otra flor del mal, si tenemos en cuenta que la búsqueda directa del placer es, para Baudelaire, incompatible con el disfrute de los goces superiores del arte, ya que el acceso a la creación pasa ineludiblemente por el sufrimiento. El hachís y el opio, empero, no procuran experiencias vulgares (eso compete al vino): son curiosidades que ponen a prueba la fortaleza de un espíritu. Constituyen la encarnación de Satán, la evasión por la vía demoníaca, que atenta contra la dignidad de la lucidez. Con todo, el recurso al opio es propio de los locos «menos idiotas»[166].

En este momento del libro comienza el ciclo dedicado a *Las flores del mal*. Lo demoníaco está ya en el ambiente. Es imposible no respirarlo. La identificación Demonio-arte-mujer-te-

---

162 Poema 123: «El alma del vino».

163 Poema 124: «El vino de los traperos». Es aconsejable conocer lo que dice W. BENJAMIN de este poema en el *loc. cit.*, pp. 30-33.

164 Poema 126: «El vino del solitario».

165 Poema 127: «El vino de los amantes».

166 Poema 149: «El viaje».

dio-destrucción se sintetiza en el binomio amor-muerte[167]. Esta atmósfera enrarecida, asfixiante se plasma en un dibujo al gusto modernista que responde a una estética de lo terrorífico: sobre un lecho que fue sede de antiguas voluptuosidades yace un cadáver de mujer, cuya cabeza, separada del tronco, reposa en la mesilla de noche. El crimen pasional consuma su maldad con el beso necrofílico[168]. La exaltación de la voluptuosidad adquiere entonces los rasgos de un verdadero culto y el pagano reza a ella como a una diosa, pidiendo que caldee su espíritu aterido[169].

Es necesario precisar aquí. El auténtico mal es el que no busca una utilidad extrínseca, el que no persigue otros fines que su propia realización, el que carece de toda posible justificación. Baudelaire es un hombre fascinado por el erotismo superfluo, por el deleite que no se dirige a la reproducción. Ello explica que la lesbiana sea la heroína del satanismo y que el culto lésbico se confunda con la adoración luciferina. No es de extrañar que para el artista sutil y delicado, contrario a la naturaleza y a la brutalidad sexual del varón, la isla paradisíaca o la lujosa alcoba donde las vírgenes se entregan a un placer compartido, revistan insospechados encantos. De hecho, estaba tan extendido el tema del lesbianismo en el arte francés de la época, que Balzac, Gautier y Delatouche lo recogen en sus escritos, y Delacroix y Toulouse-Lautrec lo pintan en sus cuadros.

También aquí es ambigua la posición de Baudelaire. Su poema «Lesbos» es un himno a la homosexualidad femenina, erigida en una religión cuyos respetables orígenes se remontan a la antigüedad griega[170]; «Mujeres condenadas (Delfina e Hipólita)», por el contrario, es una condenación de este amor, si bien vibrante de lástima y compasión[171]. En cualquier caso, el dolor redime, y tras el deleite infecundo se halla siempre la muerte, presente en el poema con el suicidio de Safo. «¡Descended, descended,

---

[167] Poema 128: «La destrucción».

[168] Poema 129: «Una mártir». No está de más señalar el parentesco morboso que guarda este poema con algunas escenas de *Salomé*, de OSCAR WILDE: el beso en los labios de la cabeza separada del tronco.

[169] Poema 130: «La oración de un pagano».

[170] Poema 131: «Lesbos».

[171] Poema 132: «Mujeres condenadas (Delfina e Hipólita)».

víctimas lamentables!» es la última palabra que Baudelaire grita a la mujer lesbiana, cuyo infierno, como en el caso del odio, se halla contenido en el carácter eternamente insaciable de su propia pasión.

Lujuria y muerte. Su hermandad ya ha sido establecida. Incluso hay una relación lésbica insinuada entre ambas cuando en el poema 134 aparecen encarnadas en «dos amables muchachas». Es lo mismo, pues, recurrir al amor que llamar a gritos a la muerte: en ambos casos los efectos coinciden haciendo del cuerpo del poeta una fuente de sangre[172].

Resurge la alegoría de la mujer hermosa, cuya insensible belleza la sitúa por encima de las garras del libertinaje y de la muerte[173]. Pero ésta es sólo una imagen irreal. La Beatriz de Baudelaire, a diferencia de la angelical amada del Dante, se burla del poeta y hace caricias obscenas a los demonios que le prodigan sus escarnios[174]. La identidad lujuria-muerte se refuerza aún más con la presentación del erotismo sádico que caracteriza a la doble personalidad del vampiro[175].

Ya no hay escapatoria. La isla griega, que dibuja el poema siguiente, no se parece en nada a la de Lesbos: es una tierra estéril en la que destaca el cadáver de un ahorcado, devorado por animales de rapiña[176]. La muerte es el castigo de la voluptuosidad erótica: ésta es la Ley suprema que preside la religión que rinde culto a Dios. Ante esta situación sólo cabe la rebeldía radical: la transvaloración de la axiología religiosa, la blasfemia, el culto a Lucifer.

La rebelión baudelairiana tiene, a mi juicio, mucho de retórica; es una concesión literaria al satanismo de la época. Como indica Benjamin, «no hay que tomar demasiado en serio el satanismo baudelairiano. Si tiene alguna importancia, la tiene sólo en cuanto que es la única actitud en la que Baudelaire estaba en

---

172 Poema 135: «La fuente de sangre».

173 Poema 136: «Alegoría».

174 Poema 137: «La Beatriz».

175 Poema 138: «Las metamorfosis del vampiro». Los versos finales recuerdan inevitablemente pasajes de Poe.

176 Poema 139: «Un viaje a Citera».

situación de mantener a la larga una posición no conformista»[177]. El poeta sabe que su rebelión está condenada al fracaso y que se parece a la rabieta del niño cuyos deseos han sido contrariados. Pero queda el consuelo del orgullo digno, y en él se solaza Baudelaire contraponiendo a las dos razas irreconciliables: la de Abel, los adoradores de Dios, los agraciados, las gentes de orden que se multiplican y esclavizan, y la de Caín, los desheredados, los malditos, los adoradores de Satán, a quienes el poeta encomienda la tarea de subir al cielo y arrojar a Dios sobre la tierra[178].

Las flores del mal se cierran con la sección dedicada a la muerte. Baudelaire describe diferentes actitudes humanas ante este desenlace inevitable. Para los amantes que mueren juntos, la perspectiva de la muerte se enciende con el vislumbre imaginativo de un Paraíso en el que podrían eternizar su amor[179]. Para los pobres, la muerte es la meta de la vida, lo que da sentido a ésta, «el pórtico abierto a los cielos ignotos»[180]. Para los artistas, constituye la única esperanza de que «se abran las flores de su cerebro»[181]. Para el curioso, representa la posibilidad de que se vea satisfecha su sed inquieta de conocimiento[182]. En cuanto a Baudelaire, el poeta expone sus ideas sobre la vida y la muerte en el largo poema que pone fin al libro.

«El viaje» es, según creo, el poema más importante de Baudelaire, no sólo por su longitud, sino también por la brillantez de sus imágenes, la viveza de su desarrollo y, sobre todo, la trascendencia de las cuestiones que aborda. Si el poema 58 era una invitación al viaje, cabe decir que éste supone un intento de disuasión del mismo. La huida a países exóticos en un viaje por mar —alegoría presente en varios pasajes de la obra— podía ser un lenitivo contra el *spleen*. Pero la actitud del poeta en esta composición final es bastante desesperanzada. Nada nuevo encontraríamos

[177] *Loc. cit.*, p. 35.

[178] Poema 142: «Abel y Caín».

[179] Poema 144: «La muerte de los amantes».

[180] Poema 145: «La muerte de los pobres». Esta postura coincide con la actitud de «los trasmundanos», «los que desprecian el cuerpo» y «los predicadores de la muerte», descritos por NIETZSCHE en *Así habló Zaratustra,* Busma, Madrid, 1982, pp. 65-68 y 75-77.

[181] Poema 146: «La muerte de los artistas».

[182] Poema 148: «El sueño de un curioso».

aunque diésemos la vuelta al planeta, pues los comportamientos y las actitudes humanas son idénticos en todas las latitudes.

El poema discurre a través de la contraposición entre la curiosidad ávida de los niños y la experiencia tediosa de quienes están de vuelta de un viaje a muchos países lejanos. Baudelaire enumera los diferentes motivos que impulsan a los individuos a emprender ese viaje: salir de una patria miserable, escapar de una situación familiar terrible o huir de los lazos esclavizadores de una mujer, para concluir que «los verdaderos viajeros son sólo los que parten por partir», esto es, los que tratando de curarse de su *spleen,* se lanza a la búsqueda de novedades, pletóricos de esperanzas y de ilusiones vaporosas y sin concretar.

El viaje a tierras remotas, como fuga de la civilización moderna, es tan antiguo como la protesta bohemia contra el modo burgués de vida. Ambos tienen su origen en el individualismo y el irrealismo románticos, pero se han transformado entretanto, y la forma en que ahora se incorporan a la experiencia del artista hay que atribuirla preferentemente a Baudelaire. Los románticos buscaban ya la «flor azul», el país de los sueños e ideales, pero nuestro poeta persigue el viaje a lo desconocido, no porque uno se sienta atraído, sino porque se está disgustado por algo. Rimbaud intensifica el dolor de la partida —«La vida está ausente, no estamos en el mundo»—, pero apenas si supera la belleza de las palabras de adiós de Baudelaire, que no tienen paralelo en toda la poesía moderna. Sin embargo, Rimbaud será el único heredero de Baudelaire en este aspecto, el único que realizará los viajes imaginarios del maestro, con una forma de vida de lo que antes de él no eran más que meras escapadas al mundo de la bohemia. Hay, no obstante, en el poema baudelairiano apuntes muy realistas, tomados quizá durante el viaje por mar que el autor realizó en su juventud.

Los viajeros van narrando cómo la realidad destruye, una por una, todas sus esperanzas y fantasías. Finalmente constatan que el sadismo, el abuso de poder, la estupidez, el masoquismo religioso, la charlatanería frívola, la coquetería femenina, el libertinaje, la blasfemia, el recurso insano al paraíso artificial de la droga, son universales, es decir, que *Las flores del mal* crecen en

todos los terrenos. La imagen que el viajero tiene de sí mismo —«un oasis de horror en un desierto de tedio»[183]— se repite indefinidamente en el mundo de hoy, monótono y pequeño.

Al final del poema *El viaje* descubre su aspecto alegórico: es el tránsito que supone la muerte. Y ante él, el poeta, sediento de una novedad que fulmine la monotonía de su vivir diario, adopta una actitud de jubiloso orgullo y se dispone a lanzarse en brazos de lo desconocido, sin importarle si es el cielo o el infierno lo que hallará en el fondo del abismo. En última instancia, siempre será algo nuevo frente a la existencia terrible que sobrelleva. En esta actitud definitiva concluye el doloroso proceso humano que expone Baudelaire a lo largo de las diferentes secciones que constituyen *Las flores del mal.*

SOBRE LA TRADUCCIÓN

Traducir *Las flores del mal* representa un reto cuya aceptación no garantiza sin más las posibilidades de salir airoso de la prueba. Ante todo, el traductor se ve abocado a una opción capital: ¿fidelidad plena al autor o recreación en castellano de la métrica y de la rima? Responder a ambas exigencias resulta imposible por razones obvias de diferencia idiomática. Para tomar una decisión empecé, pues, revisando algunas de las versiones castellanas al uso en orden a comprobar cómo se había sorteado el escollo. Los traductores empeñados en presentar a todo trance sus versiones obedeciendo a las reglas de la métrica y la rima del castellano me pareció que llevaban a cabo una labor semejante a la de Procusto, el legendario y siniestro personaje que torturaba a sus víctimas alargando o cortando sus miembros para acomodarlos a un mismo lecho de hierro. En este caso, los rimadores de turno alargaban con palabras y hasta con frases de su cosecha los versos franceses que se les quedaban cortos, a la vez que amputaban fragmentos del original cuando era el verso en castellano el que superaba el número adecuado de sílabas. Observé, además, que, no pocas veces, el respeto a la métrica encubría la no traducción

[183] Poema 149: «El viaje». Véase también *El spleen de París,* pp. 133 y 134.

de fragmentos difíciles o de simples términos, obstáculo imposible de vadear si uno se propone realizar una versión literal. No era eso todo. Algún traductor se permitía también hacer de censor en medio del río revuelto de la contabilidad silábica. Veamos un ejemplo curioso. En el poema 125 dice Baudelaire literalmente:

La carreta de pesadas ruedas
cargada de piedras y de barro,
o la vagoneta rabiosa pueden muy bien
aplastar mi cabeza culpable
o cortarme por la mitad,
¡me burlo de ellas, igual que de Dios,
del Diablo o de la Mesa del Altar!

Al traductor de la versión rimada que ofrece la Biblioteca E.D.A.F. debieron parecerle improcedentes los dos últimos versos, por lo que, sin el más mínimo empacho, solventó el caso de la siguiente manera:

Con sus ruedas allí la carreta
cargada de piedras y escombros,
o la pesada vagoneta,
podrá partirme en dos pedazos,
podrá aplastarme la cabeza,
¡que yo me río igual que Dios
de la serpiente y su fiereza!

Otras veces las cosas no llegaban a tanto, pero el esforzado rimador no tenía reparo alguno en introducir neologismos ridículos. Así, Eduardo Marquina convertía el término francés *volupté* (voluptuosidad) en el imposible castellano «voluptad», mientras Angel Lázaro introducía un gendarme «feroche» en el magnífico poema *El vino de los traperos* para que le salieran las cuentas de la métrica.

Ante tamaños despropósitos opté por trabajar en una versión literal de *Las flores del mal,* en la que, sin descuidar la musicalidad métrica siempre que fuera posible, se respetaran hasta los más mínimos matices semánticos del original. Así, por ejemplo, cuando Baudelaire utiliza en el poema 107 el término *tombereau,* a diferencia de lo que se hace en otras versiones castellanas donde se introduce un término más poético, me ha parecido que lo más correcto era darle su auténtico y único significado de *volquete,* carro, como es sabido, muy utilizado en obras de explanación y de derribo. El autor vive en un París que se halla en plena obra de remodelación urbanística, y el impacto que le produce el cambio que está experimentando la capital francesa lo plasma Baudelaire en su obra poética.

Sí, como dicen los italianos, traductor es sinónimo de traidor *(traduttore = traditore),* mi «traición» consiste en haber sometido las exigencias de la métrica y la rima a los intereses de la versión fiel. Los lectores que gusten de la musicalidad poética disponen de notabilísimos y numerosos autores que escriben en castellano. Soy consciente de que mi opción no hace honra a las excelentes dotes de Baudelaire como versificador. Debemos imaginarnos al excelente poeta como él mismo se describe:

> ... *husmeando por todos los rincones los azares de la rima,*
> *tropezando en las palabras como en el empedrado,*
> *topando a veces con versos largo tiempo soñados.*

Dicho de otra manera, nuestro poeta une a su portentosa imaginación y excelente capacidad de observación, un trabajo minucioso y constante para pulir sus versos y conferir a sus poemas la acabada perfección que revisten en el original. Nada de esto último ha podido conservarse en esta edición castellana. Por ello mi versión de *Las flores del mal* quizá resulte prosaica, defecto que no cabe achacar al texto francés. En mi descargo ofrezco una traducción que estimo semántica y sintácticamente correcta, lo cual, aunque parezca extraño, no deja de ser una innovación, toda vez que la única versión totalmente literal en castellano que conozco se encuentra llena de un número tal de disparates que difícilmente pueden atribuirse a despistes pasajeros y disculpables del traductor.

He trabajado sobre el texto francés de *Les fleurs du mal* en la edición de Antoine Adam, Garnier, París, 1961, cotejándola, a efectos de ordenación de los poemas y corrección de posibles erratas, con la de Marcel A. Ruff, Seuil, París, 1968. Respetando lo que parece ser la intención del autor, no he traducido algunos esbozos de poemas o algunos poemas acabados, no incluidos originalmente por Baudelaire en *Les fleurs du mal.* Es el caso de «Orgullo», «El glotón», «Condenación», «Sobre "el Tasso en prisión"», «A Theodore de Banville», «Puesta del sol romántica», «Las promesas de un rostro», «Versos para un retrato de Honoré Daumier», «Lola de Valencia» y «El rescate». A mi entender, estos poemas tendrían sentido en una edición de la obra poética completa de Baudelaire, pero rompen la unidad interna que el autor quiso dar a *Les fleurs du mal.*

Por otra parte, mi fidelidad al original me ha llevado a respetar las mayúsculas iniciales de muchos términos y los numerosos signos de admiración usados por Baudelaire, aunque sé que ello no responde al gusto actual. Por el contrario, he eliminado la mayúscula en la letra inicial de cada verso para no desorientar al lector en la enredada sintaxis que el poema emplea en ocasiones. Otras libertades han sido sustituir el tratamiento de *vous* por el de *tú* en algunos poemas, y la primera persona del plural por la primera persona del singular en el poema 95. Me ha parecido que así se mantenía mejor la fuerza dramática del original. Al mismo tiempo, he devuelto a sus correspondientes lugares de origen las composiciones que en 1857 fueron extirpadas del poemario por decisión del Tribunal Correccional del Sena. Me refiero a las tituladas «Lesbos», «Mujeres condenadas (Delfina e Hipólita)», «El Leteo», «A la que es demasiado alegre», «Las joyas» y «Las metamorfosis del vampiro», que en muchas versiones aparecen segregadas del conjunto bajo la rúbrica de *Los despojos,* debida al propio Baudelaire. Por último, he señalado abundantes notas aclaratorias, entresacadas de diferentes fuentes, tal vez innecesarias para un lector cultivado, pero que resultan indispensables en una colección que pretende llegar al público en general.

Enrique López Castellón.

BIOGRAFÍA

1821: El 9 de abril nace en París. Hijo de Joseph François Baudelaire, de más de sesenta años, exseminarista, antiguo preceptor, profesor de dibujo, pintor y jefe del Despacho de la Cámara de los Pares, quien tenía un hijo de su primer matrimonio llamado Claude Alphonse.
Su madre, Caroline Archimbaut-Dufays, no ha cumplido treinta años; hija de emigrados franceses a Londres durante la revolución del 93, que enseñaría el inglés al poeta. Es criado por Mariette, sirvienta de la familia, a la que evoca en el poema 119 de *Las flores del mal.* Su padre le enseñó las primeras letras.

1827: Muere su padre, dejando una discreta herencia. Su viuda se cambia de domicilio.

1828: A los veinte meses de enviudar, Carolina contrae matrimonio con el comandante Jacques Aupick, vecino suyo, de cuarenta años. Este nuevo matrimonio de su madre producirá un profundo impacto emocional en Baudelaire, que nunca llegará a tener buenas relaciones con su padrastro. Se forma un consejo de familia para decidir sobre el futuro del niño.

1830: Del 27 al 29 de junio, jornadas revolucionarias que obligan a Carlos X a huir de Francia. Talleyrand facilita el tránsito a la monarquía constitucional de Luis Felipe de Orleáns. Aupick es ascendido a teniente coronel por su participación en la campaña de Argelia.

1832: Aupick es nombrado jefe de Estado Mayor y se traslada con su familia a Lyon, donde vivirá tres años. El niño inicia sus estudios en un colegio de la ciudad.

1833: Baudelaire es internado en el Colegio Real de Lyon, de cuyo ambiente no guardará buen recuerdo.

1836: Aupick asciende a general de Estado Mayor, y vuelve con su familia a París, donde el niño es internado en el Colegio Louis-le-Grand. Su madre se va volviendo cada vez más rígida y puritana, adaptándose a la personalidad de Aupick.

1838: Vacaciones familiares de verano en los Pirineos.

1839: Permanece en el Colegio Louis-le-Grand unos dos años y medio. Lee a Sainte-Beuve, a Chenier y a Musset, a quien criticará mucho más tarde. Es expulsado del colegio por una falta cuyo carácter se desconoce. En agosto obtiene el título de Bachiller superior.

1840: Se matricula en la Facultad de Derecho. Tiene diecinueve años. Primeras amistades literarias con Gustave Le Vavasseur y Ernest Prarond. Intima con Louis Menard, dedicado a la vivisección de animales y a la taxidermia. Empieza a frecuentar los prostíbulos. Mantiene una extraña relación con una ramera judía del Barrio Latino llamada Sarah, a la que denomina Louchette por su bizquera y que probablemente contagió la sífilis al poeta. Aparece en el poema 35 de *Las flores del mal.*

1841: Conoce a Nerval y a Balzac. Empieza a publicar en los periódicos en colaboración y anónimamente. La conducta desordenada del joven mueve a sus padres a distanciarle de los ambientes bohemios de París. Le envían a Burdeos para que embarque en el paquebote Mares del Sur, al mando del comandante Sauer, en una travesía que había de llevarle a Calcuta y durar dieciocho meses. Va con comerciantes y oficiales. El joven Baudelaire adopta actitudes provocativas e impertinentes; se siente aislado y sólo habla para expresar su deseo de regresar a París. El barco ha de afrontar una violentísima tempestad. Estancia en la isla Mauricio, al este de Madagascar, donde conoce a una señora casada para quien escribe *A una dama criolla* (poema 68). Asustado el comandante del barco por el efecto psicológico negativo que el viaje produce en el poeta, consiente en hacerle regresar a Francia desde la isla Bourbon (Reunión) en otro barco, «L'Alcide». Escribe *El albatros* (poema 2). El viaje dura desde finales de marzo de 1841 hasta febrero de 1842.

1842: Nuevamente en París, entabla amistad con Thèophile Gautier y Thèodore de Banville. Alcanza la mayoría de edad y percibe la herencia paterna de setenta y cinco mil francos. Abandona el piso familiar y se instala solo en un pequeño apartamento. Decide convertirse en un dandi. Conoce a

Jeanne Duval, actriz mulata que representa un papel muy secundario en un vodevil del Teatro Partenon. Esta mujer desempeñará un papel fundamental en la vida del poeta. Es la que aparece en los poemas 24, 25, 26, 27, 28, 29, 30, 33, 36, 37, 38, 39, 41, 42 y 63. Probablemente inspira también al poeta los poemas 57, 58 y 137.

1843: Es obligado por los tribunales a ser administrado por su padrastro. Se le entrega una cantidad trimestral de seiscientos francos. Decide publicar anónimamente para percibir un dinero fácil. En colaboración con Prarond escribe un drama en verso, *Ideolus,* que deja sin acabar. Asiduo a círculos literarios y artísticos, uno de ellos en casa de Aglae Sabatier, llamada la Presidenta, amante de un banquero, por la que el poeta experimentará un amor ideal y platónico. A ella dedicará posteriormente los poemas 47, 48, 50 y 51. Contrae numerosas deudas.

1844: Su madre, alarmada por sus deudas, hace que el tribunal civil nombre administrador del resto de la herencia a Narcisse-Desiré Ancelle, notario, juez de paz y alcalde de Neuilly, lo que hace que nuestro autor se sienta humillado. Trata inútilmente de curarse de la sífilis.

1845: Intento histérico de suicidio en un cabaré ante un grupo de amigos, donde se hace un corte con un puñal. Su padrastro, por miedo al escándalo, le paga sus deudas y le lleva a vivir con él y con su madre en la elegante plaza Vendôme, pero pronto volverá el poeta a vivir solo. Publica sonetos, uno de ellos con su verdadero nombre *(A una dama criolla)* y un librito de crítica de arte *(Salón de 1845),* así como un artículo sobre Balzac.

1846: Publica en *Le Corsaire-Satan* un conjunto de aforismos y en *L'Esprit Public, Consejos a los jóvenes literatos.* Adquiere fama de mordaz. En *Salón de 1846* defiende apasionadamente al pintor Delacroix contra los académicos. Anuncia la aparición de un poemario, *Las lesbianas,* título primitivo de *Las flores del mal.*

1847: Aparece su novela corta *La Fanfarlo,* donde el poeta, tras el personaje de Samuel Cramer, se retrata como un dandi.

Conoce a Marie Daubrun, muchacha bonita y honesta, actriz en el Teatro de la Gaîtè, que sostiene con su trabajo a su familia. El poeta sentirá por ella un amor platónico o una amistad idílica. Le dedicará el poema 61, *Canto de otoño.*

1848: Una mala coyuntura económica agudiza en Francia los problemas sociales y políticos. Insurrección en París. Se ve a Baudelaire en las barricadas y tratando de agitar al pueblo para que fusilen a su padrastro. Publica en *Le Salut Publique,* periódico de tendencia socialista, y se afilia a la Sociedad Republicana Central, fundada por Blanqui. Como consecuencia de la insurrección, Luis Felipe abandona París y se proclama la Segunda República. Aupick es nombrado embajador en Constantinopla. Baudelaire publica nuevos poemas y anuncia nuevamente la aparición de un poemario, esta vez con el título de *Los limbos,* segunda designación de lo que será *Las flores del mal.* Descubre al escritor norteamericano Edgar Allan Poe y da a conocer su primera traducción.

1849: Muere Poe, a quien, sin conocerle, Baudelaire considera su alma gemela. El poeta hace amistad con el pintor Courbet y con Poulet-Malassis, un rebelde del 48 que influirá en su vida y será su futuro editor. Se apasiona por la música de Wagner. En diciembre inicia una breve estancia en Dijon, acompañado por Jeanne Duval.

1850: Vuelve a París, aquejado por las secuelas de su antigua sífilis. Publica nuevos poemas.

1851: Aparecen nuevos poemas. Su padrastro es nombrado embajador en Madrid. Luis Napoleón da un golpe de Estado y asume todos los poderes, lo que indigna a Baudelaire. Publica la primera versión de *Los paraísos artificiales.* Fustiga en un panfleto a los autores moralistas y moralizantes.

1852: Luis Napoleón se proclama emperador con el nombre de Napoleón III. La Segunda República se convierte en el Segundo Imperio. Los éxitos militares y diplomáticos de los años siguientes afianzan al emperador. Francia entra en una fase de expansión económica. Baudelaire publica un

estudio sobre Poe y varias traducciones de obras suyas. Inicia una serie de envíos anónimos de cartas y de poemas a madame Sabatier. Hacia abril, rompe temporalmente con Jeanne Duval.

1853: Continúa traduciendo a Poe, aquejado por la sífilis y con penuria económica. Reanuda la relación con Jeanne Duval, enferma, que acaba de perder a su madre. El poeta costea los gastos del entierro. El director de la Ópera de París encarga a Baudelaire un libreto, que éste no concluye.

1854: Empieza a traducir los cuentos de Poe. Proyecta escribir un drama, *El borracho,* que nunca llegará a redactar. Entabla amistad con Barbey d'Aureville. Continúa enviando poemas anónimos a madame Sabatier. Acosado por sus acreedores, se ve obligado a vivir casi a escondidas y a cambiar continuamente de domicilio.

1855: Publica tres artículos sobre la Exposición Universal de 1855 y dieciocho poemas agrupados ya bajo el título de *Las flores del mal.* Comienza la publicación de sus poemas en prosa, que luego se titularán *El spleen de París.*

1856: Edita su traducción de *Historias extraordinarias,* de Poe. Inicia tratos con Poulet-Malassis para editar *Las flores del mal.* Baudelaire se ha acreditado como crítico de arte y como traductor de Poe, pero su reputación no va más allá de los cenáculos bohemios.

1857: Baudelaire tiene treinta y seis años. Publica su traducción de *Nuevas historias extraordinarias,* de Poe. En abril muere su padrastro y su madre se retira a la casita que su esposo poseía en Honfleur. A ella dirigirá Baudelaire interesantes cartas para conocer su personalidad. En junio publica *Las flores del mal.* La edición es confiscada por mandato judicial. Parece que el escándalo se inició desde el periódico conservador *Le Figaro.* En agosto, proceso de Baudelaire y de sus dos editores, que son condenados a sendas multas por ultraje a la moral pública y a las buenas costumbres. Se ordena la supresión de seis poemas (23, 34, 47, 131, 132 y 138).

Cuando madame Sabatier accede a las pretensiones amorosas del poeta, éste la rechaza, pero sigue manteniendo con ella una entrañable amistad. Publica artículos sobre caricaturistas franceses, en los que defiende con pasión a Daumier. Escribe un ensayo sobre *Madame Bovary,* de Flaubert, que también ha sido juzgado inmoral.

1858: Pública su traducción de *Aventuras de Arthur Gordon Pym,* de Poe, y la versión definitiva de lo que será la primera parte de *Los paraísos artificiales,* con el título de *El hachís.* Sufre trastornos nerviosos y dolores musculares. Empieza la época de sus enfermedades, que durará hasta su muerte. Recurre a cápsulas de éter para combatir el asma y al opio para los fuertes cólicos. Ante su precaria salud, pasa cortas estancias en Honfleur con su madre y en Alençon con su amigo y escritor Poulet-Malassis. Vuelve a vivir con Jeanne Duval.

1859: Escribe en Honfleur el poema más largo de *Las flores del mal,* que cerrará el libro en la segunda edición: *El viaje.* Publica el *Salón de 1959,* nuevos poemas, traducciones de Poe y un artículo sobre Gautier. El Ministerio de Instrucción Pública le concede una ayuda de trescientos francos. Traduce un texto de Poe, que resultará fundamental para su concepción poética: *Génesis de un poema*. Jeanne Duval sufre un ataque de parálisis temporal y ha de ser hospitalizada.

1860: Nuevas ayudas económicas del Ministerio de Instrucción Pública. Da a conocer *Encantos y torturas de un fumador de opio,* sobre Thomas de Quincey, segunda parte de *Los paraísos artificiales.* Sufre el primer ataque cerebral. Escribe a Wagner una carta expresándole su admiración, tras haber asistido a tres conciertos. Escribe el ensayo *Ricardo Wagner y Tannhäuser.* Frecuentes estancias en Honfleur con su madre. Se instala en Neuilly, en las cercanías de París, con Jeanne Duval, que ha quedado hemipléjica.

1861: Abandona la casa de Neuilly. Jeanne Duval ha de ser hospitalizada. Un supuesto hermano de ésta, que tal vez era su amante y que se había ido a vivir con la pareja, al quedar solo, vende todos los muebles y desaparece.

Segunda edición de *Las flores del mal,* sin los seis poemas condenados en la primera edición, pero con treinta y cinco nuevas composiciones. Edita nueve poemas en prosa. Sufre ataques reumáticos como secuela de la sífilis. En su correspondencia expresa su deseo de recurrir al suicidio. Pese a una nueva subvención estatal, su economía es muy precaria. En diciembre presenta su candidatura a la Academia francesa. Desea rehabilitarse y obtener un salvoconducto de dignidad profesional y solvencia. Busca el reconocimiento oficial de su labor, más allá del círculo de los cafés literarios que empiezan a agobiarle. Comunica a su madre su intención de escribir un texto confidencial: lo que será *Mi corazón al desnudo* y *Cohetes.*

1862: Ante la oposición y los consejos de los académicos, Baudelaire retira su candidatura a la Academia. Muere su hermanastro, con quien no tenía relación desde hacía veinte años. Publica veinte poemas en prosa y un artículo elogiando al pintor Manet. Acaricia la idea de dirigir un teatro estatal. Su editor y amigo Poulet-Malassis huye a Bélgica a causa de sus acreedores. El poeta inglés Swinburne publica en *The Spectator* un artículo elogiando *Las flores del mal.*

1863: Aparecen nuevos poemas en prosa y un artículo necrológico sobre Delacroix y su importante ensayo titulado *El pintor de la vida moderna,* sobre el artista Constantin Guys.

1864: Publica su traducción de *Eureka,* de Poe, y seis poemas en prosa bajo el título de *El spleen de París.* En la primavera decide ir a Bélgica a dar conferencias en los círculos intelectuales de diversas ciudades y a intentar una edición de su obra completa. Sólo llega a dar tres conferencias sobre Delacroix, Gautier y *Los paraísos artificiales,* con asistencia muy escasa de público. Fracasa en su intento de editar en Bélgica. Combate sus dolencias con digital, opio, belladona y quinina, que él mismo se receta. Se venga de la falta de acogida en Bruselas escribiendo un panfleto titulado *¡Pobre Bélgica!*

1865: Se publica su traducción de *Historias grotescas y serias,* de Poe. Mallarmé y Verlaine elogian *Las flores del mal,* pero Baudelaire desconfía de estos jóvenes poetas. Se agravan sus dolencias de ojos; aparecen neuralgias, reumatismo y desarreglos de estómago e intestinos. Pasa ocho días con su madre en Honfleur y vuelve a Bruselas el 15 de julio. El poeta se encierra en sí mismo, experimenta las dolencias físicas y la sensación de fracaso de su obra literaria en la más completa soledad.

1866: Edición de *Los despojos,* con los poemas condenados en la primera aparición de *Las flores del mal* y otras diecisiete composiciones. Nueva crisis que le obliga a guardar cama. Convalecencia en Namur en casa del suegro de un amigo. Sufre un ataque de afasia y le trasladan a Bruselas, adonde acuden su madre y Ancelle. Le llevan a la casa de salud de San Juan y Santa Isabel, regentada por religiosas. Vuelve a su hotel de Bruselas, bajo los cuidados de su madre. El 2 de julio le conducen a París para ingresarle en la clínica hidroterapéutica del doctor Emile Dumas. El poeta sufre de afasia y hemiplejía.

1867: Tras un año paralizado y mudo, muere en la citada clínica el 31 de agosto a las once de la mañana en brazos de su madre. Tenía cuarenta y seis años. Ese mismo día se publicaba la última serie de sus poemas en prosa. El 2 de septiembre le entierran en el cementerio de Montparnasse, junto a su padrastro. Cuatro años después será enterrada también allí su madre. En noviembre Michel Levy adquiere por un precio muy ventajoso en una subasta los derechos de edición de su obra completa.

1868: Aparición de *Curiosidades estéticas,* conjunto de ensayos sobre pintura y arte. Tercera edición de *Las flores del mal,* aumentada y con prólogo de Gautier. Al año siguiente se publica una serie de artículos sobre literatura y bellas artes bajo el título de *El arte romántico,* puesto por el editor.

BIBLIOGRAFÍA

ADAM, A.: Edición de *Las flores del mal,* Garnier, París, 1961.

AGUETTANT, L.: *Baudelaire,* Editions du Cerf, París, 1978.

ARRESSY, L.: *Les dernières annèes de Baudelaire,* Jouve, París, 1947.

AUSTIN, Ll. J.: *L'univers poétique de Baudelaire,* Mercure de France, París, 1956.

AZÚA, F. de: *Conocer Baudelaire y su obra,* Dopesa, Barcelona, 1978.

BASSIM, T.: *La femme dans l'oeuvre de Baudelaire,* Boudry, La Baconnière, 1975.

BATAILLE, G.: *La literatura y el mal,* Taurus, Madrid, 1971.

BÉGUIN, A.: *El alma romántica y el suelo (Ensayo sobre el romanticismo alemán y la poesía francesa),* Fondo de Cultura Económica, México, 1978.

BENJAMIN, W.: *Iluminaciones 2 (Baudelaire),* Taurus, Madrid, 1980.

BENOUVILLE, G. de: *Baudelaire, le trop chrétien,* Grasset, París, 1936.

BERSANI, L.: *Baudelaire et Freud*, Seuil, París, 1981.

BILLY, A.: *La Présidente et ses amis,* Flammarion, París, 1945.

BLANCHOT, M.: *La part du feu,* Gallimard, París, 1949.

BLIN, G.: *Baudelaire,* París, 1939.

— *Le sadisme de Baudelaire,* Corti, París, 1948.

BONNEFOY, Y.: *L'improbable,* Mercure de France, París, 1971.

BOPP, L.: *Psychologie des Fleurs du Mal,* 4 vols., Droz, Ginebra, 1964-1969.

BORGAL, C.: *Baudelaire,* Editions Universitaires, París, 1967.

BOS, Ch. du: *Approximations,* Fayard, París, 1965.

BUSH, W.: *Regards sur Baudelaire* (textos del coloquio de London, Canadá, 1970), Minard, París, 1975.

BUTOR, M.: *Sobre literatura I,* Seix-Barral, Barcelona, 1967.

CERNUDA, L.: *Poesía y literatura II,* Seix-Barral, Barcelona, 1964.

CRÉPET, E.: *Charles Baudelaire,* Messein, París, 1907.

DECAUNES, L.: *Charles Baudelaire,* Seghers, París, 1952.

EMMANUEL, P.: *Baudelaire,* Desclée de Brouwer, París, 1967.

FERRAN, A.: *L'esthétique de Baudelaire,* Nizet, París, 1968.

FONDANE, B.: *Baudelaire et l'expérience du gouffre,* Seghers, París, 1947.

FRIEDRICH, H.: *Estructura de la lírica moderna. De Baudelaire hasta nuestros días,* Seix-Barral, Barcelona, 1959.

FUMET, S.: *Notre Baudelaire,* Plon, París, 1926.

GAUTIER, T.: *Baudelaire por Gautier,* Ors, Madrid, 1974.

GIL DE BIEDMA, J.: *El pie de la letra,* Crítica, Barcelona, 1980.

GIUSTO, J. P.: *Charles Baudelaire, Les fleurs du mal,* P.U.F., París, 1984.

GÓMEZ DE LA SERNA, R.: «El desgarrado Baudelaire», en *Efigies*, Aguilar, Madrid, 1960.

GONZÁLEZ-RUANO, C.: *Baudelaire,* Espasa-Calpe (Austral), Madrid, 1958.

GUEREÑA, J. L.: «Acercamiento a Baudelaire», introducción a *Las flores del mal,* Visor, Madrid, 1982.

HASSINE, J.: *Essai sur Proust et Baudelaire,* Nizet, París, 1979.

HAUSER, A.: *Historia social de la literatura y el arte,* vol. 3, Labor, Barcelona, 1980.

HERVÁS, R.: Introducción a *Las flores del mal,* Ediciones 29, Libros Río Nuevo, Barcelona, 1974.

JOUVE, P. J.: *Le tombeau de Baudelaire,* Baconnière, Neuchâtel, 1942.

LAFORGUE, R.: *L'échec de Baudelaire. Etude psychoanalytique,* Mont-Blanc, Ginebra, 1963.

LÁZARO, A.: «El poeta de *Las flores del mal»,* introducción a *Las flores del mal*, Edaf, Madrid, 1973.

LEAKEY, F. W.: *Baudelaire and Nature,* Manchester University Press, 1969.

LLOYD, R.: *Baudelaire's literary cristicism,* Cambridge University Press, 1981.

MARTÍNEZ SARRIÓN, A.: Prólogo a *Las flores del mal,* Alianza, Madrid, 1982.

— Prólogo a *Mi corazón al desnudo y otros papeles íntimos,* de Baudelaire, Visor, Madrid, 1983.

MASSIN, J.: *Baudelaire entre Dieu et Satan,* Julliard, París, 1945.

MAUCLAIR, C.: *La vida amorosa de Baudelaire,* Ediciones Oriente, Madrid, 1929.

— *Baudelaire, vida atormentada,* Iberia, Barcelona, 1942.

MAURON, Ch.: *Le dernier Baudelaire*, Corti, París, 1966.

MILNER, M.: *Baudelaire, enfer ou ciel, qu'importe!,* Plon, París, 1967.

— *Baudelaire et madame Sabatier,* Nizet, París, 1978.

OLCINA, E.: Presentación de *El spleen de París,* de Baudelaire, Fontamara, Barcelona, 1981.

— Presentación de *Los paraísos artificiales,* de Baudelaire, Fontamara, Barcelona, 1984.

PEYRE, H.: *Connaissance de Baudelaire,* Corti, París, 1951.

— (edit.): *Baudelaire. A collection of critical essays,* Prentice-Hall, Englewood-Clifs, 1963.

PICHOIS, C.: *Le vrai visage du général Aupick,* Mercure de France, París, 1965.

— *Baudelaire à Paris,* Hachette, París, 1967.

— *La mystique de Baudelaire,* Belles Lettres, París, 1932.

— *Dans les chemins de Baudelaire,* Corti, París, 1945.

PIU, P.: *Baudelaire par lui même,* Seuil, París, 1952.

PORCHÉ, F.: *Baudelaire, historia de un alma,* Losada, Barcelona, 1949.

— *Baudelaire et la Présidente,* Gallimard, París, 1959.

POULET, G.: *Etudes sur le temps humain,* Plon, París, 1950.

— *La poésie éclatée. Baudelaire/Rimbaud,* Press Universitaires, París, 1980.

— y KOPP, R.: *Qui était Baudelaire?,* Skira, Ginebra, 1969.

PRÉVOST, J.: *Baudelaire,* Mercure de France, París, 1953.

PROUST, M.: «Sainte-Beuve et Baudelaire», en *Ensayos literarios (Contra Sainte-Beuve),* 2 vols., Edhasa, Barcelona, 1971.

PUJOL, C.: Introducción a *Las flores del mal,* Planeta, Barcelona, 1984.

— Prólogo a *Escritos sobre literatura,* de Baudelaire, Bruguera, Barcelona, 1984.

RAYNAUD, E.: *Baudelaire et la religion du dandisme,* Mercure de France, París, 1918.

— *Charles Baudelaire,* Garnier, París, 1922.

RICHARD, J. P.: *Poésie et profondeur,* Seuil, París, 1955.

RICHER, J., y RUFF, M. A.: *Les derniers mois de Charles Baudelaire et la publication posthume de ses oeuvres,* Nizet, París, 1976.

RIFFATERRE, M.: *Ensayos de estilística estructural,* Seix-Barral, Barcelona, 1976.

RINCÉ, D.: *Baudelaire et la modernité poétique,* P.U.F., Que sais-je? París, 1955.

RUFF, M. A.: *Baudelaire, l'homme et l'oeuvre,* Hatier, París, 1955.

— *L'esprit du mal et l'esthétique baudelairienne,* A. Colin, París, 1955.

SARTRE, J. P.: *Baudelaire,* Alianza, Madrid, 1984.

SEILLIÈRE, E.: *Baudelaire,* A. Colin, París, 1931.

SOUPAULT, Ph.: *Baudelaire,* Rieder, París, 1931.

VALÉRY, P.: «Situation de Baudelaire», en *Ouvres I,* Gallimard, París, 1958.

VALVERDE, J. M.ª: Prólogo a *La Fanfarlo,* de Baudelaire, Montesinos, Barcelona, 1981.

VARIOS: *Baudelaire,* Hachette, París, 1961.

— *Baudelaire devant ses contemporains,* Union Général d'Editions, París, 1967.

— *Regards sur Baudelaire,* Lettres Modernes, París, 1974.

VERJAT, A.: Introducción a *Pequeños poemas en prosa,* de Baudelaire, Bosch, Barcelona, 1975.

VIER, J.: *Substance et poésie des fleurs du mal,* Droz, Ginebra, 1959.

ZILBERBERG, C.: *Une lecture des fleurs du mal,* Mame, París, 1973.

LAS FLORES DEL MAL

Al poeta impecable,
al perfecto mago de la lengua francesa,
a mi muy querido y muy venerado
maestro y amigo

THEOPHILE GAUTIER,

con los sentimientos
de la más profunda humildad,
dedico
estas flores malsanas.

CHARLES BAUDELAIRE.

Epígrafe para un libro condenado

Lector apacible y bucólico,
sobrio e ingenuo hombre de bien,
tira este libro saturnal,
orgiástico y melancólico.

Si no has estudiado retórica
con Satán, el astuto decano,
¡tíralo!, no entenderías nada,
o me creerías histérico.
Mas si, sin dejarse hechizar,
tus ojos saben hundirse en los abismos,
léeme para aprender a amarme;

alma singular que sufres
y vas buscando tu paraíso,
¡compadéceme...! Si no, ¡te maldigo!

Al lector

La estupidez, el error, el pecado, la mezquindad,
ocupan nuestros espíritus y minan nuestros cuerpos,
y nosotros alimentamos nuestros remordimientos,
como los mendigos nutren a su piojera.

Nuestros pecados son tercos, nuestros arrepentimientos,
[cobardes;
nos hacemos pagar con creces nuestras confesiones,
y volvemos alegremente al camino fangoso,
creyendo lavar con viles llantos todas nuestras manchas.

En la almohada del mal es Satán Trimegisto[184]
quien mece mucho tiempo nuestro espíritu encantado,
y el rico metal de nuestra voluntad
se ha evaporado totalmente por obra de este sabio químico.

¡El Diablo es quien maneja los hilos que nos mueven!
A los objetos repugnantes les hallamos encantos;
cada día descendemos un paso hacia el Infierno,
sin horror, a través de tinieblas que apestan.

Igual que un pobre libertino que besa y muerde
el seno maltratado de una vieja ramera,
robamos al pasar un placer clandestino
que exprimimos muy fuerte como una naranja seca.

Apretado, hormigueante, como un millón de helmintos[185]
en nuestro cerebro se agita un tropel de Demonios,

---

184 Calificativo aplicado al Diablo, que significa literalmente «el tres veces más grande». *(N. del T.)*

185 Gusano parásito, insecto en su estado de larva vermiforme. *(N. del T.)*

y, cuando respiramos, la Muerte a nuestros pulmones
desciende, río invisible, con sordos gemidos.

Si el estupro, el veneno, el puñal, el incendio,
no han bordado aún con sus singulares dibujos
el cañamazo banal de nuestros tristes destinos,
ello se debe ¡ay!, a que nuestra alma no es lo bastante
[atrevida.

Pero entre los chacales, las panteras, los linces,
los monos, los escorpiones, los buitres, las serpientes,
los monstruos chillones, aulladores, gruñidores, rastreros,
en la infame casa de fieras de nuestros vicios,

¡hay uno más feo, más malvado, más inmundo!
Aunque no hace aspavientos ni lanza agudos gritos,
convertiría con gusto a la tierra en un despojo
y en un bostezo se tragaría el mundo;

¡es el Aburrimiento! —con los ojos inundados de un llanto
[involuntario—
sueña con cadalsos mientras se fuma una pipa.
Tú, conoces, lector, a ese monstruo delicado,
¡hipócrita lector —mi semejante— mi hermano!

SPLEEN E IDEAL

1

BENDICIÓN

Cuando, por un decreto de las potencias supremas,
aparece el Poeta en este hastiado mundo,
su madre, espantada y entre grandes blasfemias,
crispa sus puños hacia Dios, que la acoge con piedad:

—«¡Ah!, ¡ojalá hubiera parido un nido de víboras,
antes que alimentar semejante irrisión!
¡Maldita sea la noche de placeres efímeros
en que mi vientre concibió mi expiación!

Puesto que me has elegido entre todas las mujeres
para ser la desgracia de mi triste marido,
y no puedo arrojar a las llamas,
como una carta de amor, a este monstruo desmirriado,

¡yo haré recaer tu odio que me abruma
sobre el instrumento maldito de tus maldades,
y retorceré este árbol miserable de forma
que no puedan brotar sus yemas pestilentes!».

Va tragándose así la espuma de su odio,
y, no entendiendo los designios eternos,
ella misma prepara en el fondo de la Gehena[186]
las piras consagradas a los crímenes maternos.

---

[186] Término latino que a su vez parece proceder del hebreo con el que se designa en las Sagradas Escrituras al infierno (Josué, XV, 80). Se toma el nombre del valle del Hinnom, que bordeaba la antigua Jerusalén. *(N. del T.)*

Mas, bajo la tutela invisible de un Ángel,
el niño desheredado se emborracha de sol,
y en todo lo que bebe y en todo lo que come
encuentra la ambrosía y el néctar bermejo.

Juega con el viento, charla con la nube,
y se embriaga cantando camino de la cruz;
y el Espíritu que le sigue en su peregrinaje
llora al verle contento cual pájaro del bosque.

Todos a quienes quiere amar le observan con temor,
o bien, animados por su tranquilidad,
buscan a quien sepa arrancarle un gemido,
y hacen en él la prueba de su ferocidad.

En el pan y en el vino destinados a su boca
mezclan ceniza con impuros salivazos;
con hipocresía arrojan lo que él toca,
y se acusan de haber puesto sus pies donde sus pasos.

Su mujer va pregonando por las plazas públicas:
«Pues me encuentran tan bella que me quiere adorar,
haré el papel de los antiguos ídolos,
y como ellos quiero que me cubran de oro;

y me embriagaré de nardo, de incienso, de mirra,
de genuflexiones, de viandas y de vinos,
para saber si puedo a un corazón que me admira
¡usurparle, riendo, los homenajes divinos!

Y, cuando yo me aburra de estas farsas impías,
pondré sobre él mi débil y fuerte mano;
y mis uñas, semejantes a las uñas de las arpías[187],
sabrán abrirse un camino hasta su corazón.

---

[187] Ave fabulosa, cruel y sucia, con el rostro de mujer y el resto de ave de rapiña. En sentido figurado y familiar significa persona codiciosa que con arte o maña saca todo cuanto puede. *(N. del T.)*

Como un pájaro muy joven que tiembla y que palpita,
arrancaré ese corazón tan rojo de su seno,
y, para que se sacie mi animal favorito,
¡lo tiraré al suelo con desdén!».

Al Cielo, donde sus ojos ven un espléndido trono,
el Poeta sereno eleva sus piadosos brazos,
y los vastos relámpagos de su espíritu lúcido
le ocultan el aspecto de las gentes furiosas:

—«¡Bendito sea, Dios mío, que das el sufrimiento
como un divino remedio a nuestras impurezas
y como la mejor y la más pura esencia
que prepara a los fuertes para los santos goces!

Yo sé que Tú reservas un lugar al Poeta
en las filas bienaventuradas de las santas Legiones,
y que le invitas a la eterna fiesta
de los Tronos, las Virtudes y las Dominaciones.

Yo sé que el dolor es la nobleza única
donde nunca harán mella la tierra y los infiernos,
y que para tejer mi mística corona
hay que contar con todos los tiempos y con todos los
[universos.

Mas las joyas perdidas de la antigua Palmira[188],
los metales desconocidos, las perlas del mar,
montados por tu mano, no podrían bastar
a esa bella diadema deslumbrante y clara,

pues no estará hecha más que de pura luz,
tomada del hogar santo de los rayos primitivos,
y del cual los ojos mortales, en todo su esplendor,
¡no son más que espejos oscurecidos y lastimeros!».

---

[188] Antigua ciudad de Siria, fundada, según la tradición, por el rey Salomón, que acumuló grandes riquezas en virtud de su próspero comercio. *(N. del T.)*

2

EL ALBATROS

A menudo, por divertirse, los hombres de la tripulación
cogen albatros, grandes pájaros de los mares,
que siguen, como indolentes compañeros de viaje,
al navío que se desliza por los abismos amargos.

Apenas les han colocado en las planchas de cubierta,
estos reyes del cielo torpes y vergonzosos,
dejan lastimosamente sus grandes alas blancas
colgando como remos en sus costados.

¡Qué torpe y débil es este alado viajero!
Hace poco tan bello, ¡qué cómico y qué feo!
Uno le provoca dándole con una pipa en el pico,
otro imita, cojeando, al abatido que volaba.

El Poeta es semejante al príncipe de las nubes
que frecuenta la tempestad y se ríe del arquero;
desterrado en el suelo en medio de los abucheos,
sus alas de gigante le impiden caminar.

3

ELEVACIÓN

Por encima de los estanques, por encima de los valles,
de los montes, de los bosques, de las nubes, de los mares,
más allá del sol, más allá de los éteres,
más allá de los confines de las esferas estrelladas,

Espíritu mío, te mueves con agilidad,
y, como un buen nadador que se deja llevar por las olas,
surcas alegremente la inmensidad profunda
con un gozo indecible y potente.

Vuela bien lejos de estos mórbidos miasmas;
ve a purificarte en el aire superior,
y bebe, como un puro y divino licor,
el fuego claro que llena los espacios limpios.

Por encima de los hastíos y los grandes pesares
que abruman con su peso la nebulosa existencia,
feliz aquel que puede con alas vigorosas
lanzarse hacia los campos luminosos y serenos;

aquel cuyos pensamientos, como las alondras,
emprenden libre vuelo por la mañana hacia los cielos,
¡quien se cierne sobre la vida y entiende sin esfuerzo
el lenguaje de las flores y de las cosas mudas!

4

CORRESPONDENCIAS

La Naturaleza es un templo de vivientes pilares
que dejan salir a veces confusas palabras;
el hombre lo recorre a través de bosques de símbolos
que le observan con miradas familiares.

Igual que largos ecos que a los lejos se confunden
en una tenebrosa y profunda unidad
vasta como la noche y como la claridad,
los perfumes, los colores y los sonidos se responden.

Hay perfumes frescos como carnes de niños,
dulces como los oboes, verdes como los prados,
—y otros corrompidos, ricos y triunfantes,

que tienen la expansión de las cosas infinitas,
como el ámbar, el almizcle, el benjuí y el incienso,
que cantan los arrebatos del espíritu y de los sentidos.

5

La voz

Mi cuna estaba adosada a la biblioteca,
Babel sombría, donde novela, ciencia, fábula,
todo, la ceniza latina y el polvo griego,
se mezclaban. Yo era alto como un infolio.
Dos voces me hablaban. Una, insidiosa y firme,
decía: «La Tierra es un pastel lleno de dulzura;
yo puedo (¡y tu placer será entonces sin límite!)
despertarte un apetito de igual tamaño».
Y la otra: «¡Ven!, ¡oh, ven viajero en los sueños,
más allá de lo posible, más allá de lo conocido!».
Y ésa cantaba como el viento de los arenales,
fantasma quejumbroso, venido no se sabe de dónde,
que acaricia el oído y, sin embargo, espanta.
Yo te respondí: «¡Sí, dulce voz!». De entonces
data lo que se puede, ¡ay!, llamar mi llaga
y mi fatalidad. Detrás de los decorados
de la existencia inmensa, en lo más negro del abismo,
veo distintamente mundos singulares,
y, víctima de mi clarividencia extática,
arrastro conmigo serpientes que me muerden los zapatos.
Desde este tiempo, igual que los profetas,
amo tan tiernamente el desierto y el mar:
desde entonces me río en los duelos y lloro en las fiestas,
y encuentro un gusto suave al vino más amargo;
tomo muy a menudo los hechos por mentiras,
y, con los ojos en el cielo, me caigo en los agujeros.
Pero la voz me consuela diciendo: «Conserva tus sueños;
¡los cuerdos no los tienen tan bellos como los locos!».

6

Yo amo el recuerdo de esas épocas desnudas,
en que Febo[189] se complacía dorando las estatuas.
Entonces el hombre y la mujer en plena agilidad
gozaban sin engaño y sin ansiedad,
y, con el cielo amoroso acariciándoles la espalda,
ejercitaban la salud de su noble máquina.
Entonces Cibeles[190], fértil en productos generosos
no veía en sus hijos un peso demasiado oneroso,
sino que, loba de corazón henchido de ternuras vulgares,
amamantaba al universo con sus ubres oscuras.
El hombre, elegante, robusto y fuerte, podía con justicia
enorgullecerse de las bellezas que le declaraban su rey;
frutas limpias de todo daño y vírgenes de grietas,
¡cuya carne tersa y dura incitaba a morderla!

Hoy el Poeta, cuando trata de imaginar
estas grandezas originarias, en los lugares donde se dejan ver,
la desnudez del hombre y la de la mujer,
siente que un tenebroso frío le envuelve el alma
ante este oscuro cuadro repleto de terror.
¡Oh, monstruosidades lamentando su ropa!
¡Oh, ridículos troncos!, ¡torsos dignos de máscaras!
¡Oh, pobres cuerpos torcidos, enjutos, panzudos, o flácidos!
¡que el dios de lo Útil, implacable y sereno,
de niños, envolvió en pañales de bronce!
¡Y vosotras, mujeres, ¡ay!, pálidas como cirios,
que roe y que alimenta el libertinaje, y vosotras, vírgenes,

---

[189] Sobrenombre que se da al dios Apolo como señor de la luz y de la brillantez. En poesía equivale al Sol. *(N. del T.)*

[190] Divinidad de origen fenicio que pasó a Grecia y luego a Roma. Personifica a la Naturaleza; se le llama la Gran Madre, pues simboliza la potencia vegetativa de la naturaleza. *(N. del T.)*

del vicio materno arrastrando la herencia
y toda la horrible fealdad de la fecundidad!

Tenemos, es cierto, naciones corrompidas,
bellezas desconocidas para los pueblos antiguos:
rostros roídos por las úlceras del corazón,
y lo que cabría llamar lánguidas bellezas;
mas estas innovaciones de nuestras musas tardías
no impedirán nunca a las razas malsanas
que rindan a la juventud un profundo homenaje,
—a la santa juventud, al aire simple, a la frente dulce,
al ojo limpio y claro como el agua que corre,
y que va esparciendo por todo, despreocupada
como el azul del cielo, los pájaros y las flores,
¡sus perfumes, sus cantos y sus dulces ardores!

7

LOS FAROS

Rubens, río de olvido, jardín de la pereza,
almohada de carne fresca donde no es posible amar,
pero donde la vida afluye y se agita sin cesar,
como el aire en el cielo y el mar en el mar;

Leonardo da Vinci, espejo profundo y sombrío,
donde ángeles encantadores, con una dulce sonrisa
cargada totalmente de misterio, aparecen a la sombra
de los glaciares y los pinos que enmarcan su país;

Rembrandt, triste hospital repleto de murmullos,
y decorado sólo con un gran crucifijo,
lugar en donde el rezo entre llantos sale de las basuras
y un rayo de sol invernal lo atraviesa bruscamente;

Miguel Ángel, lugar vago donde se ven los Hércules
mezclarse con los Cristos, y levantarse rectos

fantasmas poderosos que en los crepúsculos
se desgarran el sudario alargando los dedos;

Iras de boxeador, impudicias de fauno,
tú que supiste captar la belleza de los bribones,
corazón grande henchido de orgullo, hombre débil y
[amarillo,
Puget[191], melancólico emperador de galeotes;

Watteau, ese carnaval donde muchos corazones ilustres,
cual mariposas, vagan centelleando,
decorados frescos y ligeros iluminados por arañas de cristal
que derraman la locura de ese baile remolinante;

Goya, pesadilla de cosas desconocidas,
fetos que se cuecen en medio de los aquelarres,
viejas ante el espejo y muchachas totalmente desnudas,
para tentar a los demonios ajustándose las medias;

Delacroix, lago de sangre frecuentado por ángeles malos,
sombreado por un bosque de abetos siempre verde,
donde, bajo un cielo triste, charangas extrañas
pasan como un suspiro apagado de Weber;

estas maldiciones, estas blasfemias, estos quejidos,
estos éxtasis, estos gritos, estos llantos, estos tedéums,
son un eco repetido por mil laberintos;
¡es para los corazones mortales un opio divino!

¡Es un grito repetido por mil centinelas,
una orden transmitida por mil portavoces;
es un faro iluminado sobre mil ciudadelas,
una llamada de cazadores perdidos en los grandes bosques!

---

191 PIERRE PUGET (1620-1694), escultor francés cuyo barroquismo fue poco apreciado en su país por sus contemporáneos, pero al que reivindicó el romanticismo. *(N. del T.)*

¡Pues, verdaderamente, Señor, el mejor testimonio
que pudiéramos dar de nuestra dignidad
es este ardiente sollozo que rueda de siglo en siglo
y viene a morir al borde de vuestra eternidad!

8

LA MUSA ENFERMA

Mi pobre Musa, ¡ay!, ¿qué tienes esta mañana?
Tus ojos hundidos están poblados de visiones nocturnas,
y veo alternativamente aparecer en tu tez
la locura y el horror, fríos y taciturnos.

El súcubo[192] verdoso y el duende de color de rosa
¿te han vertido el miedo y el amor de sus vasos?
La pesadilla, con puño despótico y travieso,
¿te ha ahogado en el fondo de un fabuloso Minturno[193]?

Querría que exhalando el olor de la salud
tu seno de pensamientos fuertes fuese siempre frecuentado,
y que tu sangre cristiana fluyese en oleadas rítmicas

como los sones melodiosos de las sílabas antiguas,
donde reinan alternativamente el padre de las canciones,
Febo[194], y el gran Pan[195], el señor de las mieses.

---

[192] Decíase del demonio o espíritu lascivo que, según una superstición medieval, tomaba forma de mujer y tenía contacto carnal con un hombre mientras dormía éste. *(N. del T.)*

[193] Ciudad italiana, en la actual provincia de Caserta, de pasado remoto, que ya aparece citada por PLINIO y por TITO LIVIO. La existencia de pantanos en su entorno explica la idea de *ahogar* que aparece en el texto. *(N. del T.)*

[194] Sobrenombre del dios Apolo, como «el brillante». *(N. del T.)*

[195] Dios griego de los rebaños, de los pastos y de los bosques. Se le representaba con cuernos y patas de cabra. *(N. del T.)*

9

LA MUSA VENAL[196]

¡Oh, Musa de mi corazón, amante de los palacios!
¿tendrás, cuando enero desate a sus Bóreas[197],
durante los negros tedios de las nevadas noches,
un tizón que caliente tus pies amoratados?

¿Reanimarás, así, tus hombros marmóreos
de los rayos nocturnos que atraviesan los postigos?
Al sentir tus bolsillos vacíos al igual que tu estómago,
¿recogerás el oro de las azules bóvedas?

Para ganarte el pan de cada noche, necesitas,
como un monaguillo, mover el incensario,
cantar tedéums en los que apenas crees,

o, saltimbanqui en ayunas, exhibir tus encantos
y tu risa bañada en lágrimas que no se ven,
para que el vulgo pueda reírse a carcajadas.

10

EL MAL MONJE

Los claustros antiguos sobre sus grandes muros
mostraban en cuadros la santa Verdad,
cuyo efecto, caldeando las piadosas entrañas,
templaba la frialdad de su austeridad.

En esos tiempos en que florecían las semillas de Cristo
más de un ilustre monje, hoy poco recordado,
tomando por taller el camposanto,
glorificaba a la Muerte con simplicidad.

---

196 Persona que se vende o se deja sobornar para satisfacer caprichos o, como en este caso, por necesidad. *(N. del T.)*

197 Nombre que los griegos, personificándole en un dios, dieron al viento frío, procedente del Norte. *(N. del T.)*

—Mi alma es una tumba que, mal cenobita,
desde la eternidad recorro y habito;
nada embellece los muros de este claustro odioso.

¡Oh, monje holgazán!, ¿cuándo sabré hacer
del espectáculo viviente de mi triste miseria
el trabajo de mis manos y el amor de mis ojos?

11

EL ENEMIGO

Mi juventud no fue sino una tenebrosa tormenta,
atravesada aquí y allá por brillantes soles;
el rayo y la lluvia han causado tal estrago
que en mi jardín quedan muy pocos frutos bermejos.

He aquí que he alcanzado el otoño de las ideas,
y que es preciso usar la pala y el rastrillo
para reunir de nuevo las tierras inundadas,
donde el agua abre agujeros tan grandes como tumbas.

¿Y quién sabe si las flores nuevas con que sueño
encontrarán en este suelo deslavazado como un arenal
el místico alimento que les daría vigor?

—¡Oh, dolor!, ¡oh, dolor! El Tiempo se come la vida
y el oscuro Enemigo que nos roe el corazón
crece y se fortalece con la sangre que perdemos.

12

LA MALA SUERTE

Para cargar un fardo tan pesado,
¡haría falta, Sísifo[198], tu valor!

---

198 Mitológico rey de Corinto, condenado por Zeus a subir a un monte una pesada piedra que al llegar a la cima volvía a caer obligando a Sísifo a comenzar interminablemente su tarea. *(N. del T.)*

Aunque pongamos el corazón en la obra,
el Arte es largo y el Tiempo es corto.

Lejos de sepulturas célebres
hacia un cementerio aislado,
mi corazón, como un tambor con sordina,
va tocando marchas fúnebres.

—Más de una joya duerme sepultada
en las tinieblas y el olvido,
muy lejos de los picos y las sondas;

más de una flor esparce a pesar suyo
su perfume dulce como un secreto
en las soledades profundas.

13

LA VIDA ANTERIOR

He habitado largo tiempo bajo vastos pórticos
que los soles marinos tenían de mil fuegos,
y cuyos grandes pilares, rectos y majestuosos,
se asemejaban, por la tarde, a las grutas de basalto.

Las olas, al balancear las imágenes de los cielos,
mezclaban de una forma solemne y mística
los omnipotentes acordes de su rica música
con los colores del ocaso reflejado por mis ojos.

Allí he vivido yo en los deleites serenos,
en medio del cielo, de las olas, de los esplendores
y de esclavos desnudos impregnados de olores,

que me refrescaban la frente con palmas
y cuyo único cuidado era hacer más profundo
el secreto doloroso que me hacía languidecer.

14

GITANOS EN CARAVANA

La profética tribu de pupilas ardientes
ayer se puso en marcha, llevando a sus pequeños
a la espalda, o entregando a sus hambres feroces
el tesoro siempre dispuesto de los pechos colgantes.

Los hombres van a pie con sus armas brillantes,
a lo largo de los carromatos donde los suyos están
[acurrucados,
paseando por el cielo los ojos doloridos
por el profundo pesar de quimeras ausentes.

Desde el fondo de su escondrijo de arena, el grillo,
mirándoles pasar, redobla su canto;
Cibeles, que los ama, aumenta sus verdores,

hace manar la roca y florecer el desierto
ante sus viajeros, para los que está abierto
el imperio familiar de las tinieblas futuras.

15

EL HOMBRE Y EL MAR

¡Hombre libre, siempre querrás al mar!
El mar es tu espejo; contemplas tu alma
en el desarrollo infinito de su oleaje,
y tu espíritu no es un abismo menos amargo.

Te agrada sumergirte en el seno de tu imagen;
lo abrazas con los ojos y los brazos, y tu corazón
se distrae en ocasiones de su propio rumor
al ruido de esta queja indomable y salvaje.

Los dos sois tenebrosos y discretos:
Hombre, nadie ha sondeado el fondo de tus abismos,

oh, mar, nadie conoce tus íntimas riquezas,
¡tan celosos sois de guardar vuestros secretos!

Y, sin embargo, durante innumerables siglos
os combatís sin piedad ni remordimiento,
de tal manera amáis la matanza y la muerte,
¡oh, eternos luchadores; oh, hermanos implacables!

16

DON JUAN EN LOS INFIERNOS

Cuando don Juan descendió al río subterráneo
y después que hubo dado su óbolo a Caronte[199],
un sombrío mendigo, de mirada arrogante como Antístenes[200],
con brazos vengadores y fuertes agarró cada remo.

Enseñando sus senos colgantes y sus vestidos abiertos,
unas mujeres se retorcían bajo el negro firmamento,
y, como un gran rebaño de víctimas ofrecidas,
arrastraban detrás de él un largo lamento.

Esganarel[201] riendo le reclamaba su sueldo,
mientras don Luis con dedo tembloroso
mostraba a todos los muertos errantes por las orillas
al hijo audaz que deshonró sus blancas sienes.

Temblando bajo su luto, la casta y flaca Elvira,
cerca del esposo pérfido y que fuera su amante,

---

[199] Personaje mitológico encargado de pasar con su barca a los muertos a través del río o lago del Infierno, a cambio de un óbolo *(N. del T.)*

[200] Filósofo ateniense, fundador de la escuela cínica, que vivió como un mendigo. *(N. del T.)*

[201] Personaje de MOLIÈRE, criado de don Juan, en la obra *Don Juan o el festín de piedra.* El último acto acaba con la muerte del protagonista, que a todos alegra, menos a su criado, porque se quedará sin cobrar su sueldo. Don Luis y Elvira, padre y esposa de don Juan, pertenecen a la misma obra de Molière. *(N. del T.)*

parecía reclamarle una suprema sonrisa
donde brillase la dulzura de su primer juramento.

Muy recto en su armadura, un gran hombre de piedra
se aferraba al timón y cortaba la corriente negra;
pero el tranquilo héroe, inclinado en su tizona,
miraba la estela y no se dignaba ver nada.

17

CASTIGO DEL ORGULLO

En aquellos tiempos maravillosos en que la Teología
floreció con más savia y energía,
cuentan que un día uno de los más grandes doctores
—tras haber conquistado los corazones indiferentes;
de haberles conmovido en sus negras profundidades;
después de haber atravesado hacia las glorias celestiales
caminos singulares desconocidos incluso para él,
adonde quizás sólo habían llegado los Espíritus puros—,
como un hombre encaramado demasiado alto, preso de
[pánico,
exclamó, arrebatado por un orgullo satánico:
«¡Jesús, pobre Jesús!, ¡te he impulsado muy alto!,
pero, si hubiera querido atacarte en tu punto débil,
tu vergüenza igualaría tu gloria,
y no serías más que un feto irrisorio!».

Inmediatamente perdió la razón.
El resplandor de ese sol quedó velado por un crespón;
el caos arrolló totalmente esa inteligencia,
antaño templo vivo, pleno de orden y de opulencia,
bajo cuyos techos tanta pompa tenía.
El silencio y la noche se instalaron en él
como en un sótano cuya llave se ha perdido.
Desde entonces se asemejó a los animales callejeros,
y, cuando iba sin ver nada, a través de
los campos, sin distinguir los veranos de los inviernos,

sucio, inútil y feo como una cosa gastada,
servía de diversión y de burla a los niños.

18

La belleza

Soy bella, oh mortales, como un sueño de piedra,
y mi seno, que a uno tras otro ha martirizado,
está hecho para inspirar al poeta un amor
eterno y mudo igual que la materia.

Yo reino en el cielo como una esfinge incomprendida;
uno un corazón de nieve a la blancura de los cisnes;
odio el movimiento que sale de sus límites,
y nunca lloro ni nunca río.

Los poetas, ante mis impresionantes posturas,
que parecen tomadas de los más audaces monumentos,
consagrarán sus días a austeros estudios;

pues tengo, para fascinar a estos dóciles amantes,
puros espejos que hacen todo más bello:
¡mis ojos, mis grandes ojos de claridades eternas!

19

El ideal

No serán nunca esas bellezas de los grabados,
productos estropeados, nacidos de un siglo bribonzuelo,
esos pies con borceguíes, esos dedos con castañuelas,
quienes sabrán satisfacer un corazón como el mío.

Dejo a Gavarni[202], poeta de las clorosis[203]
su rebaño susurrante de belleza de hospital,

---

[202] Seudónimo de un conocido caricaturista, ilustrador y periodista francés, de la época de Baudelaire, creador de figurines y pintor de los contrastes sociales del lujo y la pobreza de la vida de París. *(N. del T.)*

[203] Enfermedad de las jóvenes caracterizada por anemia con palidez verdosa, trastornos menstruales, opilación y otros síntomas nerviosos y digestivos. *(N. del T.)*

pues no puedo encontrar entre esas pálidas rosas
una flor que se parezca a mi rojo ideal.

Lo que precisa un corazón profundo como un abismo,
¡sois vos, *lady* Macbeth[204], alma poderosa en el crimen,
sueño de Esquilo nacido en el clima de los ábregos[205];

o bien tú, gran Noche, hija de Miguel Ángel,
que retuerces apacible en una pose extraña
tus encantos labrados por bocas de Titanes!

20

LA GIGANTA

En los tiempos en que la Naturaleza con su poderosa [inspiración
concebía a diario hijos monstruosos,
me hubiera gustado vivir junto a una joven giganta,
como un gato voluptuoso a los pies de una reina.

Me hubiera gustado ver su cuerpo florecer con su alma
y crecer libremente entre sus terribles juegos;
adivinar si su corazón albergaba una lóbrega llama
en las húmedas nieblas que flotarían en sus ojos;

recorrer a placer sus magníficas formas;
trepar por la vertiente de sus rodillas enormes,
y a veces en verano, cuando los soles malsanos,

cansada, la hicieran tenderse en medio de los campos,
dormir a pierna suelta a la sombra de sus senos,
como una aldea apacible al pie de una montaña.

---

[204] Célebre personaje de SHAKESPEARE, prototipo de la mujer ambiciosa que no retrocede ante el crimen. *(N. del T.)*

[205] Vientos del Sur. *(N. del T.)*

21

LA MÁSCARA

Estatua alegórica al gusto del Renacimiento.
A Ernest Christophe, escultor[206]

Contemplemos este tesoro de gracias florentinas;
en la ondulación de este cuerpo musculoso
la Elegancia y la Fuerza abundan, hermanas divinas.
Esta mujer, fragmento realmente prodigioso,
divinamente robusta, adorablemente esbelta,
está hecha para reinar en lechos suntuosos
y hacer gratos los ocios de un pontífice o un príncipe.

Mira, además, esa sonrisa delicada y voluptuosa
donde la fatuidad pasea su éxtasis;
esa larga mirada socarrona, lánguida y burlona;
ese rostro gracioso, rodeado de gasa,
en el que cada rasgo nos dice con un aire triunfante:
«¡El deleite me llama y el Amor me corona!».
A este ser dotado de tanta majestad
¡ve qué encanto excitante la gentileza da!
Acerquémonos y demos una vuelta en torno a su belleza.

¡Oh, blasfemia del arte!, ¡oh, sorpresa fatal!
La mujer de cuerpo divino, que promete la dicha,
¡por arriba termina en un monstruo bicéfalo!

—¡Mas no! Esto no es más que una máscara, un engañoso
[adorno,
este rostro alumbrado por un gesto exquisito,
y, mira, he aquí, atrozmente crispada,
la auténtica cabeza, y la sincera cara
escondida al amparo de la cara que engaña.

---

[206] El autor se interesó mucho por este escultor cuya obra analizó en su crítica estética y artística expuesta en *Salón de 1859. (N. del T.)*

¡Pobre gran belleza! El magnífico río
de tus llantos viene a parar a mi corazón solícito,
¡tu mentira me embriaga, y mi alma sacia su sed
en los raudales que el Dolor hace brotar de tus ojos!

Mas, ¿por qué llora? Ella, belleza perfecta
que pondría a sus pies al género humano vencido,
¿qué misterio mina su costado de atleta?

—¡Ella llora, insensato, porque ha vivido!
¡y porque vive! Pero lo que deplora
por encima de todo, lo que le hace estremecerse hasta las
[rodillas,
es que mañana, ¡ay!, ¡habrá de vivir también!
¡mañana, pasado y siempre! —¡lo mismo que nosotros!

22

HIMNO A LA BELLEZA

¿Vienes del cielo profundo o sales del abismo,
oh, Belleza? Tu mirada, infernal y divina,
vierte confusamente la buena acción y el crimen,
y se puede por eso compararte al vino.

Contienes en tus ojos el ocaso y la aurora;
esparces perfumes como una tarde de tormenta,
tus besos son un filtro y tu boca un ánfora
que vuelven cobarde al héroe y valiente al niño.

¿Sales del negro abismo o bajas de los astros?
El Destino hechizado sigue tus enaguas como un perro;
siembras al azar el gozo y los desastres,
y lo gobiernas todo sin responder a nada.

Marchas sobre los muertos, Belleza, de los que te burlas;
de tus joyas el Horror no es la menos encantadora,

y el Asesinato, entre tus más queridos colgantes,
sobre tu vientre orgulloso danza amorosamente.

La efímera[207] deslumbrada vuela hacia ti, candela,
crepita, arde y dice: ¡Bendigamos esta antorcha!
El amante jadeando inclinado sobre su bella
parece un moribundo acariciando su tumba.
¿Qué importa que tú vengas del cielo o del infierno,
¡oh Belleza!, ¡monstruo enorme, espantoso, ingenuo!,
si tus ojos, tu sonrisa, tus pies, me abren la puerta
de un Infinito al que amo y nunca he conocido?
De Satán o de Dios, ¿qué importa? Ángel o Sirena,
¿qué importa, si tú haces —hada de ojos de terciopelo,
ritmo, perfume, fulgor, oh mi única reina—
menos horrible el universo y menos pesados los instantes?

23

LAS JOYAS

Mi muy querida estaba desnuda, y, conociendo mi corazón,
no se había quedado más que con sus joyas sonoras,
cuyo rico atavío le daba el aire triunfante
que tienen en sus días felices las esclavas de los Moros.

Cuando lanza al bailar su ruido vivo y burlón,
ese mundo radiante de metal y de piedra
me arrebata en éxtasis, y yo amo con furor
las cosas donde el sonido se mezcla con la luz.

Estaba, pues, acostada y se dejaba amar,
y desde lo alto del diván sonreía de gozo
a mi amor profundo y dulce como el mar,
que hacia ella subía como por un acantilado.

---

[207] Insecto de color ceniciento, con alas, que sólo vive un día y que se siente atraído por la luz. *(N. del T.)*

Con los ojos en mí, como un tigre domado,
ensayaba posturas de un aire vago y soñador,
y el candor unido a la lubricidad
daba un encanto nuevo a sus metamorfosis;

y sus brazos y sus piernas, sus muslos y sus caderas,
bruñidos cual aceite, ondulosos como un cisne,
pasaban ante mis ojos clarividentes y serenos;
y su vientre y sus senos, esos racimos de mi viña,

avanzaban más zalameros que los Ángeles del mal,
para turbar el descanso en que mi alma estaba sumida,
y para distraerla de la roca de cristal
donde, tranquila y solitaria, se hallaba sentada.

Creía ver unidas por un nuevo designio
las caderas de Antíope[208] al busto de un imberbe,
tanto su talle hacía resaltar su pelvis.
¡Sobre su tez leonada y morena el colorete era soberbio!

—Y la vela que estaba resignada a morir,
como sólo el hogar iluminaba la habitación,
cada vez que lanzaba un llameante suspiro,
¡inundaba de sangre esa piel color de ámbar!

24

PERFUME EXÓTICO

Cuando, con los ojos cerrados, en una tarde cálida de otoño,
respiro el olor de tu seno ardoroso,
veo extenderse riberas felices
a las que deslumbran los fuegos de un monótono sol.

---

[208] Mitológica hija de Nicteo, rey de Beocia, cuya extraordinaria belleza atrajo al mismísimo Zeus. *(N. del T.)*

Una isla perezosa donde la naturaleza da
árboles singulares y frutos sabrosos;
hombres cuyo cuerpo es esbelto y vigoroso,
y mujeres cuyos ojos asombran por su franqueza.

Guiado por tu olor hacia encantadores climas,
veo un puerto lleno de velas y de mástiles
todavía cansados por las olas del mar,
mientras que el perfume de verdes tamarindos
que se esparce en el aire y traspasa mi nariz,
se mezcla en mi alma con el canto de los marineros.

25

LA CABELLERA

¡Oh, melena, que cae ensortijada sobre la espalda!
¡Oh, bucles! ¡Oh, perfume cargado de descuido!
¡Éxtasis! Para poblar esta tarde la oscura alcoba
con los recuerdos que duermen en esta cabellera,
¡yo la quiero agitar en el aire como un pañuelo!

La languideciente Asia y la ardiente África,
todo un mundo lejano, ausente, casi muerto,
vive en tus profundidades, ¡selva aromática!,
como otros espíritus bogan por la música,
el mío, ¡oh, mi amor!, nada por tu perfume.

Iré allí donde el árbol y el hombre, llenos de savia,
desfallecen mucho tiempo bajo el ardor de los climas;
fuertes trenzas, ¡sed el oleaje que me arrastre!
Contienes, mar de ébano, un sueño deslumbrante
de velas, de remeros, de gallardetes y de mástiles:

Un puerto resonante donde mi alma puede beber
a grandes raudales el perfume, el sonido y el color;
donde los navíos, que se deslizan en el oro y el moaré,
abren sus vastos brazos para abrazar la gloria
de un cielo puro donde vibra el eterno calor.

Hundiré mi cabeza, amiga de embriagarse
en este negro océano donde está encerrado el otro;
y mi espíritu sutil que el balanceo acaricia
sabrá volver a encontrar, oh fecunda pereza,
¡los infinitos vaivenes del ocio embalsamado!

Cabellos azules, pabellón de tinieblas extendidas,
me devolvéis el azul del cielo inmenso y redondo;
en los bordes suaves de vuestros mechones retorcidos
me embriago ardientemente con los olores confundidos
del aceite de coco, del almizcle y la brea.

¡Mucho tiempo!, ¡siempre!, mi mano en tu sobria y espesa
[cabellera
sembrará el rubí, la perla y el zafiro,
¡para que a mi deseo no seas nunca sorda!
¿No eres el oasis donde sueño, y la calabaza
donde sorbo a grandes tragos el vino del recuerdo?

26

Te adoro al igual que a la bóveda nocturna,
oh vaso de tristeza, oh gran taciturna,
y tanto más te amo, bella, cuanto tú más me huyes,
y cuanto más me pareces, adorno de mis noches,
aumentar con mayor ironía las leguas
que separan mis brazos de las inmensidades azules.

Me lanzo al ataque, y escalo al asalto
como tras un cadáver un coro de gusanos,
y quiero, ¡oh bestia implacable y cruel!,
¡hasta esa frialdad por la que me resultas más bella!

27

¡Meterías al universo entero en tu callejuela,
mujer impura! El tedio hace tu alma cruel.

Para ejercitar tus dientes en este juego singular
te hace falta a diario un ánimo de armero.
Tus ojos iluminados al igual que las tiendas
y que las luminarias resplandecientes de las fiestas públicas,
usan con insolencia un poder ficticio,
sin conocer nunca la ley de su belleza.
¡Máquina ciega y sorda, en crueldades fecunda!,
provechoso instrumento, bebedor de la sangre del mundo,
¿cómo no te avergüenzas y cómo no has
visto palidecer tus atractivos delante de todos los espejos?
La grandeza de este mal en el que te crees sabia
¿no te ha hecho nunca retroceder de espanto,
cuando la naturaleza, grande en sus designios ocultos,
se sirve de ti, oh mujer, oh reina de los pecados,
—de ti, vil animal—, para modelar un genio?

¡Oh, enlodada grandeza!, ¡oh, sublime ignominia!

28

«Sed non satiata»[209]

Extraña deidad, morena como las noches,
de perfume mezcla de almizcle y de habano,
obra de algún obi[210], el Fausto de la sabana,
bruja con costados de ébano, criatura de las negras
[mediasnoches.

Prefiero al *constance,* al opio y al *nuits*[211]
el elixir de tu boca donde el amor se ufana;
cuando parten hacia ti mis deseos en caravana,
tus ojos son el aljibe donde beben mis tedios.

---

209 Título tomado de un verso de Juvenal sobre Mesalina: «Y se retiró, cansada de los hombres, *pero no saciada*». *(N. del T.)*

210 Brujo que practica una magia de origen africano en las Antillas y Guayana. *(N. del T.)*

211 El *constance* es un vino de África del Sur que estaba de moda en Francia durante el siglo XIX. *Nuits* es un vino de Borgoña, conocido como Nuits-Saint-Georges. *(N. del T.)*

Por esos dos grandes ojos negros, tragaluces de tu alma,
¡oh, demonio sin piedad!, viérteme menos fuego,
no soy el Estigio[212] para abrazarte nueve veces,
¡ay!, no puedo, Megera[213] libertina,
para quebrantar tu valor y estrecharte,
¡en el infierno de tu lecho convertirme en Proserpina[214].

29

Con sus ropas ondulantes y nacaradas,
hasta cuando camina se creería que danza,
como esas largas serpientes que los juglares sagrados
en el extremo de sus bastones agitan con cadencia.

Como la arena triste y el cielo de los desiertos,
insensibles los dos al sufrimiento humano,
como las largas redes del oleaje de los mares,
se desenvuelve con indiferencia.

Sus ojos bruñidos están hechos de minerales encantadores,
y en esta naturaleza extraña y simbólica
donde el ángel inviolado se mezcla con la antigua esfinge,
donde todo no es sino oro, acero, luz y diamantes,
resplandece por siempre, como un astro inútil,
la fría majestad de la mujer estéril.

30

LA SERPIENTE QUE DANZA

¡Cuánto me gusta ver, querida indolente,
de tu cuerpo tan bello,
como una tela vacilante,
resplandecer tu piel!

---

[212] Río subterráneo que daba nueve veces la vuelta a los Infiernos. *(N. del T.)*

[213] Junto con Alecto y Tisífone, forman las tres Erinias de la mitología griega, la aquí citada es la más terrible de todas, símbolo de la envidia. No reconocían ley superior a su voluntad e impedían que los hombres conocieran su destino. *(N. del T.)*

[214] Esposa de Plutón, reina de los infiernos. *(N. del T.)*

Sobre tu abundante cabellera
de agrios perfumes,
mar oloroso y vagabundo
de olas azules y oscuras,

como un navío que se despierta
al viento de la mañana,
mi alma soñadora se prepara para partir
hacia un cielo lejano.

Tus ojos, donde nada se revela
de dulce ni de amargo,
son dos joyas frías donde se mezcla
el oro con el hierro.

Al verte caminar con cadencia,
bella en tu abandono,
se diría que eres una serpiente que danza
en el extremo de un bastón.

Bajo el fardo de tu pereza
tu cabeza infantil
se balancea con la blandura
de un joven elefante,

y tu cuerpo se inclina y se prolonga
como un fino navío
que se balancea de borda a borda y sumerge
sus vergas en el agua.

Como una corriente aumentada por el deshielo
de glaciares rugientes,
cuando el agua de tu boca sube
al borde de tus dientes,

creo beber un vino de Bohemia,
amargo y triunfante,

¡un cielo líquido que esparce
estrellas en mi corazón!

31

UNA CARROÑA

Recuerda lo que vimos, alma mía,
esa bella mañana de verano tan dulce:
a la vuelta de un sendero una carroña infame
en un lecho sembrado de guijarros,

con las piernas al aire, como una mujer lúbrica,
ardiente y sudando los venenos,
abría de un modo negligente y cínico
su vientre lleno de exhalaciones.

El sol brillaba sobre esa podredumbre,
como para cocerla en su punto,
y devolver ciento por uno a la gran Naturaleza
todo lo que en su momento había unido;

y el cielo miraba el espléndido esqueleto
como flor que se abre.
Tan fuerte era el hedor, que tú en la hierba
creíste desmayarte.

Zumbaban las moscas sobre este vientre pútrido,
del cual salían negros batallones
de larvas que manaban como un líquido espeso
por aquellos vivientes andrajos.

Todo ello descendía y subía como una ola,
o se lanzaba chispeante;
se hubiera dicho que el cuerpo, hinchado por un aliento vago,
vivía y se multiplicaba.

Y este mundo producía una música extraña
como el agua que corre y el viento
o el grano que un ahechador con movimiento rítmico
agita y voltea con su criba.

Las formas se borraban y no eran más que un sueño,
un esbozo tardo en aparecer
en la tela olvidada, y que el artista acaba
sólo de memoria.

Detrás de las rocas una perra inquieta
nos miraba con ojos enfadados,
espiando el momento de recuperar en el esqueleto
el trozo que había soltado.

Y, sin embargo, tú serás igual que esta basura,
que esta horrible infección,
¡estrella de mis ojos, sol de mi naturaleza,
tú, mi ángel y mi pasión!

¡Sí!, tal tú serás, oh reina de las gracias,
después de los últimos sacramentos,
cuando vayas, bajo la hierba y las fértiles florescencias,
a enmohecer entre las osamentas.

Entonces, oh belleza mía, di a los gusanos
que te comerán a besos,
¡que he guardado la forma y la esencia divina
de mis amores descompuestos!

32

«DE PROFUNDIS CLAMAVI»[215]

Yo imploro tu piedad, Tú, la única que amo,
desde el fondo del abismo oscuro donde mi corazón ha caído.

---

[215] «Clamé desde lo profundo», primeras palabras del salmo 130, que solía rezarse en la liturgia de difuntos. *(N. del T.)*

Es un universo triste de horizonte plomizo,
donde en la noche flotan el horror y la blasfemia.

Un sol que no calienta se cierne arriba seis meses;
y los otros seis meses la noche cubre la tierra;
es un país más desnudo que la tierra polar;
—¡ni animales, ni arroyos, ni verdores, ni bosques!

Pues no hay horror en el mundo que supere
la fría crueldad de este sol de hielo
y esta noche inmensa semejante al antiguo Caos;

envidio la suerte de los animales más viles
que pueden sumirse en un sueño estúpido,
¡tan lenta se devana la madeja del Tiempo!

33

El vampiro

Tú que, como una cuchillada,
has entrado en mi corazón quejumbroso;
tú que, como una manada
de demonios, enloquecida y adornada, viniste,

de mi espíritu humillado
a hacer tu lecho y tu dominio;
—infame a quien estoy ligado
como el forzado a la cadena,

como al juego el jugador empedernido,
como el borracho a la botella,
como a los gusanos la carroña,
—¡maldita, maldita seas!

He rogado a la rápida espada
que conquiste mi libertad,

y he dicho al pérfido veneno
que socorra mi cobardía.

¡Ay! El veneno y la espada
me han desdeñado y me han dicho:
«No eres digno de que te liberen
de tu maldita esclavitud,

¡imbécil! —de su imperio
si nuestros esfuerzos te libraran,
¡tus besos resucitarían
el cadáver de tu vampiro!».

34

EL LETEO[216]

Ven a mi corazón, alma cruel y sorda,
tigre adorado, monstruo de aires indolentes,
ha mucho que quiero sumergir mis dedos temblorosos
en la espesura de tu tupida cabellera;

en tus enaguas llenas de tu perfume
sepultar mi cabeza dolorida,
y respirar, como una flor marchita,
el suave hedor de mi difunto amor.

¡Quiero dormir!, ¡dormir más que vivir!
En un sueño tan dulce como la muerte,
pondré mis besos sin remordimiento
en tu bello cuerpo bruñido como el cobre.

Para hacer desaparecer mis apagados sollozos,
nada me vale tanto como el abismo de tu lecho;
el poderoso olvido habita en tu boca,
y el Leteo fluye en tus besos.

---

[216] El Leteo era uno de los ríos del Infierno por cuyas riberas vagaban las almas bebiendo sus aguas para olvidar el pasado. *(N. del T.)*

A mi destino, en adelante mi deleite,
obedeceré como un predestinado;
dócil mártir, condenado inocente,
cuyo fervor aviva el suplicio,

libaré, para ahogar mi rencor,
el nepente[217] y la buena cicuta
en los extremos encantadores de estos pechos agudos
que nunca han contenido un corazón.

35

Una noche que estaba con una horrible Judía,
como un cadáver tendido al lado de un cadáver,
me puse a pensar junto a ese cuerpo vendido
en la triste belleza de la que se priva mi deseo.

Me representé su majestad nativa,
su mirada armada de vigor y de gracias,
sus cabellos que forman un casco perfumado,
y cuyo recuerdo me aviva el amor.

Pues hubiera besado con furia tu noble cuerpo,
y desde tus pies hasta tus negras trenzas
extendido un tesoro de profundas caricias,

si alguna noche, con llanto logrado sin esfuerzo
pudieras solamente, oh reina de las crueles,
oscurecer el esplendor de tus frías pupilas.

36

REMORDIMIENTO PÓSTUMO

Cuando duermas, mi bella tenebrosa,
en el fondo de un monumento construido con mármol negro,

---

[217] Planta carnívora de la que, mitológicamente, se extraía una bebida que los dioses tomaban para curarse las heridas o dolores y que además producía olvido, como las aguas del Leteo. *(N. del T.)*

y cuando no tengas por alcoba y morada
más que un panteón lluvioso y una profunda fosa;

cuando la piedra, oprimiendo tu pecho temeroso
y tus costados que ablanda una encantadora indolencia,
impida a tu corazón latir y querer,
y a tus pies correr atrevida carrera,

la tumba, confidente de mi sueño infinito,
(porque la tumba siempre comprenderá al poeta),
durante esas largas noches en que el sueño se encuentra
[desterrado,
te dirá: «¿De qué te sirve, cortesana imperfecta,
no haber sabido lo que lloran los muertos?».
—Y el gusano roerá tu piel como un remordimiento.

37

EL GATO

Ven, mi bello gato, a mi corazón amoroso;
recoge las uñas de tus patas,
y deja que me hunda en tus bellos ojos,
mezcla de metal y de ágata.

Cuando mis dedos acarician sin prisa
tu cabeza y tu elástico lomo,
y mi mano se embriaga con el placer
de palpar tu eléctrico cuerpo,

veo a mi mujer con la imaginación. Su mirada,
como la tuya, amable animal,
profunda y fría, corta y hiere como un dardo,

y de los pies a la cabeza,
un aire sutil, un peligroso perfume
flotan en torno a su cuerpo moreno.

38

«DUELLUM»[218]

Dos guerreros han corrido el uno contra el otro; sus armas
han salpicado el aire de destellos y sangre.
Estos juegos, estos ruidos que producen las armas de hierro
[son los griteríos
de una juventud presa del amor plañidero.
¡Las espadas se han roto!, como nuestra juventud,
¡querida mía!, pero los dientes, las uñas afiladas,
vengan pronto a la espada y a la daga traidora.
—¡Oh, furor de corazones maduros llagados por el amor!

Al barranco donde acuden los linces y las onzas
nuestros héroes, con crueldad abrazados, han rodado,
y su piel hará que florezca la aridez de las zarzas.

—¡Este abismo es el infierno, poblado de nuestros amigos!
Rodemos a él sin remordimientos, amazona inhumana,
¡a fin de eternizar el ardor de nuestro odio!

39

EL BALCÓN

Madre de los recuerdos, amante de los amantes,
¡oh tú, todos mis placeres!, ¡oh tú, todos mis deberes!
Recordarás la belleza de las caricias,
la dulzura del hogar y el encanto de las tardes,
¡madre de los recuerdos, amante de las amantes!

Las tardes iluminadas por el ardor del carbón,
y las tardes en el balcón, cubiertas de rosados vapores.
¡Qué dulces me eran tus pechos!, ¡qué bueno tu corazón!
Con frecuencia hemos dicho cosas imperecederas
las tardes iluminadas por el ardor del carbón.

---

[218] En latín, «guerra», «combate», del que deriva el término castellano «duelo». *(N. del T.)*

¡Qué hermosos son los soles en las veladas cálidas!
¡Qué profundo el espacio!, ¡qué fuerte el corazón!
Al inclinarme hacia ti, reina de las adoradas,
creía respirar el perfume de tu sangre.
¡Qué hermosos son los soles en las veladas cálidas!

La noche se espesaba al igual que un tabique,
y en lo oscuro mis ojos adivinaban tus pupilas,
y yo bebía tu aliento, ¡oh dulzura!, ¡oh veneno!,
y tus pies se dormían en mis cordiales manos.
La noche se espesaba al igual que un tabique.

Sé el arte de evocar los minutos felices,
reviso mi pasado acurrucado en tus rodillas.
Pues, ¿dónde buscar tus lánguidas bellezas
si no es en tu cuerpo querido y en tu corazón tan dulce?
¡Sé el arte de evocar los minutos felices!

Estos juramentos, estos perfumes, estos besos infinitos,
¿renacerán de un abismo prohibido a nuestras sondas,
como suben al cielo los soles remozados
tras haberse lavado en el fondo de los mares profundos?
—¡Oh, juramentos!, ¡oh perfumes!, ¡oh besos infinitos!

40

EL POSESO

El sol se ha cubierto con un crespón. Como él,
¡oh Luna de mi vida!, arrópate con sombras;
duerme o humea a tu gusto; sé muda, sé sombría,
y húndete por entero en el abismo del Tedio.

¡Te amo así! Sin embargo, si hoy quieres,
como un astro eclipsado que sale de la penumbra,
pavonearte en los lugares que la Locura encumbra,
¡está bien!, ¡encantador puñal, surgido de tu vaina!

¡Enciende tu pupila con la llama de los candelabros!
¡Enciende el deseo en las miradas de los rústicos!
Todo lo tuyo me agrada, mórbido o petulante;

sé lo que quieras, noche negra, roja aurora;
no hay una fibra en todo mi cuerpo tembloroso
que no grite: *¡Oh, mi querido Belcebú, yo te adoro!*

41

UN FANTASMA

I. Las tinieblas

En las cuevas de insondable tristeza
donde el Destino ya me ha relegado;
donde nunca entra un rayo rosa y alegre;
donde, sólo con la Noche, desagradable hospedera,
soy como un pintor al que un Dios burlón
ha condenado a pintar, ¡ay!, en las tinieblas;
donde, cocinero de fúnebres apetitos,
hiervo mi corazón y me lo como,

por momentos brilla, se alarga y se muestra
un espectro formado de gracia y de esplendor.
Con su soñador aspecto oriental,

cuando alcanza su tamaño total,
reconozco a mi bella visitante:
¡es Ella!, negra y, sin embargo, luminosa.

II. El perfume

Lector, ¿has respirado alguna vez
con embriaguez y avidez reposada
ese grano de incienso que llena una iglesia
o el almizcle impregnado a una bolsita?

Encanto profundo, mágico, en el que nos embriaga
¡el pasado restaurado en el presente!
Así el amante en un cuerpo adorado
coge la flor exquisita del recuerdo.

De tus cabellos elásticos y espesos,
bolsita viviente, incensario de alcoba,
subía un olor salvaje y animal,
y de los vestidos, muselina o terciopelo,
totalmente impregnados de su juventud pura,
se desprendía un perfume de pieles.

III. El marco

Como un bello marco añade a la pintura,
aunque sea de un pincel muy alabado,
yo no sé qué de extraño y de encantado
que la aísla de la inmensa naturaleza,

así joyas, muebles, metales y dorados
se adaptaban muy bien a su rara belleza;
nada ofuscaba su claridad perfecta,
y todo parecía servirle de orla.

Incluso se hubiera dicho a veces que creía
que todo quería amarla; ella ahogaba
en los besos del raso y de la lencería

su bello cuerpo desnudo, lleno de estremecimientos,
y, lenta o brusca, en todos sus movimientos,
mostraba la gracia infantil del mono.

IV. El retrato

La Enfermedad y la Muerte reducen a cenizas
todo el fuego que brilló para nosotros.

De esos grandes ojos tan fervientes y tiernos,
de esa boca donde se ahogó mi corazón,

de esos besos poderosos como un bálsamo,
de esos arrebatos más vivos que los rayos,
¿qué queda? Es horrible, ¡oh, alma mía!
Nada más que un dibujo muy pálido, a tres colores,

que, como yo, muere en la soledad,
y que el Tiempo, insultante anciano,
cada día roza con su áspera ala...

¡Negro asesino de la Vida y del Arte,
nunca matarás en mi memoria
a la que fue mi placer y mi gloria!

42

Te doy estos versos para que si mi nombre
llega felizmente a épocas lejanas,
y hace una noche soñar a los cerebros humanos,
navío favorecido por un gran aquilón,

tu memoria, semejante a las fábulas inciertas,
fatigue al lector al igual que un tímpano,
y por un fraternal y místico eslabón
quede como colgada a mis rimas altivas;

¡ser maldito a quien, desde el profundo abismo
hasta lo más alto del cielo, nada, excepto yo, responde!
—¡Oh, tú, que como una sombra de rastro efímero,

pisas con pie ligero y mirada serena
a los estúpidos mortales que te han juzgado amarga,
estatua de ojos de azabache, gran ángel de broncínea frente!

43

«SEMPER EADEM»[219]

«¿De dónde viene, decías, esta tristeza extraña
que sube como el mar sobre la roca oscura y desnuda?».
—Cuando nuestro corazón ha hecho una vez su vendimia,
el vivir nos lastima. Es un secreto de todos conocido.

Es un dolor muy simple y nada misterioso,
y, como tu alegría, brillante para todos.
Deja, pues, de buscar, ¡oh bella curiosa!,
y, aunque tu voz sea dulce, ¡cállate!

¡Cállate, ignorante!, ¡alma siempre enajenada!,
¡boca de risa infantil! Más aun que la Vida,
la Muerte a menudo nos ase con sutiles lazos.

Deja, deja que mi corazón se embriague con una *mentira,*
que se sumerja en tus bellos ojos como de un bello sueño,
y que dormite largo tiempo a la sombra de tus pestañas.

44

TODA ENTERA

El Demonio, en mi elevada habitación,
esta mañana ha venido a verme,
y, tratando de cogerme en falta,
me ha dicho: «Querría saber,

entre todas las cosas bellas
de las que está hecho su encanto,
entre las partes negras o rosadas
que componen su cuerpo encantador,

---

219 «Siempre la misma», en latín. *(N. del T.)*

cuál es la más dulce». —¡Oh, alma mía!
respondiste al Aborrecido:
«Puesto que en Ella todo es bálsamo,
nada puede ser preferido.

Cuando todo me cautiva, ignoro
si algo me seduce especialmente.
Ella deslumbra como la Aurora
y consuela como la Noche;

y es demasiado exquisita la armonía
que gobierna todo su bello cuerpo,
para que el impotente análisis
registre los numerosos acordes.

¡Oh, metamorfosis mística
de todos mis sentidos fundidos en uno!
¡Su aliento produce música,
como su voz perfume!».

45

¿Qué dirás esta noche, pobre alma solitaria,
qué dirás corazón mío, corazón antaño marchito,
a la muy bella, a la muy buena, a la muy querida,
cuya mirada divina te ha hecho volver a florecer de pronto?

—Pondremos nuestro orgullo a cantar sus alabanzas:
nada vale la dulzura de su autoridad;
su carne espiritual tiene el perfume de los Ángeles,
y sus ojos nos revisten con un ropaje de claridad.

Ya sea en la noche y en la soledad,
ya sea en la calle y entre la multitud,
su fantasma danza en el aire como una antorcha.

A veces habla y dice: «Soy bella, y ordeno
que por amor a mí no ames más que lo Bello;
soy el Ángel guardián, la Musa y Madona».

46

LA ANTORCHA VIVIENTE

Van delante de mí esos Ojos llenos de luces,
que un Ángel sapientísimo ha imantado sin duda;
van, esos divinos hermanos que son hermanos míos,
sacudiendo en mis ojos sus fuegos diamantinos.

Salvándome de toda trampa y de todo pecado grave,
conduce mis pasos por el camino de lo Bello;
son mis servidores y yo soy su esclavo;
todo mi ser obedece a esa antorcha viviente.

Encantadores Ojos, brilláis con la claridad mística
que tienen los cirios ardiendo, en pleno día; el sol
enrojece, pero no apaga su fantástica llama;

ellos celebran la Muerte, vosotros cantáis el Despertar;
marcháis cantando el despertar de mi alma,
astros cuya llama ningún sol puede deslucir.

47

A LA QUE ES DEMASIADO ALEGRE

Tu cabeza, tu gesto, tu aire
son bellos como un bello paisaje;
la risa juega en tu rostro
como un viento fresco en mi cielo claro.

El transeúnte triste al que tú rozas
se deslumbra con la salud
que brota como una claridad
de tus brazos y de tus hombros.

Los resonantes colores
que siembras en tus atavíos
lanzan en el espíritu de los poetas
la imagen de un ballet de flores.

Esos vestidos locos son el emblema
de tu espíritu abigarrado;
loca por la que estoy enloquecido,
¡te odio tanto como te amo!

A veces en un bello jardín
donde arrastraba mi atonía,
he sentido, como una ironía,
que el sol me desgarraba el pecho;

y la primavera y el verdor
han humillado tanto mi corazón,
que he castigado en una flor
la insolencia de la Naturaleza.

Así, querría una noche,
cuando suene la hora de las voluptuosidades,
hacia los tesoros de tu persona,
como un cobarde, arrastrarme sin ruido,

para castigar tu carne alegre,
para lastimar tu seno perdonado,
y hacer en tu costado sorprendido
una herida ancha y profunda,

y, ¡vertiginosa dulzura!,
a través de estos labios nuevos,
más brillantes y más bellos,
infundirte mis venenos, ¡hermana mía!

48

REVERSIBILIDAD

Ángel lleno de alegría, ¿conoces la angustia,
la vergüenza, los remordimientos, los sollozos, los tedios,
y los vagos horrores de esas terribles noches
que oprimen el corazón como un papel que se estruja?
Ángel lleno de alegría, ¿conoces la angustia?

Ángel lleno de bondad, ¿conoces el odio,
los puños crispados en la sombra y las lágrimas de hiel,
cuando la Venganza hace su infernal llamamiento,
y se erige en capitana de nuestras facultades?
Ángel lleno de bondad, ¿conoces el odio?

Ángel lleno de salud, ¿conoces las Fiebres,
que, a lo largo de los muros del descolorido hospicio,
como los desterrados, se van a pasos lentos,
buscando el sol escaso y moviendo los labios?
Ángel lleno de salud, ¿conoces las Fiebres?

Ángel lleno de belleza, ¿conoces las arrugas,
y el miedo a envejecer, y ese odioso tormento
de leer el horror secreto de la abnegación
en los ojos donde largo tiempo bebieron nuestros ávidos ojos?
Ángel lleno de belleza, ¿conoces las arrugas?

Ángel lleno de gozo, de alegría y de luces,
David al morir habría pedido la salud
a las emanaciones de tu cuerpo encantado[220],
pero de ti, Ángel, yo no imploro más que tus plegarias,
¡Ángel lleno de gozo, de alegría y de luces!

---

[220] Según una leyenda, el rey David trató de robustecer su debilidad debida al paso de los años mediante el contacto con cuerpos jóvenes. La alusión podría apoyarse en un pasaje de la Biblia (I, *Reyes,* 1, 1-4), donde se explica que sus servidores llevaron al rey David, ya anciano, a una hermosa y joven sunamita para que le diera calor en su lecho. *(N. del T.)*

49

Confesión

Una vez, una sola, amable y dulce mujer,
en mi brazo tu bruñido brazo
se apoyó (en el fondo tenebroso de mi alma
no ha palidecido este recuerdo);

era tarde; igual que una medalla nueva
la luna llena se mostraba,
y la solemnidad de la noche, como un río,
sobre París dormido fluía.

Y a lo largo de las casas, bajo las puertas cocheras,
pasaban gatos furtivos,
con las orejas al acecho, o, como sombras amadas,
nos acompañaban lentamente.

Súbitamente, en medio de la intimidad libre
abierta a la pálida claridad,
de ti, rico y sonoro instrumento donde no vibra
más que radiante gozo,

de ti, clara y alegre como una charanga
en la mañana resplandeciente,
una nota quejumbrosa, una nota extraña
se escapó vacilando

como una niña enfermiza, horrible, sombría, inmunda,
de la que su familia se sonrojaría
y, para ocultarla del mundo, la habría
puesto en secreto en una cueva.

Pobre ángel, tu nota desafinada cantaba:
«Nada aquí abajo es cierto,
y siempre, por mucho que se intente disimular,
el egoísmo humano se traiciona;

es un oficio duro el de mujer hermosa,
y es trivial el trabajo
de la bailarina loca y fría que desfallece
con una sonrisa maquinal;

es una cosa necia basarse en los corazones;
todo cruje, amor y belleza,
hasta que el Olvido los arroja en su cesto
¡para devolverlos a la Eternidad!».

A menudo he evocado esa luna encantada,
ese silencio y esa languidez,
y esa confidencia horrible susurrada
en el confesionario del corazón.

50

EL ALBA ESPIRITUAL

Cuando en los libertinos el alba blanca y bermeja
toma por compañero al Ideal roedor,
por obra de un vengador misterio
se despierta un Ángel en la bestia adormecida.

El azul inaccesible de los Cielos Espirituales,
para el hombre aterrado que aún sueña y sufre,
se abre y se hunde con la atracción del abismo.
Así, Diosa querida, ser lúcido y puro,

sobre los restos fumosos de estúpidas orgías
tu recuerdo más claro, más rosa, más encantador,
en mis pupilas dilatadas revolotea incesantemente.

El sol ha oscurecido la llama de las velas;
así, siempre triunfante, tu imagen se parece,
alma resplandeciente, ¡al sol inmortal!

51

HIMNO

A la muy querida, a la muy bella
que llena mi corazón de claridad,
al ángel, al ídolo inmortal,
¡salud en la inmortalidad!

Ella se extiende en mi vida
como un aire impregnado de sal,
y en mi alma no saciada
derrama el sabor de lo eterno.

Saquito siempre fresco que perfuma
la atmósfera de un reducto querido,
incensario olvidado que echa humo
en secreto a través de la noche,

¿cómo, amor incorruptible,
definirte con verdad?,
¡grano de almizcle que yaces, invisible,
en el fondo de mi eternidad!

A la muy buena, a la muy bella,
que constituye mi alegría y mi salud,
al ángel, al ídolo inmortal,
¡salud en la inmortalidad!

52

ARMONÍA DE LA TARDE

Ya llega el tiempo en que vibrando en su tallo
toda flor se evapora igual que un incensario;
los sonidos y los perfumes dan vueltas en el aire de la tarde;
¡melancólico vals y lánguido vértigo!

Toda flor se evapora igual que un incensario;
se estremece el violín como un corazón que se aflige;
¡melancólico vals y lánguido vértigo!
El cielo está triste y bello como un gran altar.

Se estremece el violín como un corazón que se aflige,
¡un corazón tierno, que odia la nada vasta y negra!
El cielo está triste y bello como un gran altar;
el sol se ha ahogado en su sangre que se coagula.

Un corazón tierno, que odia la nada vasta y negra,
¡recoge toda huella del pasado luminoso!
El sol se ha ahogado en su sangre que se coagula...
¡Tu recuerdo brilla en mí como una custodia!

53

EL FRASCO

Hay perfumes intensos para los que toda materia
es porosa. Se diría que atraviesan el vidrio.
Al abrir un cofrecito venido de Oriente
cuya cerradura rechina y gime a gritos,

o en una casa desierta algún armario
lleno del agrio olor de los tiempos, polvoriento y oscuro,
a veces encontramos un frasco antiguo que se recuerda,
del que surge completamente viva un alma que regresa.

Mil pensamientos dormían, fúnebres crisálidas,
agitándose poco a poco en las espesas tinieblas,
que abren sus alas y emprenden el vuelo,
teñidos de azul, satinados de rosa, escarchados con
[lentejuelas de oro.

Así el recuerdo embriagador revolotea
por el aire enturbiado; los ojos se cierran; el Vértigo
se apodera del alma vencida y la lanza con las dos manos
a un abismo oscurecido de miasmas humanos;

la transporta al borde de un abismo secular,
donde, como Lázaro ungido desgarrándose el sudario,
se pone en movimiento en su despertar el cadáver espectral
de un antiguo amor, rancio, encantador y sepulcral.

De este modo, cuando yo esté perdido en la memoria
de los hombres, cuando me hayan arrojado
al rincón de un siniestro armario, viejo frasco abandonado,
decrépito, polvoriento, sucio, abyecto, viscoso, rajado,

¡yo seré tu ataúd, amable pestilencia!,
el testigo de tu fuerza y de tu virulencia,
¡querido veneno preparado por ángeles!, licor
que me corroe, ¡oh, la vida y la muerte de mi corazón!

54

EL VENENO

El vino sabe revestir al más sórdido antro
de un lujo maravilloso,
y hace surgir más de un pórtico fabuloso
en el oro de su rojo vapor,
como un sol que se pone en el cielo nublado.

El opio agranda lo que no tiene límites,
ensancha lo ilimitado,
hace profundo el tiempo, ahonda los goces,
y de placeres oscuros y lúgubres
llena el alma por encima de su capacidad.

Todo eso no iguala al veneno que fluye
de tus ojos, de tus ojos verdes,
lagos donde mi alma tiembla y se ve invertida...
Vienen mis sueños en tropel
para calmar su sed en estos amargos abismos.

Todo eso no iguala al terrible prodigio
de tu saliva que muerde,

que hunde en el olvido mi alma sin remordimiento,
y, arrastrándola el vértigo,
¡la hace rodar desfalleciente a las orillas de la muerte!

55

CIELO NUBLADO

Se diría que tu mirada está velada por un vapor;
tus ojos misteriosos (¿son azules, grises o verdes?),
a veces tiernos, a veces soñadores, a veces crueles,
reflejan la indolencia y la palidez del cielo.

Recuerdas esos días blancos, tibios y cubiertos,
que hacen fundirse en llanto a los corazones embrujados,
cuando, agitados por un mal desconocido que les hace
[retorcerse,
los nervios demasiado despiertos se burlan del espíritu que
[duerme.

Te asemejas a veces a esos bellos horizontes
que alumbran los soles de las estaciones brumosas...
¡Cómo resplandeces, paisaje mojado
al inflamarte los rayos que caen de un cielo nublado!

¡Oh, mujer peligrosa!, ¡oh, climas seductores!,
¿adoraré también tu nieve y tu escarcha
y sabré obtener del implacable invierno
placeres más agudos que el hielo y que la espada?

56

EL GATO

I

Por mi cerebro se pasea
lo mismo que por su aposento,
un bello gato, fuerte, dulce y encantador.

Cuando maúlla, apenas se le oye,
tan tierno y tan discreto es su timbre;
pero su voz ya se apacigüe o gruña,
siempre es rica y profunda.
Este es su encanto y su secreto.

Esa voz, que brota y que se filtra
en mi fondo más tenebroso,
me llena como un verso armonioso
y me regocija como un brebaje.

Adormece los males más crueles
y contiene todos los éxtasis;
para decir las más largas frases,
no necesita palabras.

No, no hay arco de violín que hiera
mi corazón, instrumento perfecto,
y que haga con mayor majestad
cantar su cuerda más vibrante,

que tu voz, misterioso gato,
gato seráfico, gato extraño,
en el que todo es, como en un ángel,
tan sutil como armonioso.

II

De su pelo rubio y pardo
sale un aroma tan dulce, que una tarde
quedé perfumado, por haberlo
acariciado una vez, nada más que una.

Es el espíritu familiar del lugar;
juzga, preside, inspira
todas las cosas de su imperio;
tal vez sea un hada, tal vez un dios.

Cuando mis ojos, hacia ese gato al que amo
y que miro en mí mismo,
atraídos por un imán,
se vuelven dócilmente,

veo con admiración
el fuego de sus pálidas pupilas,
claros fanales, ópalos vivientes,
que me contemplan fijamente.

57

EL BELLO NAVÍO

Quiero contarte, ¡oh lánguida seductora!,
las diversas bellezas que adornan tu juventud;
quiero pintarte tu belleza,
en la que la infancia se une a la madurez.

Cuando vas barriendo el aire con tu falda amplia,
produces el efecto de un bello navío que se hace a la mar,
con las velas al viento, y se va deslizando
siguiendo un ritmo dulce, perezoso y lento.

Sobre tu cuello ancho y redondo, sobre tus hombros
[carnosos,
tu cabeza se pavonea con extrañas gracias;
con aire plácido y triunfante
haces tu camino, majestuosa criatura.

Quicro contarte, ¡oh lánguida seductora!,
las diversas bellezas que adornan tu juventud;
quiero pintarte tu belleza,
en la que la infancia se une a la madurez.

Tus senos que se adelantan y oprimen el muaré,
tus senos triunfantes son bellos armarios
cuyos paneles arqueados y claros
como los escudos atraen los relámpagos;

¡escudos provocadores armados de puntas rosadas!,
¡armarios de dulces secretos, llenos de cosas buenas,
de vinos, de perfumes, de licores
que harían delirar los cerebros y los corazones!

Cuando vas barriendo el aire con tu falda amplia,
produces el efecto de un bello navío que se hace a la mar,
con las velas al viento, y se va deslizando
siguiendo un ritmo dulce, perezoso y lento.

Tus nobles piernas, bajo los volantes que van despidiendo,
atormentan y excitan los deseos oscuros,
como dos brujas que dan
vueltas a un filtro negro en una vasija honda.

Tus brazos, que ridiculizarían a precoces hércules,
son émulos sólidos de boas relucientes,
hecho para estrechar con tanta obstinación
que imprimirías a tu amante en tu corazón.

Sobre tu cuello ancho y redondo, sobre tus hombros
[carnosos,
tu cabeza se pavonea con extrañas gracias;
con aire plácido y triunfante
haces tu camino, majestuosa criatura.

58

LA INVITACIÓN AL VIAJE

¡Criatura mía, hermana mía,
piensa en la dulzura
de ir allí a vivir juntos!
¡Amar a nuestras anchas,
amar y morir
en el país que se te parece!
Los soles mojados
de esos cielos nublados

para mi espíritu tienen los encantos
tan misteriosos
de tus ojos traidores
brillando a través de sus lágrimas.

Allí todo no es sino orden y belleza,
lujo, calma y deleite.

Muebles relucientes
pulidos por los años,
decorarían nuestra habitación;
las más raras flores
mezclando sus olores
con los suaves perfumes del ámbar,
los ricos techos,
los espejos profundos,
el esplendor oriental,
todo allí hablaría
al alma en secreto
su dulce lengua natal.

Allí todo no es sino orden y belleza,
lujo, calma y deleite.

Mira en esos canales
dormir esos navíos
cuyo humor es vagabundo;
para satisfacer
tu menor deseo
vienen del fin del mundo.
—Los soles al ponerse
revisten los campos,
los canales, la ciudad entera,
de jacinto y de oro;
el mundo se duerme
en una cálida luz.

Allí todo no es sino orden y belleza,
lujo, calma y deleite.

59

LO IRREPARABLE

I

¿Podemos sofocar el viejo, el largo Remordimiento,
que vive, se agita, se enrosca
y se alimenta de nosotros como el gusano de los muertos,
como de la encina la oruga?
¿Podemos sofocar el implacable Remordimiento?

¿En qué filtro, en qué vino, en qué tisana,
ahogaremos a ese viejo enemigo,
destructor y glotón como la cortesana,
paciente como la hormiga?
¿En qué filtro, en qué vino, en qué tisana?

Dile, hermosa bruja, ¡oh!, di, si lo sabes,
a este espíritu colmado de angustia
y semejante al moribundo al que los heridos aplastan,
al que el casco del caballo magulla,
dile, hermosa bruja, ¡oh!, di, si lo sabes,

a este agonizante al que el lobo ya olfatea
y al que el cuervo vigila,
¡a este soldado roto!, si es preciso que desespere
de tener una cruz sobre su tumba;
¡a este pobre agonizante al que ya el lobo olfatea!

¿Se puede iluminar un cielo fangoso y negro?
¿Se pueden desgarrar las tinieblas
más densas que la pez, sin mañana y sin noche,
sin astros, sin relámpagos fúnebres?
¿Se puede iluminar un cielo fangoso y negro?

La Esperanza que brilla en los cristales de la Posada
se ha apagado, ¡ha muerto para siempre!
Sin luna y sin fulgores, ¡cómo hallar dónde se hospeda
a los mártires de un camino malo!
¡El Diablo ha apagado todas las luces en los cristales de la
[Posada!

Bruja adorable, ¿amas a los condenados?
Di, ¿conoces lo irremisible?
¿Conoces el Remordimiento, de dardos envenenados,
a quien nuestro corazón sirve de blanco?
Bruja adorable, ¿amas a los condenados?

Lo Irreparable roe con sus dientes malditos
nuestra alma, triste monumento,
y a menudo ataca, igual que la termita,
al edificio por los cimientos.
¡Lo Irreparable roe con sus dientes malditos!

II

He visto algunas veces en el fondo de un teatro vulgar
que inflamaba la orquesta sonora,
a un hada encender en un cielo infernal
una milagrosa aurora;
he visto algunas veces, en el fondo de un teatro vulgar

a un ser que no era más que luz, oro y gasa,
derribar al enorme Satán;
pero mi corazón, al que nunca el éxtasis visita,
es un teatro donde se espera
siempre, siempre en vano, ¡al Ser con alas de gasa!

60

CONVERSACIÓN

¡Eres un bello cielo de otoño, claro y rosado!
pero la tristeza sube en mí como el mar,

y deja, al refluir, en mis labios melancólicos
el recuerdo punzante de su amargo limo.

—Tu mano se desliza en vano por mi pecho que desfallece;
lo que ella busca, amiga, es un lugar destrozado
por la garra y el diente feroz de la mujer.
No busques más mi corazón; se lo han comido las bestias.

Mi corazón es un palacio devastado por las turbas;
¡en el que se emborrachan, matan, se agarran de los cabellos!;
—¡Flota un perfume en torno a tu pecho desnudo...!

¡Oh Belleza, duro látigo de las almas, tú lo quieres!
Con tus ojos de fuego brillantes como fiestas,
¡calcina estos despojos que han dejado las bestias!

61

CANTO DE OTOÑO

I

Pronto nos hundiremos en las frías tinieblas;
¡adiós, viva claridad de nuestros veranos demasiado cortos!
Ya oigo caer con fúnebres golpes
la leña que retumba en el empedrado de los corrales.

Todo el invierno va a volver a mi ser: cólera,
odio, escalofríos, horror, trabajo duro y forzado,
y, como el sol en su infierno polar,
mi corazón ya no será más que un bloque rojo y helado.

Escucho tembloroso cada leño que cae;
cuando levantan un cadalso no se produce un eco más sordo.
Mi espíritu se asemeja a la torre que se derrumba
bajo los golpes del ariete incansable y pesado.

Arrullado por este monótono golpear, me parece
que clavan a toda prisa un ataúd en algún sitio.
¿Para quién? —Ayer era verano; ¡he aquí el otoño!
Este ruido misterioso suena como una despedida.

II

Amo la luz verdosa de tus grandes ojos,
dulce belleza, mas hoy todo me es amargo,
y nada, ni tu amor, ni tu cuarto, ni la chimenea,
valen hoy para mí lo que el sol que resplandece en el mar.

Y, sin embargo, ¡ámame, tierno corazón!, sé madre
hasta para un ingrato, hasta para un malvado;
amante o hermana, sé la dulzura efímera
de un otoño glorioso o de un sol que se pone.

¡Breve tarea! La tumba espera; ¡está ávida!
¡Ah, déjame que, con mi frente puesta en tus rodillas,
guste, añorando el verano blanco y tórrido,
el rojo amarillo y dulce del final del otoño!

62

A UNA MADONA[221]

Exvoto al gusto español

Quiero elevar para ti, Madona, dueña mía,
un altar subterráneo en el fondo de mi angustia,
y abrir en el rincón más oscuro de mi corazón,
lejos del deseo mundano y de la mirada burlona,
una hornacina, esmaltada en azul y en oro,
donde tú te alzarás. Estatua admirada.
Con mis versos pulidos, damasquinado de un puro metal,
sabiamente salpicado con rimas de cristal,

---

221 Italianismo. En italiano, con el término *Madona* se designa comúnmente a la Virgen María. *(N. del T.)*

haré para tu cabeza una enorme Corona;
y en mis Celos, oh mortal Madona,
sabré cortarte un Manto, de hechura
bárbara, tiesa y tosca, y forrado de recelo,
que, como una garita, encerrará tus encantos;
¡no bordado de Perlas, sino de todas mis Lágrimas!
Tu Vestido será mi Deseo, tembloroso,
sinuoso, mi Deseo que sube y que desciende,
en las cumbres vacila, en los valles reposa,
y reviste de besos tu cuerpo blanco y rosa.
Te haré con mi Respeto bellos Zapatos
de raso, para tus pies divinos humillados,
que, aprisionándolos con un flojo apretón,
como un molde fiel guardarán la huella.

Si, pese a todo mi arte diligente, no puedo
para Escabel tallar una Luna de plata,
pondré a la Serpiente que me muerde las entrañas
bajo tus talones, para que pises y escarnezcas,
Reina victoriosa y fecunda en redenciones,
a este monstruo lleno de odio y de salivazos.
Verás mis Pensamientos, alineados como los Cirios
ante el altar florido de la Reina de las Vírgenes,
sembrando de reflejos estelares el techo pintado de azul,
mirarte siempre con ojos de fuego;
y como todo en mí te quiere y te admira,
todo se hará Benjuí, Incienso, Olíbano, Mirra,
y sin cesar hacia ti, cima blanca y nevada,
en vapores subirá mi Espíritu tempestuoso.
Por último, para completar tu papel de María,
y para mezclar el amor con la barbarie,
¡delicia negra!, con los siete Pecados capitales,
verdugo lleno de remordimientos, haré siete Cuchillos
muy afilados, y, como un volatinero insensible,
tomando lo más profundo de tu amor como blanco,
¡los plantaré todos en tu Corazón palpitante,
en tu Corazón sollozante, en tu Corazón chorreante!

63

CANCIÓN DE PRIMERAS HORAS DE LA TARDE

Aunque tus cejas malignas
te dan un aire extraño
que no es el de un ángel,
bruja de ojos seductores,

te adoro, oh frívola mía,
¡mi terrible pasión!,
con la devoción
del sacerdote por su ídolo.

El desierto y el bosque
perfuman tus trenzas toscas,
tu cabeza tiene las actitudes
del enigma y del secreto.

Por tu carne vaga el perfume
como alrededor de un incensario;
encantas como la tarde,
ninfa tenebrosa y cálida.

¡Ah, los filtros más fuertes
no valen tu pereza,
y conoces la caricia
que hace revivir a los muertos!

Tus caderas están enamoradas
de tu espalda y de tus senos,
y cautivas a los almohadones
con tus lánguidas posturas.

A veces para calmar
tu rabia misteriosa,
prodigas, seria,
el mordisco y el beso;

me destrozas, morena mía,
con una risa burlona,
y luego pones en mi corazón
tus ojos dulces como la luna.

Bajo tus chapines de raso,
bajo tus encantadores pies de seda,
pongo mi gran alegría,
mi genio y mi destino,

¡alma mía curada por ti,
por ti, luz y color!,
¡explosión de calor
en mi negra Siberia!

64

MADRIGAL TRISTE

I

¿Qué me importa que seas juiciosa?
¡Sé bella y sé triste! Las lágrimas
añaden un encanto al rostro,
como el río al paisaje;
la tormenta rejuvenece a las flores.

Te amo sobre todo cuando la alegría
huye de tu frente abatida;
cuando tu corazón en el horror se ahoga;
cuando sobre tu presente se extiende
la nube horrible del pasado.

Te amo cuando tus grandes ojos derraman
una agua cálida como la sangre;
cuando, a pesar de que mi mano te meza,

tu angustia, demasiado sólida, perfora
como un estertor de agonizante.

Aspiro, ¡goce divino!,
¡himno profundo, delicioso!,
todos los sollozos de tu pecho,
y creo que tu corazón se ilumina
¡con las perlas que derraman tus ojos!

II

Sé que tu corazón, que rebosa
viejos amores desarraigados,
llamea aún como una fragua,
y que albergas bajo tus senos
un poco del orgullo de los condenados;

pero, querida mía, hasta que tus ensueños
no hayan reflejado el Infierno,
y hasta que en una pesadilla sin treguas,
que sueñe con venenos y espadas,
apasionada de pólvora y de armas,

no abriendo a nadie más que con temor,
descifrando la desgracia por todas partes,
convulsionándote cuando suele la hora,
no hayas sentido el abrazo
del Tedio irresistible,

no podrás, esclava reina,
que sólo me amas con espanto,
en el horror de la noche malsana
decirme con el alma llena de gritos:
«¡Soy igual a ti, oh mi Rey!».

65

SISINA

¡Imaginad a Diana[222] con elegante equipo,
recorriendo los bosques o batiendo los matorrales,
con los cabellos y los pechos al viento, embriagándose de
[alboroto,
soberbia y desafiando a los mejores jinetes!

¿Habéis visto a Théroigne[223], amante de las matanzas,
excitando al asalto a un pueblo sin calzado,
con las mejillas y los ojos de fuego, representando a su
[personaje,
y subiendo, con el sable en la mano, las escaleras reales?

¡Pues igual es Sisina[224]!, pero la dulce guerrera
tiene el alma caritativa a la par que asesina;
su valor, enloquecido de pólvora y tambores,
ante quienes suplican sabe bajar las armas,
y su corazón, asolado por las llamas, tiene siempre,
para quien se muestra digno, una reserva de lágrimas.

66

LOS OJOS DE BERTA

¡Podéis despreciar los ojos más célebres,
bellos ojos de mi niña, por los que se filtra y derrama
un no sé qué de bueno, de dulce como la Noche!
¡Bellos ojos, verted sobre mí vuestras encantadoras tinieblas!

---

[222] En la mitología romana, hija de Júpiter y Latona; su padre le dio permiso para no casarse nunca y le concedió un séquito de ninfas y un arco, haciéndola reina de los bosques. Es la diosa de la caza. *(N. del T.)*

[223] Se refiere a Théroigne de Méricourt, llamada Ana Josefa Terwagne, mujer francesa, famosa por su exaltación revolucionaria. Tenía el sobrenombre de «la amazona de la libertad», y su salón era frecuentado por Sieyès, Danton, Mirabeau, Desmoulins, etc. El 10 de agosto designó al furor de la multitud al periodista Souleau, que fue convertido en pedazos. Azotada con vergajos por un grupo de realistas, perdió la razón y murió en la Salpêtrière. *(N. del T.)*

[224] Se refiere a la aventurera italiana Elisa Neri, amiga de madame Sabatier. *(N. del T.)*

¡Grandes ojos de mi niña, arcanos adorados,
os parecéis mucho a esas grutas mágicas
en las que tras el montón de sombras letárgicas,
centellean vagamente tesoros ignorados!

Mi niña tiene los ojos oscuros, profundos y vastos,
¡como tú, Noche inmensa, iluminados como tú!
Sus fuegos son esos pensamientos de Amor, mezclados de Fe,
que brillan en el fondo, voluptuosos o castos.

67

ALABANZAS A MI FRANCISCA[225]

Te cantaré con nuevas cuerdas,
oh pimpollar que juegas
en la soledad del corazón.

Sé cubierta de guirnaldas,
oh mujer delicada,
¡por la que se absuelven los pecados!

Como el benéfico Leteo,
extraeré besos de ti,
que estás impregnada de magnetismo.

Cuando una tempestad de vicios
perturbaba todas las sendas,
apareciste, Deidad,

como una estrella salvadora
en los amargos naufragios...
¡Ofreceré mi corazón en tus altares!

---

[225] El autor escribió este poema en un latín muy sencillo en forma de tercetos rimados, como era usual en la Edad Media, para «una modista erudita y devota». *(N. del T.)*

Estanque lleno de virtud,
fuente de eterna juventud,
¡devuelve la voz a mis labios mudos!

Quemaste lo que era inmundo,
allanaste lo más rudo,
fortaleciste al débil.

Posada para mi hambre,
lámpara para mi noche,
dirígeme siempre rectamente.

Añade ahora fuerzas a las fuerzas,
¡dulce baño perfumado
con suaves olores!

Brilla en torno a mi espalda,
oh coraza de castidad,
teñida de agua seráfica;

pátera[226] brillante de piedras preciosas,
pan salado, delicado alimento,
vino divino, ¡Francisca!

68

A UNA DAMA CRIOLLA

En un país perfumado que el sol acaricia,
he conocido bajo una bóveda de árboles teñidos de púrpura,
y de palmeras de donde llueve en los ojos la pereza,
a una dama criolla de encantos ignorados.

Su tez es pálida y ardiente; la morena encantadora
tiene en el cuello aires noblemente afectados;
grande y esbelta al andar como una cazadora,
su sonrisa es tranquila y sus ojos resueltos.

---

[226] Plato de poco fondo que se usaba en los sacrificios antiguos. *(N. del T.)*

Si vais, Señora, al verdadero país de la gloria,
a las orillas del Sena o del verde Loira,
bella digna de adornar las antiguas mansiones,

en el abrigo de rincones umbríos, haríais
germinar mil sonetos en el corazón de los poetas,
que vuestros grandes ojos volverían más sumisos que
[vuestros negros.

69

A UNA MALABARESA

Tus pies son tan finos como tus manos, y tu cadera
es ancha para causar envidia a la más blanca;
para el artista pensativo tu cuerpo es dulce y querido;
tus grandes ojos de terciopelo son más negros que tu carne.
En los países cálidos y azules donde tu Dios te ha hecho nacer,
tu tarea es encender la pipa de tu dueño,
llenar los jarros de agua fresca y de perfumes,
espantar lejos del lecho a los mosquitos merodeadores,
y, desde que la mañana hace cantar a los plátanos,
comprar en el mercado piñas y bananas.
Todo el día, donde quieres, llevas tus pies descalzos,
y tarareas por lo bajo antiguos aires desconocidos;
y cuando cae la tarde con su manto escarlata,
reclinas dulcemente tu cuerpo en una estera,
donde tus sueños flotantes están llenos de colibríes,
y siempre, como tú, graciosos y floridos.
¿Por qué, niña feliz, quieres ver nuestra Francia,
este país demasiado poblado que arrasa el sufrimiento,
y, confiando tu vida a los brazos fuertes de los marinos,
decir un último adiós a tus queridos tamarindos?
Tú, vestida a medias con ligeras muselinas,
temblando aquí bajo la nieve y los granizos,
¡cómo llorarías tus ocios dulces y totales,
si, con el corsé brutal aprisionando tus senos,

tuvieras que buscarte la vida en nuestros fangos
y vender el perfume de tus encantos exóticos,
con la mirada meditabunda, y siguiendo en nuestras sucias [nieblas,
las imágenes borrosas de los cocoteros ausentes!

70

MUY LEJOS DE AQUÍ

Este es el bohío sagrado
donde esta joven muy engalanada,
tranquila y siempre preparada,

abanicándose los pechos con una mano,
y acodada en los almohadones,
oye llorar a las fuentes:

es la alcoba de Dorotea.
—La brisa y el agua cantan a lo lejos
su canción entrecortada de sollozos
para arrullar a esta niña mimada.

De arriba abajo, con gran cuidado,
se frota su delicada piel
con aceite perfumado y con benjuí.
Unas flores desfallecen en un rincón.

71

«MOESTA ET ERRABUNDA»[227]

Dime, ¿tu corazón a veces se echa a volar, Ágata,
lejos del negro océano de la inmunda ciudad,
hacia otro océano donde estalla el resplandor,
azul claro, profundo, como la virginidad?
Dime, ¿tu corazón se echa a volar, Ágata?

---

227 En latín, «triste y errante». *(N. del T.)*

¡El mar, el vasto mar consuela nuestras labores penosas!
¿Qué demonio ha dotado al mar, cantante ronco
que acompaña al órgano inmenso de los vientos gruñones,
de su función sublime de ser canción de cuna?
¡El mar, el vasto mar consuela nuestras labores penosas!

¡Llévame, vagón!, ¡embárcame, fragata!
¡lejos, lejos! ¡Aquí el lodo está hecho de nuestras lágrimas!
—¿Es cierto que a veces el triste corazón de Ágata
dice: Lejos de remordimientos, de crímenes, de dolores,
llévame, vagón, embárcame, fragata?

¡Qué lejos estás, paraíso perfumado,
donde bajo un claro cielo todo no es sino amor y alegría,
donde todo lo que se ama es digno de ser amado,
donde el corazón se ahoga en el deleite puro!
¡Qué lejos estás, paraíso perfumado!

Pero el verde paraíso de los amores infantiles,
las excursiones, las canciones, los besos, los ramos de flores,
los violines vibrando detrás de las colinas,
con las jarras de vino, por la tarde, en los bosquecillos,
—pero el verde paraíso de los amores infantiles,

el inocente paraíso, lleno de placeres furtivos,
¿está ya más lejos que la India y la China?
¡Podemos evocarlo con lastimeras voces,
y reavivar además con una voz argentina
al inocente paraíso lleno de placeres furtivos!

72

El aparecido

Como los ángeles de fiera mirada,
volveré a tu alcoba
y me deslizaré hasta ti sin ruido
con las sombras de la noche;

y te daré, morena mía,
besos fríos, como la luna,
y caricias de serpiente
arrastrándose en torno a una fosa.

Cuando llegue la lívida mañana,
encontrarás mi lugar vacío
y hasta el anochecer seguirá frío.

Como otros por la ternura,
en tu vida y en tu juventud,
¡yo quiero reinar por el terror!

73

SONETO DE OTOÑO

Me dicen tus ojos, claros como el cristal:
«Para ti, extraño amante, ¿cuál es mi mérito?».
—¡Sé encantadora y calla! Mi corazón, al que todo le irrita,
a excepción del candor del antiguo animal,

no quiere mostrarte su secreto infernal,
arrulladora cuya mano me invita a largos sueños,
ni su negra leyenda escrita con llamas.
¡Odio la pasión y el ingenio me lastima!

Amémonos con calma. El Amor en su garita,
tenebroso, emboscado, tensa su arco fatal.
Conozco las armas de su viejo arsenal:

¡crimen, horror y locura! —¡Oh, pálida margarita!,
¿No eres, como yo, un sol otoñal,
oh, mi Margarita tan blanca y tan fría?

74

EL SURTIDOR

¡Tus bellos ojos están cansados, pobre amante!
Quédate mucho tiempo, sin volverlos a abrir,
en esta postura descuidada
en que te ha sorprendido el placer.
En el patio el surtidor que murmura
y no se calla ni de noche ni de día,
mantiene dulcemente el éxtasis
en que esta noche me ha sumido el amor.

El ramo abierto
en mil flores
donde Febea[228] contenta
pone sus colores,
cae como una lluvia
de abundantes lágrimas.

Así tu alma que incendia
el relámpago ardiente de los deleites
se lanza, rápida y atrevida,
hacia los vastos cielos encantados.
Después, se esparce, moribunda,
en una ola de triste languidez,
que por una invisible pendiente
desciende hasta el fondo de mi corazón.

El ramo abierto
en mil flores
donde Febea contenta
pone sus colores,
cae como la lluvia
de abundantes lágrimas.

---

[228] Se trata de una de las advocaciones de Diana, diosa lunar. *(N. del T.)*

Oh tú, a quien la noche hace tan bella,
¡qué dulce me resulta, inclinado cerca de tus pechos,
escuchar la eterna queja
que solloza en las fuentes!
Luna, agua sonora, noche bendita,
árboles que tembláis alrededor,
vuestra pura melancolía
es el espejo de mi amor.

El ramo abierto
en mil flores
donde Febea contenta
pone sus colores,
cae como una lluvia
de abundantes lágrimas.

75

TRISTEZAS DE LA LUNA

Esta noche, la Luna sueña con más pereza;
igual que una belleza, sobre numerosos almohadones,
que con mano distraída y ligera acaricia
antes de dormirse el contorno de sus pechos,

sobre la espalda satinada de blandos aludes,
moribunda, se entrega a largos desmayos,
y pasea sus ojos por las blancas visiones
que suben en el azul como floraciones.

Cuando a veces sobre este globo, en su languidez ociosa,
deja deslizarse una lágrima furtiva,
un poeta piadoso, enemigo del sueño,

en el hueco de su mano recoge esa lágrima pálida,
de irisados reflejos como un fragmento de ópalo,
y la guarda en su corazón lejos de los ojos del sol.

76

LOS GATOS

Los enamorados fervientes y los sabios austeros
aman igualmente, en sus años maduros,
a los gatos poderosos y dulces, orgullo de la casa,
que como ellos son frioleros y como ellos sedentarios.

Amigos de la ciencia y del deleite,
buscan el silencio y el horror de las tinieblas;
el Erebo[229] les hubiese tomado por sus corceles fúnebres,
si se pidiera someter su fiereza a servidumbre.

Adoptan al soñar las nobles actitudes
de las grandes esfinges estiradas en el fondo de las soledades,
que parecen dormirse en un sueño sin fin;
sus lomos fecundos están llenos de mágicas chispas,
y partículas de oro, igual que fina arena,
siembran sus místicas pupilas como estrellas imprecisas.

77

LOS BÚHOS

Bajo los negros tejos que les cobijan
los búhos permanecen en fila,
igual que extraños dioses,
miran con sus ojos encarnados. Meditan.

Se estarán sin moverse
hasta la hora melancólica
en que, al ponerse el sol oblicuo,
se instalen las tinieblas.

---

[229] Lugar sombrío e inaccesible de los Infiernos. Fue personificado como hijo de Caos y hermano de Nix (la noche). *(N. del T.)*

Su actitud enseña al prudente
que es preciso en este mundo que tiene miedo
al tumulto y al movimiento,

que el hombre ebrio de una sombra que pasa
sufra siempre castigo
por haber querido cambiar de lugar.

78

LA PIPA

Soy la pipa de un autor;
se ve, al contemplar mi aspecto
de Abisinia o de Cafrería,
que mi dueño es un gran fumador.

Cuando está colmado de dolor,
echo humo como la cabaña
donde preparan la comida
para el regreso del labrador.

Abrazo y mezo su alma
en la red móvil y azul
que sube de mi boca encendida,

y esparzo un poderoso bálsamo
que encanta su corazón y cura
a su espíritu de sus fatigas.

79

LA MÚSICA

¡A menudo la música me arrastra como un mar!
Hacia mi pálida estrella,
bajo un techo de bruma o en un vasto éter,
me hago a la vela;

con el pecho fuera y los pulmones hinchados
como la tela,
escalo el lomo de las olas amontonadas
que la noche me oculta;

siento vibrar en mí todas las pasiones
de un navío que sufre;
el viento favorable, la tempestad y sus convulsiones

sobre el inmenso abismo
me arrullan. —Otras veces, bonanza, ¡gran espejo
de mi desesperación!

80

SEPULTURA

Si una noche bochornosa y sombría
un buen cristiano, por caridad,
detrás de unos viejos escombros
entierra tu cuerpo alabado,

a la hora en que las castas estrellas
cierran sus ojos cargados,
la araña tejerá allí su tela
y la víbora cuidará sus crías;

oirás todo el año
sobre tu cabeza condenada
los aullidos de lamento de los lobos

y de las brujas famélicas,
el retozar de los viejos lúbricos
y las maquinaciones de los oscuros rateros.

81

UN GRABADO FANTÁSTICO

Este curioso espectro no tiene otro atavío,
grotescamente airoso en su frente esquelética,
que una horrible diadema que huele a carnaval.
Sin espuelas, sin látigo, sofoca a su caballo,
fantasma como él, rocín apocalíptico,
que babea por los ollares igual que un epiléptico.
A través del espacio se sumergen los dos
hollando el infinito con cascos arriesgados.
El jinete pasea su flamígero sable
sobre la turba anónima que su corcel machaca,
y recorre, cual príncipe que inspecciona su casa,
el cementerio inmenso, frío y sin horizonte,
donde yacen, bajo los reflejos de un sol blanco y sin brillo,
los pueblos de la antigua y la moderna historia.

82

EL MUERTO GOZOSO

En una tierra fértil, llena de caracoles,
quiero cavar yo mismo una fosa profunda,
donde pueda a mis anchas tender mis viejos huesos
y dormir en el olvido cual tiburón en las olas.

Odio los testamentos y odio las sepulturas;
antes de implorar una lágrima a nadie,
preferiría, vivo, invitar a los cuervos
a ensangrentar sus picos en mi inmundo esqueleto.

¡Oh, gusanos!, oscuros compañeros sin oídos ni ojos,
ved que viene a vosotros un muerto libre y gozoso;
vividores filósofos, hijos de la putrefacción,

pasad sin remordimiento a través de mi ruina,
y decidme si queda aún una tortura
¡para este viejo cuerpo sin alma y muerto entre los muertos!

83

EL TONEL DEL ODIO

El Odio es el tonel de las pálidas Danaides[230];
la Venganza dislocada de brazos encarnados y fuertes
por más que precipite en sus tinieblas vacías
grandes pozales llenos de sangre y de lágrimas de muertos,

el Demonio hace agujeros secretos en esos abismos,
por los que huirán mil años de sudores y esfuerzos,
pese a que ella podría reanimar a sus víctimas,
y resucitar sus cuerpos para estrujarlos.

El Odio es un borracho en el fondo de una taberna,
que siente siempre renacer la sed de licor
y multiplicarse como la hidra de Lerna[231].

—Pero los buenos bebedores conocen a su vencedor,
mientras que el Odio está abocado a la suerte lamentable
de no poder nunca dormirse bajo la mesa.

84

LA CAMPANA CASCADA

Es amargo y dulce, en las noches de invierno,
escuchar, junto al fuego que palpita y que humea,
los recuerdos lejanos que se elevan despacio
al son de los carrillones que cantan en la bruma.

¡Dichosa la campana de garganta potente
que, pese a su vejez, alerta y en buen estado,

---

[230] Nombre de las cincuenta hijas de Dánao, rey de Argos, que la noche de sus bodas mataron todas, menos una, a sus maridos. Fueron condenadas en el Tártaro a llenar de agua un tonel sin fondo. De ahí el significado que da el autor al poema. *(N. del T.)*

[231] Serpiente monstruosa con siete cabezas que le renacían al cortárselas una por una. *(N. del T.)*

lanza fielmente su clamor religioso,
igual que un viejo soldado que vela bajo la tienda!

Mi alma está cascada y cuando se encuentra aburrida
y quiere poblar con sus cantos el aire frío de las noches,
sucede a menudo que su voz debilitada

parece el estertor ronco de un herido al que olvidan
junto a un lago de sangre, bajo un montón de muertos,
y que muere, sin moverse, entre enormes esfuerzos.

85

LAS LAMENTACIONES DE UN ÍCARO[232]

Los amantes de las prostitutas
se sienten felices, dispuestos y saciados;
en cuanto a mí, mis brazos están rotos
por haber abrazado las nubes.

Debido a los astros sin igual
que brillan en el fondo del cielo,
mis ojos agotados no ven
más que recuerdos de soles.

En vano he querido del espacio
hallar el fin y el centro;
bajo no sé qué ojo de fuego
siento que mis alas se rompen;

y quemado por el amor de lo bello,
no tendré el honor sublime
de dar mi nombre al abismo
que me servirá de tumba.

---

[232] Personaje legendario, hijo de Dédalo, que huyó con él del laberinto de Creta valiéndose de unas alas pegadas con cera. Habiéndose acercado demasiado al Sol, se derritió la cera, se despegaron las alas y el imprudente Ícaro cayó al mar, donde se ahogó, por lo que esa parte del Egeo se llamó mar de Icaria. De ahí el sentido de este poema. *(N. del T.)*

86

SPLEEN

Pluvioso[233], irritado contra la ciudad entera,
de su urna a grandes oleadas vierte un frío tenebroso
en los pálidos habitantes del vecino cementerio
y derrama muerte sobre los barrios brumosos.

Mi gato en el cojín haciéndose una cama
agita sin descanso su cuerpo flaco y sarnoso;
el alma de un viejo poeta vaga en la gotera
con la triste voz de un fantasma friolero.

El bordón se lamenta, y la leña ahumada
acompaña en falsete al reloj constipado,
mientras que en una baraja impregnada de sucios perfumes,

fatal herencia de una hidrópica vieja,
la bella sota[234] de corazones y la reina de picas
charlan siniestramente de sus difuntos amores.

87

SPLEEN

Conservo más recuerdos que si tuviera mil años.

Un mueble grande con cajones lleno de balances,
de versos, de cartitas de amor, de sumarios, de romances,
con espesos cabellos envueltos en recibos,
oculta menos secretos que mi triste cerebro.
Es una pirámide, un panteón inmenso,
que contiene más muertos que una fosa común.

---

233 Nombre del quinto mes del calendario republicano francés y segundo del invierno; sus días primero y último coincidían con el 20 de enero y el 19 de febrero. *(N. del T.)*

234 Recordemos que aunque la palabra es del género femenino, la figura de la baraja a la que alude es la de un paje o infante. *(N. del T.)*

—Soy un cementerio aborrecido de la luna,
donde, como los remordimientos, se arrastran largos gusanos
que siempre se ceban en mis muertos más queridos.
Soy un viejo tocador lleno de rosas marchitas,
donde yace todo un batiburrillo de modas anticuadas,
donde los lastimeros cuadros al pastel y los pálidos Boucher[235]
respiran, ellos solos, el olor de un frasco destapado.

Nada iguala en duración a las fastidiosas jornadas,
cuando bajo los gruesos copos de los años nevosos
el aburrimiento, fruto de la melancólica falta de curiosidad,
alcanza las proporciones de la inmortalidad.
—En adelante ya no eres, ¡oh materia viviente!,
más que una roca de granito rodeada de una ola espantada,
adormecida en el fondo de un Sáhara brumoso;
una antigua esfinge ignorada de la gente despreocupada,
olvidada en el mapa, y cuyo humor arisco
no canta más que bajo los rayos del sol que se pone.

88

SPLEEN

Soy como el rey de un país lluvioso,
rico pero impotente, joven y, sin embargo, muy anciano,
que, despreciando los saludos serviles de los preceptores,
se aburre con sus perros como con otros animales.
Nada puede divertirle, ni la caza, ni el halcón,
ni su pueblo muriéndose delante del balcón.
Del bufón favorito la grotesca balada
no desarruga ya el ceño de este cruel enfermo:
su lecho blasonado se transforma en sepulcro,
y las damas que le rodean, para quienes todo príncipe es
[bello,

---

235 FRANÇOIS BOUCHER (1703-1770), pintor y grabador nacido y muerto en París, uno de los artistas representativos del estilo rococó, que dictó la moda en la corte de Luis XV. *(N. del T.)*

no saben ya encontrar un impúdico atuendo
que arranque una sonrisa de este joven esqueleto.
El sabio que le fabrica oro no ha podido nunca
extirpar de su ser el elemento corrompido,
y en esos baños de sangre que nos vienen de los Romanos
y de los que se acuerdan los poderosos cuando llegan a [viejos,
no ha sabido reanimar a este cadáver alelado
por el que corre agua verde del Leteo en lugar de sangre.

89

SPLEEN

Cuando el cielo bajo y grávido pesa como una losa
sobre el gimiente espíritu presa de largos tedios,
y el horizonte, abarcando todo el círculo
nos depara un día negro más triste que las noches;

cuando la tierra se ha convertido en un húmedo calabozo,
donde la esperanza, como un murciélago,
se va dando golpes contra las paredes con sus tímidas alas
y chocando la cabeza con los techos podridos;

cuando la lluvia esparciendo sus inmensos regueros
imita los barrotes de una vasta prisión
y un pueblo mudo de infames arañas
viene a tender sus trampas en el fondo de nuestros cerebros,

unas campanas empiezan de pronto a tocar furiosamente
y lanzar al cielo un aullido espantoso,
como los espíritus errantes y sin patria
que se ponen a gemir con porfía.

—Y largas comitivas fúnebres, sin tambores ni música,
desfilan lentamente en mi alma; la Esperanza,
vencida, llora, y la Angustia atroz, despótica,
sobre mi cráneo inclinado enarbola su negro estandarte.

90

El abismo

Pascal tenía su abismo, conviviendo con él[236],
—¡Ay!, todo es abismo; —¡acción, deseo, sueño,
palabra!, y en mi pelo que se eriza
más de una vez siento pasar el viento del Miedo.

Arriba, abajo, por todas partes, la profundidad, el arenal,
el silencio, el espacio horroroso y atrayente...
En el fondo de mis noches Dios con su sabio dedo
dibuja una pesadilla multiforme y sin tregua.

Tengo miedo al sueño como se tiene miedo a un gran agujero
completamente lleno de vago horror, que lleva no se sabe
[a dónde;
no veo más que infinito por todas las ventanas,
y mi espíritu, siempre asediado por el vértigo,
envidia la insensibilidad de la nada.
—¡Ah!, ¡este no salir nunca de Números y de Seres!

91

Obsesión

Grandes bosques, me asustáis como las catedrales;
aulláis como un órgano; y en nuestros corazones malditos,
cámaras de eterno duelo donde vibran antiguos estertores,
responden los ecos de vuestro *De profundis*.

¡Te odio, Océano!, tus saltos y tus tumultos,
mi espíritu los descubre en él; esa risa amarga
del hombre vencido, llena de sollozos y de insultos,
yo la oigo en la risa enorme del mar.

---

236 Alude a la tradición poco fundada de que el filósofo Pascal sufría de vértigo y que creía que se abría a su lado un abismo. *(N. del T.)*

¡Cómo me gustarías, oh noche, sin esas estrellas
cuya luz habla un lenguaje conocido!
¡pues yo busco lo vacío, lo negro y lo desnudo!;

pero las tinieblas son lienzos
donde viven, saltando de mis ojos a millares,
seres desaparecidos de miradas familiares.

92

EL GUSTO DE LA NADA

¡Triste espíritu, antaño amante de la lucha,
la Esperanza, cuya espuela excitaba tu ardor,
no quiere ya montarte! Échate sin pudor,
viejo caballo cuyas patas tropiezan en todos los obstáculos.

Resígnate, corazón mío; duerme tu sueño de bruto.

¡Espíritu vencido, extenuado! Para ti, viejo merodeador,
el amor no tiene ya sabor, ni tampoco la lucha;
¡adiós, pues, cantos del metal y suspiros de la flauta!,
¡placeres, no tentéis ya a un corazón sombrío y gruñón!
¡La adorable Primavera ha perdido su olor!

Y el Tiempo me devora minuto tras minuto,
como la nieve inmensa a un cuerpo afectado por la rigidez;
contemplo desde lo alto el globo de su redondez,
y ya no busco en él el abrigo de una choza.

Alud, ¿quieres arrastrarme en tu caída?

93

ALQUIMIA DEL DOLOR

Uno te ilumina con su ardor,
otro pone en ti su duelo, ¡Naturaleza!

Lo que a uno dice: ¡Sepultura!
dice a otro: ¡Vida y esplendor!

Hermes[237] desconocido que me asistes
y que siempre me intimidas,
me haces igual a Midas[238],
el más triste de los alquimistas;

por ti yo cambio el oro en hierro
y el paraíso en infierno;
en el sudario de las nubes

descubro un cadáver querido,
y en las celestes riberas
construyo grandes sarcófagos.

94

HORROR SIMPÁTICO

De ese cielo extraño y lívido,
atormentado como tu destino,
¿qué pensamientos a tu alma vacía
descienden?, responde, libertino.

Insaciablemente ávido
de lo oscuro y de lo incierto,
no gemiré como Ovidio
expulsado del paraíso latino[239].

Cielos destrozados como arenales,
en vosotros se contempla mi orgullo;

---

237 Se atribuía a este dios la función de ser guardián de los caminos. *(N. del T.)*

238 Rey de Frigia, hijo de Cibeles, quien, según la leyenda, obtuvo de Baco la facultad de cambiar en oro todo cuanto tocaba; su deseo fue funesto, pues hasta los alimentos se le convertían en oro. La situación del poeta es aquí peor, pues para él el oro se convierte en hierro. *(N. del T.)*

239 El famoso poeta fue desterrado del Lacio a las orillas del mar Negro, lo que le sumió en una gran melancolía. Allí escribió *Las Tristes* y *Las Pónticas*. *(N. del T.)*

vuestras vastas nubes enlutadas
son los coches fúnebres de mis sueños,
y vuestros fulgores son el reflejo
del Infierno donde mi corazón se queja.

95

EXAMEN DE MEDIANOCHE

El reloj, al dar las doce de la noche,
irónicamente nos impulsa
a recordar qué uso
hicimos del día que se va.
—Hoy, fecha fatídica,
viernes, trece, he
llevado una vida de hereje,
a pesar de todo lo que sé.
He blasfemado de Jesús,
¡de los Dioses el más indiscutible!
Como un parásito a la mesa
de cualquier monstruoso Creso,
para agradar al bruto,
digno vasallo de los Demonios,
he insultado lo que amo
y alabado a quien me rechaza;

he entristecido, servil verdugo,
al débil al que injustamente desprecian;
he saludado a la enorme Tontería,
la Tontería con frente de toro;
he besado la estúpida Materia
con gran devoción
y he bendecido la pálida luz
de la putrefacción.

Finalmente, para ahogar
el vértigo en el delirio,
yo, sacerdote orgulloso de la Lira,

cuya gloria reside en proclamar
la embriaguez de las cosas fúnebres,
¡he bebido sin sed y comido sin hambre...!
—¡Apagaré pronto la lámpara, para
esconderme en las tinieblas!

96

EL *HEAUTONTIMORÚMENOS*[240]

Te golpearé sin cólera
y sin odio, como un carnicero,
¡como Moisés la roca[241]!
y haré de sus párpados,

para regar mi Sahara,
brotar las aguas del sufrimiento.
Mi deseo henchido de esperanza
en tus lágrimas saladas flotará

como un navío que toma alta mar,
y en mi corazón que saciarán
tus queridos sollozos resonarán
¡como un tambor que toca a la carga!

¿No soy un falso acorde
en la divina sinfonía,
por culpa de la voraz Ironía
que me sacude y que me muerde?

¡Ella, la chillona, está en mi voz!
¡Este veneno negro es toda mi sangre!

---

[240] Término griego que da titulo a una conocida obra del comediógrafo latino TERENCIO, quien a su vez recogería el tema del comediógrafo griego MENANDRO. El término podría traducirse al castellano por «el que se castiga a sí mismo» o «el verdugo de sí mismo», lo que explica el sentido de este poema. Baudelaire tomó el término de J. DE MAISTRE en un comentario sobre Leibniz. *(N. del T.)*

[241] Se refiere al pasaje bíblico en que Moisés, para suministrar en el desierto agua a los israelitas, golpeó con su báculo la roca de Horeb. (Éxodo, 17, 1-7). *(N. del T.)*

¡Soy el siniestro espejo
donde la arpía se mira!

¡Soy la herida y el cuchillo!
¡Soy la bofetada y la mejilla!
¡Soy los miembros y la rueda[242],
la víctima y el verdugo!

Soy el vampiro de mi corazón,
—uno de esos grandes abandonados
a la risa eterna condenados,
¡y que ya no pueden sonreír!

97

LA AVISADORA

Todo hombre digno de este nombre
tiene en su corazón una Serpiente amarilla,
instalada como en un trono,
que si él dice: «¡Quiero!», responde: «¡No!».

Si hundes tus ojos en los ojos fijos
de las Sátiras o de las Nixas[243],
la Mordedora dice: «¡Piensa en tu deber!».
Si engendras hijos, plantas árboles,
corriges versos, esculpes mármoles,
la Mordedora dice: «¿Vivirás esta noche?».

Cualquier cosa que planee o que espere,
el hombre no vive un momento
sin sufrir la advertencia
de la insoportable Víbora.

---

[242] Se refiere, por supuesto, a la rueda donde se aplicaba el tormento de descoyuntar los huesos. *(N. del T.)*

[243] No pertenecen como tales estos personajes al mundo de la mitología, pero por el significado lúbrico y nocturno que comportan, como por el sentido del poema, parece que el autor se refiere a las rameras, hijas de un Sátiro y de Nix, personificación de la noche. *(N. del T.)*

98

LA TAPADERA

Dondequiera que vaya, por mar o por tierra,
bajo un clima de fuego o bajo un blanco sol,
servidor de Jesús, galanteador de Citerea[244],
mendigo sombrío o Creso[245] rutilante,

ciudadano, aldeano, vagabundo, sedentario,
ya sea activo o sea lento su pobre cerebro,
por doquier sufre el hombre el terror del misterio,
y no mira hacia arriba sino con ojos temerosos.

¡Arriba, el Cielo!, ese muro de panteón que le ahoga,
techo iluminado para una ópera bufa
donde cada histrión pisa un suelo ensangrentado;

terror del libertino, esperanza del loco eremita;
¡el Cielo!, negra tapadera de la gran marmita
donde hierve la imperceptible y vasta Humanidad.

99

EL IMPREVISTO

Harpagón[246], que velaba a su padre agonizante,
se dijo, pensativo, ante esos labios ya blancos;
«¿Tenemos en el granero un número suficiente
de tablas viejas?, eso espero».

---

[244] Uno de los nombres que se atribuyeron a Venus, diosa de la belleza y del amor, personificación, en este caso, de la mujer hermosa. *(N. del T.)*

[245] Último rey de Lidia, célebre por sus inmensas riquezas, prototipo del hombre muy adinerado. *(N. del T.)*

[246] Famoso personaje de MOLIÈRE, encarnación de la avaricia, que en este caso llega al extremo de pensar en construir un ataúd con unas tablas viejas que guarda para su padre que agoniza. *(N. del T.)*

Celimena[247] dice arrulladora: «Mi corazón es bueno,
y naturalmente, Dios me ha hecho muy bella».
—¡Su corazón!, ¡corazón endurecido, ahumado como un
[jamón,
recocido en las llamas eternas!

Un periodista célebre, que se cree una lumbrera,
dice al pobre, al que ha ahogado en las tinieblas:
«¿Dónde percibes tú al creador de lo Bello,
a ese enderezador de entuertos que tú elogias?».

A quien conozco mejor de todos es a cierto voluptuoso
que bosteza día y noche, y se lamenta y llora,
repitiendo, impotente y fatuo: «Sí, quiero
ser virtuoso, ¡dentro de una hora!».

El reloj, a su vez, dice en voz baja: «¡Está maduro,
el condenado! En vano yo advertí a la carne infecta.
¡El hombre es ciego, sordo, frágil, como un muro que
habita y roe un insecto!».

Y entonces aparece Alguien, que todos habían negado,
y que les dice, burlón y orgulloso: «En mi copón,
según creo, ¿no habéis comulgado bastantes veces
en la alegre Misa negra?

Cada uno de vosotros me ha levantado un templo en su
[corazón;
¡en secreto habéis besado mis inmundas posaderas!
¡Reconoced a Satán en su risa triunfante,
enorme y feo como el mundo!

¿Pues habéis podido llegar a creer, sorprendidos hipócritas,
que uno se burla del maestro, que se le hacen trampas,

247 Otro personaje de MOLIÈRE; ahora es la insensible coqueta, la joven y bella viuda de *El Misántropo. (N. del T.)*

y que es natural recibir dos premios,
ir al cielo y ser rico?

Es preciso que se cobre la pieza el viejo cazador
que se cansa de esperar largo tiempo al acecho de la presa.
Voy a llevaros a través de la espesura,
compañeros de mi triste alegría,

a través de la espesura de la tierra y la roca,
a través del confuso montón de vuestra ceniza,
hasta un palacio tan grande como yo, de un solo bloque,
y que no es de piedra quebradiza;
pues está hecho con el Pecado universal,
¡y contiene mi orgullo, mi dolor y mi gloria!».
—Entretanto, encaramado en lo más alto del universo,
un Ángel proclama la victoria

de aquellos cuyo corazón dice: «¡Bendito sea tu látigo,
Señor!, ¡bendito sea el dolor, oh Padre!
En tus manos mi alma no es un vano juguete,
y tu prudencia es infinita».

El son de la trompeta es tan delicioso,
en estas tardes solemnes de celestes vendimias,
que penetra como un éxtasis en todos aquellos
cuyas alabanzas canta.

100

EL REBELDE

Un Ángel furioso se lanza desde el cielo como un águila,
agarra fuertemente los cabellos del descreído,
y dice, sacudiéndole: «¡Aprenderás la regla!
(pues yo soy tu Ángel bueno, ¿entiendes?) ¡Y lo quiero!».

«Sabe que es menester amar, sin poner mala cara,
al pobre, al malo, al contrahecho, al necio,

para que puedas hacer a Jesús, cuando pase,
una alfombra triunfal con tu caridad.

¡Así es el Amor! Antes de que tu corazón se agote,
aviva tu éxtasis en la gloria de Dios;
este es el Goce verdadero de duraderas gracias!».

Y el Ángel, en tanto que castiga, ¡a fe mía! que ama,
con sus puños de gigante atormenta al anatema;
pero el condenado responde siempre: «¡No quiero!».

101

LO IRREMEDIABLE

I

Una Idea, una Forma, un Ser,
salido del azul y caído
en un Estigio cenagoso y plomizo
donde no penetra ninguna mirada del Cielo;

un Ángel, imprudente viajero
que ha intentado amar a lo deforme,
en el fondo de una pesadilla enorme
debatiéndose como un nadador,

y luchando, ¡con fúnebres angustias!,
contra un gigantesco remolino
que va cantando como los locos
y haciendo piruetas en las tinieblas;

un infeliz embrujado
en sus inútiles intentos
por huir de un lugar lleno de reptiles,
que busca la luz y la llave;

un condenado que desciende sin lámpara,
al borde de un abismo cuyo olor
traiciona la húmeda profundidad,
de eternas escaleras sin barandilla,

donde velan unos monstruos viscosos
cuyos grandes ojos de fósforo
hacen la noche más negra todavía
y no dejan visibles más que a ellos;

un navío atrapado en el polo,
como en una trampa de cristal,
buscando por qué estrecho fatal
ha caído en esta prisión;

—símbolos claros, cuadro perfecto
de una suerte irremediable
que hace pensar que el Diablo
¡siempre hace bien todo lo que hace!

II

Conversación a solas límpida y sombría
¡en la que un corazón se ha convertido en su espejo!,
pozo de Verdad, claro y negro,
donde tiembla una lívida estrella,

un faro irónico, infernal,
antorcha de gracias satánicas,
únicos alivio y gloria
—¡la conciencia en el Mal!

102

EL RELOJ

¡Reloj!, dios siniestro, espantoso, impasible,
cuyo dedo nos amenaza y nos dice: *¡Acuérdate!*

Los vibrantes Dolores en tu corazón lleno de terror
se clavarán pronto como en una diana;

el Placer vaporoso huirá hacia el horizonte
igual que una sílfide detrás del bastidor;
a cada instante te devora un trozo del deleite
concedido a cada hombre para toda su vida.

Tres mil seiscientas veces por hora, el Segundo
susurra: *¡Acuérdate!* —Rápido con su voz
de insecto el Ahora dice: ¡Yo soy el Antes,
y he chupado tu vida con mi inmunda trompa!

Remember[248], ¡Acuérdate!, ¡pródigo! *Esto memor!*[249]
(mi garganta metálica habla todas las lenguas).
¡Los minutos, alocado mortal, son gangas
que no hay que soltar sin extraer su oro!

Acuérdate que el Tiempo es un ávido jugador
que gana sin hacer trampas, ¡en todo lance!, es la ley.
Declina el día; aumenta la noche; ¡acuérdate!
El abismo siempre tiene sed; la clepsidra se vacía.

Dentro de poco sonará la hora en que el divino Azar,
en que la augusta Virtud, tu esposa virgen aún,
en que el propio Arrepentimiento (¡oh, el último refugio!),
en que todo te dirá: «¡Muere, viejo cobarde! ¡Es demasiado
[tarde!».

248 ¡Recuerda!, en inglés. *(N. del T.)*
249 ¡Recuerda!, en latín. *(N. del T.)*

CUADROS PARISIENSES

103

PAISAJE

Para componer castamente mis églogas, quiero
dormir cerca del cielo, como los astrólogos,
y, vecino de los campanarios, escuchar en sueños
sus himnos solemnes llevados por el viento.
Con las manos en el mentón, desde lo alto de mi buhardilla,
veré el taller donde cantan y charlan;
las chimeneas, los campanarios, esos mástiles de la ciudad,
y los cielos abiertos que hacen soñar con la eternidad.

Es dulce ver nacer, a través de la bruma,
la estrella en el azul, la luz en la ventana,
los ríos de carbón subir al firmamento
y la luna derramar su pálido encantamiento.
Veré las primaveras, los veranos, los otoños;
y cuando llegue el invierno de nevadas monótonas,
cerraré por doquier puertas y postigos
para construir por la noche mis mágicos palacios.
Entonces soñaré con azulados horizontes,
con jardines, con surtidores llorando en los alabastros,
con besos, con pájaros que cantan noche y día,
y con todo lo que el Idilio tiene de más infantil.
El Bullicio, gritando inútilmente contra mi cristal,
no me hará levantar la frente del pupitre;
pues estaré sumido en el deleite
de evocar la Primavera a mi voluntad,
de sacar un sol de mi corazón, y de crear
con mis ardientes pensamientos una atmósfera tibia.

104

EL SOL

A lo largo del viejo barrio, donde cuelgan de las casitas
las persianas, abrigo de secretas lujurias,
cuando el sol cruel golpea con rayos redoblados,
la ciudad y los campos, los tejados y los trigos,
voy a practicar solo mi singular esgrima,
husmeando por todos los rincones los azares de la rima,
tropezando en las palabras como en el empedrado,
topando a veces con versos largo tiempo soñados.

Este padre nutricio, enemigo de las clorosis[250],
despierta en los campos los versos como las rosas;
hace que se evaporen las preocupaciones hacia el cielo,
y llena los cerebros y las colmenas de miel.
Él es quien rejuvenece a los que llevan muletas
y les hace alegres y dulces como muchachas,
¡y el que manda a las mieses crecer y madurar
en el corazón inmortal que siempre quiere florecer!

Cuando, como un poeta, desciende a las ciudades,
ennoblece la suerte de las cosas más viles,
y entra como un rey, sin ruido y sin criados,
en todos los hospitales y en todos los palacios.

105

A UNA MENDIGA PELIRROJA

Blanca niña de rojizos cabellos,
cuyo vestido por sus agujeros
deja ver la pobreza
y la belleza,

---

[250] Enfermedad de las jóvenes caracterizada por anemia con palidez verdosa, trastornos menstruales, opilación y otros trastornos nerviosos y digestivos. *(N. del T.)*

para mí, poeta malsano,
tu joven cuerpo enfermizo,
lleno de pecas,
tiene su dulzura.

Llevas con más gracia
que una reina de novela
sus coturnos de terciopelo
tus pesados zuecos.

En vez de unos harapos demasiado cortos,
que un soberbio vestido de corte
arrastre con pliegues ruidosos y largos
sobre tus talones;

en lugar de medias agujereadas,
que para los ojos de los taimados
en tu pierna un puñal de oro
brille también;

que unos nudos mal atados
muestren para nuestros pecados
tus dos bellos pechos, radiantes
como ojos;

que para desnudarte
tus brazos se hagan rogar
y rechacen con golpes traviesos
los dedos revoltosos,

perlas del agua más bella,
sonetos del maestro Belleau[251]
por tus rendidos galanes
sin cesar te serían ofrecidos,

---

[251] RÉMY BELLEAU, poeta francés del siglo XVI, autor de temas pastoriles y descriptivos. *(N. del T.)*

un tropel de rimadores
te dedicarían sus primicias
al contemplar tu zapato
al pie de la escalera,

más de un paje entusiasmado por el azar,
más de un señor y más de un Ronsard[252],
¡espiarían por lo que llevo dicho
tu fresco retiro!

¡Contarías en tus lechos
más besos que flores de lis[253]
y pondrías bajo tus leyes
a más de un Valois[254]!

—Sin embargo, vas pordioseando
algún viejo resto tirado
en el umbral de algún Véfour[255]
de encrucijada;

vas mirando de soslayo
joyas de veintinueve céntimos
que yo no puedo, ¡oh, perdón!,
regalarte.

Ve, pues, sin otro adorno,
perfume, perlas, diamante,
que tu delgada desnudez,
¡oh, belleza mía!

---

252 PIERRE DE RONSARD, autor del siglo XVI, llamado el «padre de la poesía lírica de Francia», diplomático, político y poeta de la corte. *(N. del T.)*

253 Forma heráldica de la flor del lirio; referencia a la alta nobleza francesa. *(N. del T.)*

254 Dinastía francesa emparentada con la de los Capetos que reinó en Francia hasta que le sucedió la de Borbón. *(N. del T.)*

255 Conocido restaurante de París, que aún existe, situado en las inmediaciones del Palais-Royal, centro activo de la vida de la capital francesa en otro tiempo. *(N. del T.)*

106

EL CISNE

A Victor Hugo

I

Andrómaca[256], ¡pienso en ti! Este pequeño río,
pobre y triste espejo donde en otro tiempo resplandeció
la inmensa majestad de tus dolores de viuda,
este falso Simois[257] que creció con tus lágrimas,

ha fecundado de pronto mi memoria fértil,
cuando yo atravesaba el nuevo Carrousel[258].
El viejo París ya no existe (la forma de una ciudad
cambia más pronto, ¡ay!, que el corazón de un mortal);

No veo más que en espíritu todo aquel campo de barracas,
aquellos momentos de capiteles devastados y de fustes,
las hierbas, los grandes bloques verdeados por el agua de los
[charcos
y, brillando en los cristales, el baratillo confuso.

Allí estaba instalada antes una casa de fieras;
allí vi una mañana, a la hora en que bajo los cielos
fríos y claros se despierta el Trabajo, en que el muladar
exhala un sombrío huracán en el aire silencioso,

---

256 Esposa de Héctor, según la leyenda griega y la *Eneida* de VIRGILIO. Después de la toma de Troya fue esclava y luego esposa de Pirro, hijo de Aquiles, que a su vez la cedió a Héleno, para después de su muerte. El poeta toma aquí este personaje como símbolo del recuerdo fiel y del destierro impregnado de añoranza. *(N. del T.)*

257 Según VIRGILIO, Andrómaca dio el nombre de Simois, río que pasaba por Troya, a un arroyo que corría por su lugar de destierro. Por eso Baudelaire habla de «falso Simois». *(N. del T.)*

258 Se refiere a la plaza de París que se encuentra delante del Louvre, donde se demolió todo un barrio en la época de Baudelaire. Allí se encuentra el arco llamado Carrousel construido en la plaza del mismo nombre en 1806, cuya traza responde al estilo de la antigüedad romana. *(N. del T.)*

un cisne que se había escapado de su jaula,
y, con sus patas palmeadas frotando el seco pavimento,
por el áspero suelo arrastraba su blanco plumaje,
cerca de un arroyo sin agua el animal abriendo el pico

bañaba nerviosamente sus alas en el polvo,
y decía, con el corazón lleno de su bello lago natal:
«Agua, ¿cuándo lloverás?, ¿cuándo tronarás, rayo?».
Veo a ese desdichado, mito extraño y fatal,

hacia el cielo a veces, como el hombre de Ovidio[259],
hacia el cielo irónico y cruelmente azul,
sobre su cuello convulsivo tendiendo su cabeza ávida,
¡como si dirigiese reproches a Dios!

II

¡París cambia!, ¡pero nada en mi melancolía
se ha movido! Nuevos palacios, andamios, bloques,
viejos barrios, todo para mí se convierte en alegoría,
y mis queridos recuerdos son más pesados que las rocas.

También ante el Louvre una imagen me oprime:
pienso en mi gran cisne, con sus gestos de loco,
como los desterrados, ridículo y sublime,
¡y roído de un deseo sin tregua! Y luego en ti,

Andrómaca, de los brazos de un gran esposo caída,
vil res, en la mano del soberbio Pirro,
junto a una tumba vacía en éxtasis doblada;
¡viuda de Héctor, ¡ay!, y mujer de Héleno!

Pienso en la mujer negra, enflaquecida y tísica,
pisoteando el barro, y buscando, con mirada salvaje,

---

[259] Alude al verso de *Las Metamorfosis* de OVIDIO, que dice: «El Creador dio al hombre un rostro vuelto hacia el cielo, para que pudiera contemplarlo frente a frente». *(N. del T.)*

los cocoteros ausentes de la soberbia África
detrás de la muralla inmensa de la niebla;

en cualquiera que haya perdido lo que no se recupera
¡nunca!, ¡nunca!, ¡en los que sacian su sed con lágrimas
y maman de la Pena como de una loba buena!,
¡en los delgados huérfanos secándose como flores!

¡También en la selva donde mi espíritu se destierra
un viejo Recuerdo suena con el aliento pleno del corazón!
Pienso en los marineros olvidados en una isla,
en los cautivos, en los vencidos... ¡y en muchos otros
[también!

107

LOS SIETE VIEJOS

A Victor Hugo

¡Ciudad hormigueante, ciudad llena de sueños,
donde el pleno día el espectro atrapa al transeúnte!
Por doquier fluyen los misterios como savia
en los estrechos canales del potente coloso.

Una mañana, mientras en la sombría calle
las casas, cuya altura aumentaba a causa de la bruma,
simulaban las dos orillas de un río crecido,
y, decorado parecido al alma de un actor,

una niebla sucia y amarilla inundaba el espacio,
iba yo, tensando los nervios como un héroe
y discutiendo con mi alma ya cansada,
por el viejo barrio sacudido por los pesados volquetes.

De pronto surgió ante mí un anciano cuyos amarillentos
[harapos
imitaban el color de aquel cielo lluvioso,

y cuyo aspecto hubiera hecho llover limosnas,
de no ser por la malicia que brillaba en sus ojos.

Se hubiera dicho que sus pupilas estaban empapadas
de hiel; su mirada hacía más fría la escarcha,
y su barba, de largo pelo, tiesa como una espada,
era punto por punto igual que la de Judas.

No iba encorvado, aunque sí quebrado, su espinazo
formaba con su pierna un perfecto ángulo recto,
hasta el punto de que su bastón, completando su aspecto,
le daba la traza y el paso torpe

de un cuadrúpedo inválido o de un judío con tres patas.
Pisoteaba obstinado la nieve y el barro
como si aplastara muertos con sus zapatos,
más hostil que indiferente hacia el universo.

Otro igual le seguía: barba, ojos, espalda, bastón y harapos,
nada distinguía, surgido del mismo infierno,
a este gemelo centenario, y estos espectros estrambóticos
caminaban con idéntico paso hacia un punto desconocido.

¿En qué maquinación infame estaba, pues, envuelto,
o qué perverso azar así me humillaba?
¡Porque conté siete veces, minuto tras minuto,
a aquel siniestro viejo que se multiplicaba!

Quien se ría de mi inquietud
y quien no se sienta preso de un estremecimiento fraternal,
considere que, a pesar de tanta decrepitud,
¡aquellos siete horribles monstruos tenían un aire de
[eternidad!

¿Iba a poder contemplar, sin morirme, al octavo
sosias inexorable, irónico y fatal,

repugnante Fénix[260], hijo y padre de sí mismo?
—Pero yo di la espalda al cortejo infernal.

Exasperado como un borracho que ve doble,
volví a casa, cerré la puerta, horrorizado,
enfermo y pasmado de frío, con el espíritu febril y
[trastornado,
¡herido por el misterio y por el absurdo!

En vano mi razón pretendía agarrar el timón;
la tempestad jugando frustraba sus esfuerzos,
¡y mi alma bailaba y bailaba cual vieja gabarra
sin mástiles, en un mar monstruoso y sin límites

108

LAS VIEJECITAS

A Victor Hugo

I

En los sinuosos recovecos de las viejas capitales,
donde todo, hasta el horror, reviste cierto hechizo,
obedeciendo a mis fatales humores, acecho
a unos seres singulares, decrépitos y encantadores.

Estos monstruos descoyuntados fueron antaño mujeres,
¡Eponina[261] o Lais[262]! Amemos a estos monstruos
partidos, jorobados o torcidos; aún son almas.
Bajo las enaguas agujereadas y las telas raídas

---

260 Ave fabulosa cuyo mito es seguramente originario de Egipto, aunque fue adoptado por los griegos. Cuando le llegaba la hora de morir, el fénix acumulaba en su nido plantas aromáticas, les prendía fuego y se dejaba consumir por él. Luego, de esas cenizas, surgía un nuevo fénix, y así sucesivamente. Esto explica su inclusión en el significado de este poema. *(N. del T.)*

261 Heroína gala del siglo I, que ayudó a su esposo Julio Sabino en una insurrección y que fue ejecutada junto a él por los romanos. Durante el siglo XVIII el personaje fue utilizado en varias tragedias. En este poema personifica a la heroína y al amor conyugal. *(N. del T.)*

262 Lais fue una cortesana griega, coetánea de Aspasia, en la Atenas de Pericles. También puede referirse a una sacerdotisa de Venus en Corinto; envidiosas de su belleza, las mujeres de la ciudad la mataron; como castigo, la diosa envió una peste a la región. *(N. del T.)*

se arrastran azotadas por los cierzos inicuos
temblando ante el estrépito rodante de los ómnibus,
y apretando en su regazo, igual que una reliquia,
un bolsito bordado con flores o arabescos;

andan trotando, igual que marionetas;
se arrastran como si fueran animales heridos,
o bailan, sin querer, cual pobres cascabeles
¡sacudidos por un Demonio cruel! Cascadas

como están, tienen ojos que horadan igual que una barrena,
brillantes como los agujeros en donde duerme el agua por
[la noche:
tienen los ojos divinos de la niña
que se asombra y que ríe ante todo lo que brilla.

—¿Habéis observado que muchos ataúdes de ancianas
son casi tan chicos como los de un niño?
La sabia Muerte hace de la semejanza de estos féretros
un símbolo de un gusto raro y cautivador,

y cuando entreveo a un débil fantasma
atravesando el escenario hormigueante de París,
me parece siempre que ese frágil ser
camina muy lentamente hacia una nueva cuna;

a menos que, pensando con mente de geómetra,
no calcule, ante el aspecto de esos miembros discordes,
cuántas veces es preciso que el carpintero varíe
la forma de la caja que acogerá a esos cuerpos.

—Esos ojos son pozos formados por un millón de lágrimas,
crisoles que un metal ya enfriado cubrió de lentejuelas...
¡Esos ojos misteriosos tienen encantos irresistibles
para quien fue amamantado por el austero Infortunio!

II

Vestal[263] enamorada del antiguo Frascati[264];
sacerdotisa de Talía[265], ¡ay!, cuyo nombre sólo sabe
el apuntador ya enterrado; celebridad evaporada
a la que Tívoli[266] antaño dio sombra cuando se hallaba en flor,
¡todas me fascinan!, pero entre esos seres frágiles
hay quienes, extrayendo miel del dolor,
han dicho a la Abnegación que les prestaba alas:
«¡Hipógrifo[267] poderoso, llévame al cielo!».

Una, por su patria, vivió en la desgracia;
otra, por su esposo, fue abrumada de dolores;
otra, por su hijo, se convirtió en Madona traspasada[268],
¡todas habrían podido hacer un río con sus lágrimas!

III

¡Cuántas veces, ¡ay!, he seguido a estas viejecitas!
Una de ellas a la hora en que el sol poniente
ensangrienta el cielo con rojas heridas,
pensativa, se sentaba en un banco apartado,

---

263 Doncella romana consagrada a la diosa Vesta, sobre cuyo altar mantenía siempre encendido el fuego sagrado. Simboliza aquí la dedicación constante. *(N. del T.)*

264 Casa de juego en París, situada en la esquina de la calle Richelieu y los grandes bulevares. Como fue cerrada en 1837, Baudelaire llama al local «antiguo» o «difunto». El sentido del verso es que una de las ancianas era muy aficionada al juego en su juventud. *(N. del T.)*

265 Una de las nueve musas, presidía la comedia, el idilio y la poesía bucólica y jocosa. Su inclusión en el poema indica que otra de las ancianas fue actriz en su juventud, aunque su nombre sólo lo sabía el apuntador del teatro, ya muerto. *(N. del T.)*

266 Nombre de un lugar de atracciones donde se hacía baile al aire libre durante los veranos en la calle de Clichy y en la esquina de las calles Grenelle y Saint-Honoré, durante los inviernos. Indica que otra de las ancianas fue cantante o bailarina en su juventud, o simplemente que lució sus atractivos en este parque que estuvo de moda durante la Restauración. *(N. del T.)*

267 Animal fabuloso, inventado por Ariosto, de frecuente aparición en los libros de caballerías. Era mitad caballo y mitad grifo (ser con cuerpo, patas y cola de león, y cuello, cabeza y alas de águila). *(N. del T.)*

268 Alusión a la Virgen Dolorosa con el corazón traspasado por siete puñales, según la imaginería popular. *(N. del T.)*

para oír uno de esos conciertos, ricos en metal,
con que los soldados a veces inundan nuestros parques,
y que, en esas tardes de oro en las que nos sentimos revivir,
vierten un cierto heroísmo en el corazón de los ciudadanos.

Aquella, tiesa aún, fiera y sintiendo el compás[269],
absorbía ávidamente ese canto vivo y guerrero;
sus ojos se abrían a veces como los de un águila vieja;
¡su frente de mármol parecía hecha para los laureles!

IV

Así vais, estoicas y sin quejaros,
a través del caos de las animadas ciudades,
madres de corazón sangrante, cortesanas o santas,
cuyos nombres antaño todos conocían.

¡A vosotras que fuisteis la gracia o la gloria,
ya nadie os reconoce! Un borracho ineducado
os insulta al pasar con un burlón piropo;
tras vosotras brinca un chiquillo cobarde y vil.

Avergonzadas de existir, sombras muy arrugadas,
perezosas, encorvadas, vais pegadas a las paredes;
y nadie os saluda, ¡raro destino!,
¡despojos de la humanidad maduros para la eternidad!

Pero yo que, de lejos, con ternura os vigilo,
con la mirada inquieta, fija en vuestros andares inseguros,
como si fuera, ¡oh prodigio!, vuestro padre,
gusto a vuestras espaldas placeres clandestinos:

---

[269] Baudelaire dice *sentant la règle,* expresión ambigua, por cuanto que *règle* significa «pauta musical» y también «regla» en el sentido de menstruación. Por consiguiente, podría traducirse también por «sintiendo la menstruación», o, simbólicamente, «sintiéndose mujer» o «sintiéndose joven». *(N. del T.)*

veo cómo crecen vuestras pasiones novicias;
vivo vuestros días perdidos, sombríos o luminosos;
¡mi corazón multiplicado disfruta con todos vuestros vicios!,
¡mi alma resplandece con todas vuestras virtudes!

¡Ruinas!, ¡familia mía!, ¡oh cerebros congéneres!,
¡os doy todas las noches un adiós solemne!,
¿dónde estaréis mañana, Evas octogenarias,
sobre quienes gravita la garra espantosa de Dios?

109

Los ciegos

¡Contémplalos, alma mía, son realmente espantosos!
Parecen maniquíes, vagamente ridículos,
terribles, singulares igual que los sonámbulos;
sin que se sepa adónde dirigen sus ojos en tinieblas.

Sus ojos, de los que surgió la centella divina,
como si miraran a lo lejos, permanecen alzados
hacia el cielo; nunca se les ve inclinar hacia el suelo
su pesada cabeza con aire soñador.

Atraviesan así lo oscuro ilimitado,
ese hermano del eterno silencio. ¡Oh, ciudad!,
mientras que a nuestro alrededor cantas, ríes y gritas,

prendada del placer hasta la atrocidad,
¡mira!, ¡yo también voy a rastras!, aunque más necio que
[ellos,
me digo: ¿Qué buscan en el Cielo todos esos ciegos?

110

Recogimiento

Sé prudente, oh Dolor mío, quédate ya tranquilo.
Reclamabas la Noche, y desciende: hela aquí:

una atmósfera oscura envuelve a la ciudad,
llevando a unos la paz, a otros la inquietud.

Mientras la multitud vil de los mortales,
bajo el látigo del Placer, verdugo despiadado,
va a cosechar remordimientos en la fiesta servil,
tú, Dolor mío, dame la mano, ven aquí,

lejos de ellos. Mira cómo se asoman los Años fenecidos
a los balcones del cielo, con ropas anticuadas;
cómo surge del fondo de las aguas la Pena sonriendo;

cómo el Sol moribundo se duerme bajo un arco,
y oye, querido mío, oye a la dulce Noche que avanza
[caminando,
igual que un gran sudario colgado en el Oriente.

111

A UNA QUE PASA

La calle aturdidora aullaba en torno a mí.
Alta, delgada, de luto riguroso, dolor majestuoso,
una mujer pasó, levantando, meciendo
el festón y el dobladillo con ostentosa mano;

ágil y noble, con sus piernas de estatua.
Yo bebía, crispado de un modo extravagante,
en sus ojos, lívido cielo donde germina el huracán,
la dulzura que fascina y el placer que mata.

Un relámpago... ¡y la noche otra vez! —Fugitiva belleza
cuya mirada me ha hecho de pronto renacer,
¿no volveré ya a verte más que en la eternidad?

¡En otra parte, muy lejos de aquí!, ¡demasiado tarde!, ¡tal
[vez *nunca!*
Porque ignoro adónde huyes y tú no sabes adónde voy,
¡oh tú a quien hubiese amado, oh tú que lo sabías!

112

El esqueleto labrador

I

En las láminas de anatomía
que cuelgan en los malecones polvorientos[270]
donde más de un libro cadavérico
duerme como una momia antigua,

(dibujos a los que la seriedad
y el saber de un viejo artista,
aunque el tema sea triste,
han transmitido la Belleza),

se ve, lo que hace más completos
a estos misteriosos horrores,
cavando como labradores,
a Despellejados y Esqueletos.

II

De ese terreno que removéis,
rústicos resignados y fúnebres,
con todo el esfuerzo de vuestras vértebras,
o de vuestros músculos desollados,

decidme, ¿qué extraña cosecha,
forzados arrancados al osario,
obtenéis, y de qué granjero
habéis de llenar el hórreo?

¿Queréis (¡espantoso y claro emblema
de un destino demasiado duro!)

[270] Se refiere a los malecones de París que bordean el Sena donde todavía existen hoy muchos puestos en los que venden láminas, grabados y libros antiguos. *(N. del T.)*

demostrar que ni en la fosa misma
el sueño prometido es seguro;

que respecto a nosotros la Nada es traidora;
que todo, incluso la Muerte, nos miente,
y que sempiternamente,
¡ay!, tendremos tal vez

en algún país desconocido
que destripar la tierra dura
y empujar un pesado azadón
con nuestro pie ensangrentado y descalzo?

113

EL OCASO[271]

He aquí la deliciosa noche, amiga del criminal;
viene como un cómplice, con andares de lobo; el cielo
se cierra lentamente como una gran alcoba,
y el hombre impaciente se convierte en fiera.

Oh noche, amable noche, deseada por aquel
cuyos brazos, sin mentir, pueden decir: ¡Hoy
hemos trabajado! La noche tranquiliza
a los espíritus devorados por un dolor salvaje,
al sabio obstinado cuya frente se nubla,
y al obrero encorvado que vuelve a coger la cama.

Sin embargo, demonios malsanos en la atmósfera
se despiertan lentamente, como hombre de negocios,
y al volar golpean los postigos y el alero.
A través de los resplandores de las luces que atormenta el
[viento

---

[271] Baudelaire tituló este poema *Le crépuscule du soir* y el 122 *Le crépuscule du matin,* «El crepúsculo de la tarde» y «El crepúsculo de la mañana», respectivamente. He traducido por «El ocaso» y «El alba», para no desorientar al lector, dado que comúnmente se suele hacer equivalente «ocaso» y «crepúsculo», pero quiero recordar que, según la Real Academia de la Lengua, el término «crepúsculo» hace referencia tanto al amanecer como al anochecer. *(N. del T.)*

se enciende la Prostitución en las calles;
como un hormiguero abre sus salidas;
por todas partes se hace camino a escondidas,
igual que el enemigo que trata de atacar por sorpresa;
Se mueve en el seno de la ciudad fangosa
como un gusano que hurta al Hombre lo que come.

Se oye aquí y allá silbar a las cocinas,
gritar en los teatros, retumbar las orquestas;
las redondas mesas de juego que hacen las delicias,
se llenan de rameras y de estafadores, sus cómplices,
y los ladrones, sin tregua ni descanso,
van pronto, ellos también, a empezar su trabajo,
y a forzar suavemente las puertas y las cajas fuertes
para vivir unos días y vestir a sus queridas.

Recógete, alma mía, en este grave momento,
y cierra tus oídos a todo este rugido.
¡Es la hora en que los dolores de los enfermos se hacen más
[agudos!
La sombría Noche los agarra del cuello; acaban
su destino y van a parar a la sima común;
se llena el hospital de sus suspiros. —Más de uno
no irá ya a buscar la sopa bienoliente,
junto al fuego, de noche, cerca de un alma amada.

¡Aunque la mayoría no ha conocido nunca
la dulzura del hogar y jamás ha vivido!

114

EL JUEGO

En sillones raídos, viejas cortesanas,
pálidas, con las cejas pintadas, la mirada mimosa y fatal,
haciendo carantoñas y dejando caer de sus flacas orejas
un tintineo de piedra y de metal;

alrededor de los verdes tapetes rostros sin labios,
labios sin color, mandíbulas sin dientes,
y los dedos temblando por una fiebre infernal,
rebuscando en los bolsillos vacíos o en el seno palpitante;

bajo los sucios techos una fila de tenues arañas
y de enormes quinqués proyectando sus luces
en las frentes tenebrosas de poetas ilustres
que vienen a malgastar sus sangrientos sudores;

este es el negro cuadro que en un sueño nocturno
vi desplegarse ante mis ojos clarividentes.
Me vi a mí mismo, en un rincón del silencioso antro,
acodado, frío, mudo, envidiando,

envidiando la pasión tenaz de esas gentes,
la fúnebre alegría de esas viejas rameras,
¡y todos traficando con osadía en mi cara,
el uno con su rancio honor, la otra con su belleza!

Y mi corazón se asustó de envidiar a tantos pobres hombres
corriendo con fervor hacia el abismo abierto,
y que, ebrios de su sangre, preferían en suma
¡el dolor a la muerte y el infierno a la nada!

115

LA LUNA OFENDIDA

Oh, Luna, a quien con sensatez adoraban nuestros padres,
desde lo alto del país azul donde, radiante harén,
los astros van siguiéndote con elegante atuendo,
mi vieja Cintia[272], lámpara de nuestras guaridas,

¿ves a los enamorados en sus venturosos camastros
dormir mostrando el fresco esmalte de sus bocas?,

---

[272] Sobrenombre de la diosa Diana, en cuanto nacida en el monte Cintio. Personificación de la Luna. *(N. del T.)*

¿al poeta dirigir la frente a su trabajo?,
¿o bajo la hierba seca acoplarse las víboras?

Con tu amarillo disfraz de dominó y con andar furtivo,
¿vas, como antaño, del ocaso a la aurora,
a besar a Endimión[273] su belleza ya ajada?

—«Veo a tu madre, hijo de este siglo arruinado,
poniendo ante el espejo su gran montón de años
y empolvándose con arte los pechos que te han alimentado!».

116

Danza macabra

A Ernest Christophe

Orgullosa de su noble estatura, como todo ser vivo,
con su gran ramillete, su pañuelo y sus guantes,
tiene la dejadez y la desenvoltura
de una esbelta coqueta de aspecto extravagante.

¿Viose nunca en el baile un talle más delgado?
Su falda exagerada, con su regia amplitud,
desciende en abundancia sobre sus secos pies calzados
por pomposos chapines, bellos como una flor.

El encaje que rodea y enmarca las clavículas,
como un lascivo arroyo que se pega a la roca,
defiende pudoroso de ridículas burlas
los fúnebres encantos que trata de ocultar.

Sus profundos ojos están hechos de vacío y tinieblas,
y su cráneo, tocado con artísticas flores,

[273] Pastor legendario que fue amado por Cintia o Selene (la Luna), que consiguió de Zeus que conservase a Endimión su belleza en un sueño eterno. La leyenda inspiró a J. Keats un hermoso poema. *(N. del T.)*

oscila con blandura sobre frágiles vértebras.
¡Oh, encanto de una nada con locos perifollos!

Dirán algunos que eres una caricatura,
que, amantes ebrios de carne, no llegan a entender
la anónima elegancia de la armadura humana.
¡Tú colmas, esqueleto, mis gustos más secretos!

¿Vienes a turbar, con tu imponente mueca,
la fiesta de la Vida?, ¿o algún viejo deseo
espoleando aún tu osamenta viviente,
te impulsa, crédula, al aquelarre del Placer?

Al son de los violines, al brillo de las velas,
¿esperas ahuyentar tu burlona pesadilla,
y vienes a pedir a un torrente de orgías
que refresque el infierno que arde en tu corazón?

¡Inagotable pozo de necedad y de faltas!
¡Sempiterno alambique del antiguo dolor!,
a través de la reja curva de tus costillas
veo vagar aún al áspid insaciable.

Para decir verdad, temo que tu coquetería,
no obtenga un premio digno de tamaños esfuerzos;
¿qué corazón mortal puede entender la broma?,
¡sólo a los fuertes los embriagan los encantos del horror!

El abismo de tus ojos, lleno de ideas horribles,
produce vértigo, y los cautos danzantes
no mirarán sin una náusea amarga
la sonrisa inmutable de tus treinta y dos dientes.

Pero, ¿quién no ha abrazado jamás a un esqueleto,
y quién no se ha nutrido de cosas sepulcrales?
¿Qué importa el perfume, la ropa o el tocado?
Quien se asquea revela que se encuentra hermoso.

Bayadera sin nariz, ramera irresistible,
di a esos bailarines que se sienten molestos:
«Muñecos orgullosos, a pesar del carmín y los polvos,
¡todos oléis a muerto! ¡Oh, esqueletos perfumados,

Antínoos[274] ajados, dandis de rostro imberbe,
cadáveres maquillados, seductores[275] canosos,
el vaivén universal de la danza macabra
os arrastra a lugares que no son conocidos!

Desde los fríos malecones del Sena a las ardientes orillas del
[Ganges,
el rebaño mortal brinca y ríe, sin ver
por un agujero del techo la trompeta del Ángel
siniestramente abierta como un negro trabuco.

En todo clima, bajo todo sol, la Muerte admira
tus contorsiones, risible Humanidad,
y, como tú, a menudo, perfumada con mirra,
¡mezcla su ironía con tu insensatez!».

117

EL AMOR DE MENTIRA

Cuando te veo pasar, mi querida indolente,
ajustando tus lentos y armoniosos andares
al canto de los instrumentos que se quiebra en el techo,
y paseando el tedio de tu mirar profundo;

cuando contemplo, a la luz del gas que la colorea,
tu frente pálida, hermoscada por un mórbido atractivo,

---

274 Personificación de la belleza masculina, Antínoo fue un hermoso joven, favorito del emperador Adriano, mitificado tras haberse ahogado en el Nilo y que fue modelo de muchas estatuas. *(N. del T.)*

275 Baudelaire utiliza el término «lovelace», que ha pasado al francés como sinónimo de seductor. Lovelace es el atractivo y poco recomendable pretendiente de la protagonista de la célebre novela romántica de SAMUEL RICHARDSON *Clarisa or the History of a Young Lady. (N. del T.)*

donde las antorchas de la noche encienden una aurora,
y tus ojos fascinantes, como los de un lienzo,

me digo: ¡Qué bella es!, ¡y qué extraña resulta su lozanía!
La corona el sólido recuerdo, regia y pesada torre,
y su corazón, maltrecho como un melocotón,
está maduro, al igual que su cuerpo, para amar sabiamente.

¿Eres fruto otoñal de sabores espléndidos?
¿Eres vaso fúnebre que espera recoger unas lágrimas,
perfume que hace soñar con lejanos oasis,
almohada acariciante, o cestillo de flores?

Sé que hay ojos —los más melancólicos—
que no esconden ni un preciado secreto;
bellos estuches sin joyas, medallones sin reliquias,
más vacíos, más hondos que vosotros, ¡oh Cielos!

Pero, ¿no basta que seas pura apariencia,
para alegrar a un corazón que huye de la verdad?
¿Qué importa tu estupidez o tu indiferencia?
Máscara o adorno, ¡salud! Adoro tu belleza.

118

No he olvidado nunca nuestra blanca casa,
cerca de la ciudad, pequeña pero tranquila;
su Pomona de escayola y su antigua Venus[276]
escondiendo sus miembros desnudos en una raquítica
[arboleda,

y el sol, por la tarde, radiante y espléndido,
que, tras el cristal donde se rompía su haz,

[276] Pomona era para los romanos una ninfa que cuidaba de los frutos y de los jardines. Venus, a su vez, era la antigua divinidad latina de los huertos. Ello hacía que sus representaciones escultóricas abundaran en arboledas y planteles, costumbre a la que el gusto neoclásico volvió. *(N. del T.)*

parecía, como un gran ojo abierto en el cielo curioso,
contemplar nuestras largas y calladas comidas,
esparciendo ampliamente sus bellos reflejos de cirio
sobre el frugal mantel y las cortinas de sarga[277].

119

A la sirvienta de gran corazón que te daba celos[278],
y que duerme su sueño bajo un humilde césped,
deberíamos llevarle unas flores.
Los muertos, los pobres muertos, sufren grandes dolores,
y cuando Octubre, podador de viejos árboles, lanza
su viento melancólico en torno a sus mármoles,
seguro que debe considerar muy ingratos a los vivos,
por dormir, como hacen, calientes bajo sus mantas,
mientras ellos, devorados por oscuros sueños,
sin compañía en el lecho, sin agradables charlas,
viejos esqueletos helados, comidos por los gusanos,
sienten cómo gotean las nieves del invierno
y cómo pasa el siglo, sin amigos ni familia
que cambien los jirones que cuelgan de su reja.
Si una tarde, cuando la leña crepita y canta,
la viera, tranquila, sentarse en el sillón,
si, en una noche azul y fría de diciembre,
la encontrara encogida en un rincón de mi cuarto,
seria, y viniendo del fondo de su lecho eterno
a cuidar a este niño grande con sus ojos maternales,
¿que podría responder a ese alma piadosa,
viendo caer lágrimas de sus órbitas vacías?

---

[277] Tejido que forma unas líneas diagonales. *(N. del T.)*

[278] El autor se dirige a su madre refiriéndose a una antigua sirvienta llamada Mariette, que le educó y por quien Baudelaire, como aquí se comprueba, sentía un gran cariño. *(N. del T.)*

120

NIEBLAS Y LLUVIAS

¡Oh, finales de otoño, inviernos, primaveras empapadas de
[barro,
estaciones adormecedoras!, os amo y os alabo
para envolver así mi corazón y mi cerebro
con un lienzo vaporoso y una tumba imprecisa.

En esta gran llanura donde corre el ábrego helado,
donde en las largas noches la veleta chirría,
mi alma, mejor que en la tibia primavera,
extenderá ampliamente sus dos alas de cuervo.

Nada hay más dulce para el corazón lleno de cosas fúnebres,
sobre el que desde hace mucho desciende la escarcha,
oh pálidas estaciones, reinas de nuestros climas,
que el permanente aspecto de vuestras tenues tinieblas,
—a no ser, en una noche sin luna, emparejado,
adormecer el dolor en un lecho al azar.

121

SUEÑO PARISIENSE

A Constantin Guys[279]

I

Todavía me fascina esta mañana
la imagen vaga y lejana
de aquel terrible paisaje
que nunca vio mortal.

---

[279] Dibujante y acuarelista francés (1805-1892) que reflejó en su obra tipos y costumbres del París de su tiempo, sobre el cual Baudelaire escribió un ensayo titulado *El pintor de la vida moderna. (N. del T.)*

¡El sueño está repleto de milagros!
Por un capricho singular
había dejado fuera de ese espectáculo
al vegetal irregular,

y, pintor orgulloso de mi genio,
saboreaba en mi cuadro
la embriagadora monotonía
del metal, del mármol y del agua.

Babel de escaleras y arcadas,
era un palacio infinito,
lleno de estanques y de cascadas
cayendo en el oro mate o pulido;

y caudalosas cataratas,
como cortinas de cristal,
se suspendían, deslumbrantes,
de las murallas de metal.

No árboles, sino columnatas
rodeaban los estanques dormidos,
donde gigantescas náyades[280]
como mujeres, se miraban.

Capas de agua corrían, azules,
entre muelles verdes y rosas,
a lo largo de millones de leguas,
hacia los confines del universo;

¡había piedras increíbles
y mágicas oleadas; había
inmensos hielos deslumbrados
por todo lo que reflejaban!

---

280 Llamadas también ninfas, dríadas o nereidas, eran divinidades femeninas que, según la mitología clásica, poblaban los lagos, ríos, bosques y selvas. En sentido figurado, designan a la mujer hermosa. *(N. del T.)*

Indiferentes y silenciosos,
en el firmamento, unos Ganges
vertían el tesoro de sus urnas
en abismos de diamante.

Arquitecto de mis magias,
hacía, a mi voluntad,
pasar un amansado océano
por un túnel de pedrería;

y todo, hasta lo que era negro,
parecía enlucido, claro, irisado;
el líquido engarzaba su gloria
en el rayo cristalizado.

Además, ¡ningún astro ni vestigio
del sol, ni aún en el horizonte,
iluminaban estas maravillas
que brillaban con su propio fulgor!

Y sobre estos prodigios en movimiento
se cernía (¡terrible novedad!,
¡todo para la vista, nada para el oído!)
un silencio de eternidad.

II

Al volver a abrir los ojos llameantes
vi el horror de mi cuartucho,
y sentí que entraba de nuevo en mi alma
el aguijón de las malditas preocupaciones;

el reloj, con fúnebre acento,
daba brutalmente el mediodía,
y el cielo derramaba tinieblas
sobre este triste mundo abotargado.

122

EL ALBA

Cantaba la diana en los patios de los cuarteles
y el viento matinal soplaba en los faroles.

Era la hora en que el enjambre de maléficos sueños
retuerce en sus almohadas a los morenos adolescentes;
cuando, como un ojo sangrante que palpita y se mueve,
la lámpara echa sobre el día una mancha roja;
en que el alma, bajo el peso del cuerpo duro y macizo,
imita los combates de la lámpara y del día.
Como un rostro con lágrimas que las brisas enjugan,
el aire está lleno del temblor de cosas que se esfuman,
y el hombre se siente cansado de escribir y la mujer de amar.

Las casas aquí y allá empezaban a echar humo.
Las mujeres del placer, con los párpados lívidos,
dormían boquiabiertas un estúpido sueño;
las pobres, arrastrando sus senos flácidos y fríos,
soplaban en sus tizones y se soplaban los dedos.
Era la hora en que, entre el frío y la suciedad,
se agravan los dolores de las parturientas;
como un sollozo cortado por una sangre espumosa,
el canto del gallo a lo lejos desgarraba el aire brumoso;

un mar de niebla bañaba los edificios,
y los agonizantes en el fondo de los hospicios
lanzaban su último estertor con hipos desiguales.
Volvían los libertinos a sus casas, heridos por su labor.

La aurora tiritando con su túnica rosa y verde
avanzaba lentamente sobre el Sena desierto,
y el sombrío París, frotándose los ojos,
empuñaba sus útiles, anciano laborioso.

EL VINO

123

EL ALMA DEL VINO

Una noche, el alma del vino cantaba en las botellas:
«¡Hombre, hacia ti lanzo, oh querido desheredado,
bajo mi prisión de cristal y mis lacres bermejos,
un canto de luz y de fraternidad!

Sé cómo es necesario, en la colina en llamas,
penar, sudar y un sol abrasador
para engendrar mi vida y darme un alma;
mas no seré yo ingrato ni malvado,

pues siento un gozo inmenso cuando caigo
en la garganta de un hombre rendido por su labor,
y su cálido pecho es una dulce tumba
que me complace más que mis frías bodegas.

¿Oyes tú resonar los cantos domingueros
y la esperanza que gorjea en mi pecho palpitante?
De codos en la mesa y con las mangas dobladas,
me glorificarás y tú estarás contento.

Yo encenderé los ojos de tu encantada esposa,
devolveré a tu hijo su fuerza y sus colores
y seré para ese frágil atleta de la vida,
el aceite que endurece los músculos de los luchadores.

¡En ti caeré, vegetal ambrosía,
grano precioso echado por el Sembrador eterno,

para que de nuestro amor nazca la poesía
que se alzará hacia Dios como una rara flor!».

124

EL VINO DE LOS TRAPEROS

A menudo, a la luz roja de un farolito
al que el viento azota la llama y golpea el cristal,
en el corazón de un viejo arrabal, laberinto de fango
donde la humanidad hierve en tormentosos fermentos,

se ve venir a un trapero, con la cabeza agachada,
tropezando y chocando con las paredes, como un poeta,
y sin tener en cuenta los soplones, que son súbditos suyos,
ensancha el corazón con gloriosos proyectos.

Presta juramentos, dicta leyes sublimes,
abate a los malvados, las víctimas redime,
y bajo el palio suspendido del firmamento
se embriaga con el esplendor de su propia virtud.

Sí, esos hombres acosados por problemas domésticos,
molidos por el trabajo y atormentados por la edad,
derrengados y hurgando en los montones de basura,
que vomita confusos el enorme París,

regresan perfumados con olor de toneles,
seguidos de compañeros encanecidos en las batallas,
cuyos bigotes cuelgan como viejas banderas.
Los estandartes, las flores y los arcos triunfales

se alzan ante ellos, ¡oh magia solemne!,
y en la ensordecedora y luminosa orgía
de los clarines, del sol, de los gritos y del tambor,
¡confieren la gloria al pueblo ebrio del amor!

Así es como a través de la humanidad frívola
el vino arrastra oro, Pactolo[281] deslumbrante;
en la garganta del hombre canta sus proezas
e impera por sus dones cual verdadero rey.

Para ahogar el rencor y mecer la indolencia
de todos estos viejos malditos que mueren en silencio,
Dios, preso de remordimientos, creó el sueño;
¡y el Hombre añadió el Vino, sagrado hijo del Sol!

125

EL VINO DEL ASESINO

¡Mi mujer ha muerto, soy libre!
Ahora puedo beber hasta saciarme.
Cuando volvía a casa sin un céntimo,
sus gritos me desgarraban las entrañas.

Soy feliz como un rey;
el aire es puro y admirable el cielo...
En un verano parecido a éste
¡me enamoré de ella!

Necesitaría para apagar
la horrible sed que me devora
todo el vino que cupiera en
su tumba; —lo que ya es decir:

la he tirado al fondo de un pozo,
y he lanzado incluso sobre ella
todas las piedras del brocal.
—¡La olvidaré si puedo!

---

[281] Pequeño pueblo de la antigua Lidia, al oeste de Asia Menor, en cuyas aguas abundaba el oro, debido, según la leyenda, a haberse bañado en ellas el rey Midas. *(N. del T.)*

En nombre de los juramentos de ternura
de los que nada nos puede dispensar,
y para reconciliarnos
como en los buenos tiempos de nuestra embriaguez.

Le supliqué una cita,
de noche, en un camino oscuro,
¡y allí vino! —¡loca criatura!
¡Todos estamos más o menos locos!

¡Estaba guapa aún,
aunque muy fatigada!, y yo
¡la quería demasiado!, por eso
le dije: ¡Sal de esta vida!

Nadie puede entenderme
¿Soñó uno solo de estos estúpidos
borrachos en sus mórbidas noches
en hacer un sudario del vino?

Esta crápula invulnerable
como las máquinas de hierro
nunca, ni en verano ni en invierno,
conoció el verdadero amor.

Con sus oscuros sortilegios,
su cortejo infernal de temores,
sus frascos de veneno, sus llantos,
¡sus ruidos de cadenas y de huesos!

¡Estoy libre y solitario!
Esta noche estaré totalmente borracho;
entonces, sin miedo y sin remordimientos,
me tumbaré en el suelo,

¡y me dormiré como un perro!
La carreta de pesadas ruedas

cargada de piedras y de barro,
o la vagoneta rabiosa pueden muy bien

aplastar mi cabeza culpable
o cortarme por la mitad,
¡me burlo de ellas, igual que de Dios,
del Diablo o de la Mesa del Altar!

126

EL VINO DEL SOLITARIO

La singular mirada de una mujer galante
que se desliza hacia nosotros como el blanco rayo
que la luna ondulosa envía al lago estremecido
cuando quiere bañar en él su indolente belleza;

la última bolsa de escudos en los dedos de un jugador;
un beso lujurioso de la esbelta Adelina;
los sones de una música que enerva y que fascina,
parecida al grito lejano del humano dolor,

todo ello no iguala, oh profunda botella,
a los bálsamos penetrantes que tu panza fecunda
reserva al corazón sediento del piadoso poeta;

tú le das la esperanza, la juventud y la vida,
y el orgullo, ese tesoro frente a toda miseria,
que nos hace triunfantes e iguales a los Dioses.

127

EL VINO DE LOS AMANTES

¡Hoy el espacio es espléndido!
¡Partamos a caballo sobre el vino,
sin frenos, sin espuelas y sin bridas,
por un cielo mágico y divino!

Como los ángeles a los que tortura
una implacable calentura,
en el cristal azul de la mañana
¡sigamos al lejano espejismo!

Suavemente mecidos en las alas
del inteligente torbellino,
en un delirio paralelo,

nadando, hermana mía, el uno junto al otro,
¡huiremos sin tregua ni descanso
hacia el paraíso de mis sueños!

FLORES DEL MAL

128

La destrucción

El Demonio se agita sin cesar a mi lado;
flota en torno a mí como un aire impalpable;
lo respiro y siento que quema mis pulmones
y los llena de un ansia sempiterna y culpable.

Sabiendo lo mucho que amo el Arte, toma a veces
la forma de la mujer más seductora,
y con especiales e hipócritas pretextos,
acostumbra mis labios a filtros degradantes.

Lejos de la vista de Dios, así me lleva,
jadeante y deshecho de cansancio,
al centro de los llanos del Tedio, profundos y desiertos,

y arroja ante mis ojos llenos de confusión
vestiduras manchadas, heridas entreabiertas,
¡y el sangriento aparato que implica Destrucción!

129

Una mártir

Dibujo de un maestro desconocido

Entre frascos, telas de plata y oro,
y muebles voluptuosos,
mármoles, cuadros, vestidos perfumados
que cuelgan con pliegues suntuosos,

en una cámara tibia donde, como en un invernadero,
el aire es nocivo y fatal,
donde ramos que agonizan en sus ataúdes de cristal
exhalan su último suspiro,

un cadáver sin cabeza derrama, como un río,
en la almohada empapada
una sangre roja y viva, que las telas absorben
con la avidez de un prado.

Similar a las visiones pálidas que produce la sombra
y que atraen nuestra vista,
la cabeza, con la madeja de sus crines sombrías
y sus joyas preciosas,

en la mesa de noche descansa como una planta acuática;
y, vacía de ideas,
una mirada alba y vaga parecida al crepúsculo
se escapa de sus ojos en blanco.

En el lecho, el tronco desnudo enseña sin escrúpulos
con total abandono
el secreto esplendor y la fatal belleza
que la naturaleza le otorgó;

una media rosada, adornada con punteras de oro,
ha quedado en la pierna como un recuerdo;
la liga, al igual que un ojo secreto que llamea,
lanza una mirada diamantina.

El singular aspecto de esta soledad
y un gran retrato lánguido,
de ojos y actitud provocadores,
revelan un amor tenebroso,

una dicha culpable y unas fiestas extrañas
repletas de besos infernales,

en las que se regocijaba el enjambre de ángeles malos
que flotan en los pliegues de las cortinas;

y sin embargo, al ver la elegante esbeltez
de esa espalda de líneas contrastadas,
la cadera un tanto pronunciada y el talle vivaracho,
cual reptil irritado,

nos decimos: ¡qué joven era aún! —Su alma exasperada
y sus sentidos donde hizo mella el tedio,
¿se habían abierto al sediento tropel
de deseos errantes y perdidos?

El hombre vengativo a quien, en vida, no pudiste
saciar, pese a tan gran amor,
¿colmó en tu carne inerte y complaciente
la inmensidad de su deseo?

¡Responde, cadáver impuro, y dime, cabeza horrible!,
levantándote con un brazo febril
por tus lacias trenzas, ¿selló en tus dientes fríos
su adiós definitivo?

—Duerme en paz, duerme en paz, extraña criatura,
en tu tumba misteriosa,
lejos del mundo burlón y de la gente impura,
lejos de jueces indiscretos;

tu esposo anda por el mundo, y tu imagen inmortal
vela junto a él cuando duerme;
sin duda que tanto como tú te será fiel
y constante hasta la muerte.

130

LA ORACIÓN DE UN PAGANO

¡Ah!, no decrezcas tus llamas;
caldea mi corazón entumecido,

¡voluptuosidad, tortura de las almas!
Diva! supplicem exaudi![282]

Diosa extendida por el aire,
¡llama de nuestro subterráneo!,
atiende a un alma aterida de frío,
que te dedica un canto de bronce.

¡Voluptuosidad, sé siempre mi reina!
Toma la máscara de una sirena
hecha de carne y terciopelo,

o vierte tu sueño profundo
en el vino informe y místico,
¡voluptuosidad, elástico fantasma!

131

LESBOS

Madre de los juegos latinos y los deleites griegos,
Lesbos[283], donde los besos, lánguidos o gozosos,
cálidos como soles, frescos como sandías,
son el adorno de noches y días gloriosos;
madre de los juegos latinos y los deleites griegos.

Lesbos, donde los besos son como cascadas
que se arrojan sin miedo en las simas sin fondo
y fluyen, entrecortados de sollozos y risas,
tormentosos y secretos, hormigueantes y profundos;
¡Lesbos donde los besos son como las cascadas!

---

[282] «¡Diosa!, ¡escucha al que te suplica!» *(N. del T.)*

[283] Isla griega del Egeo, cuyo nombre antiguo era Pentápolis. Ha pasado a ser en la cultura occidental prototipo de la homosexualidad femenina. Este poema ocupa un lugar importante en el poemario dado que el autor pensó primitivamente titular su libro con el nombre de *Las Lesbianas. (N. del T.)*

Lesbos, donde las Frinés[284] se atraen entre sí,
donde nunca un suspiro dejó de hallar un eco,
las estrellas te admiran tanto como a Pafos[285],
¡y Venus con razón puede envidiar a Safo[286]!
Lesbos, donde las Frinés se atraen entre sí,

Lesbos, tierra de noches cálidas y lánguidas,
que hacen que en sus espejos, ¡infecundo deleite!
las niñas de ojos hundidos, enamoradas de sus cuerpos,
acaricien los frutos ya maduros de su nubilidad;
Lesbos, tierra de noches cálidas y lánguidas,

deja al viejo Platón fruncir su ceño austero;
obtienes tu perdón del exceso de besos,
reina del dulce imperio, tierra noble y amable,
y de refinamientos siempre sin agotar,
deja al viejo Platón fruncir su ceño austero.

Obtienes tu perdón del eterno martirio
infligido sin tregua a los corazones ambiciosos,
que aleja de nosotros la radiante sonrisa
¡vagamente entrevista al borde de otros cielos!
¡Obtienes tu perdón del eterno martirio!

¿Qué Dios se atreverá a ser tu juez, oh Lesbos?,
y a condenar tu frente pálida por penosas labores,
si sus balanzas de oro no han pesado el diluvio
de lágrimas que en el mar vertieron tus arroyos?
¿Qué Dios se atreverá a ser tu juez, oh Lesbos?

---

284 Cortesana griega que, debido a su belleza, sirvió al escultor Praxíteles de modelo. Se cuenta que, habiendo sido acusada de impiedad, obtuvo la absolución desnudándose ante sus jueces. *(N. del T.)*

285 Ciudad de Chipre fundada por los fenicios, donde, según la leyenda, surgió Afrodita (Venus) de la espuma del mar, lo que hizo que en la Antigüedad se erigiera allí un templo a esta diosa. *(N. del T.)*

286 Poetisa griega que floreció hacia el año 600 a. C. en la isla de Lesbos. Loca de amor por un hermoso barquero de la isla y despreciada por éste, se arrojó al mar. *(N. del T.)*

¿Qué quieren de nosotros las leyes de lo justo y lo injusto?
Vírgenes de corazón sublime, honra del Archipiélago,
vuestra religión es augusta como cualquiera,
¡y el amor se reirá del Infierno y del Cielo!
¿Qué quieren de nosotros las leyes de lo justo y lo injusto?

Pues Lesbos me ha elegido en la tierra entre todos
para cantar el secreto de sus floridas vírgenes,
y desde la infancia que inicié en el negro misterio
de las risas sin freno mezcladas con los llantos sombríos;
pues Lesbos me ha elegido en la tierra entre todos

y desde entonces velo en la cumbre del Léucato[287],
igual que un centinela de mirada segura y penetrante,
que acecha noche y día *brick,* tartana o fragata[288],
cuyas formas a lo lejos se agitan en el azul;
y desde entonces velo en la cumbre del Léucato,

para saber si el mar es indulgente y bueno,
y si entre los sollozos que en la roca resuenan,
un día llevará a Lesbos, que perdona,
el cadáver adorado de Safo, que partió
¡para saber si el mar es indulgente y bueno!

De Safo la viril, la amante y la poetisa,
¡por su palidez triste más hermosa que Venus!
—Al ojo azul venció el negro que mancilla
el tenebroso círculo trazado por las penas
¡De Safo la viril, la amante y la poetisa!

Presentándose al mundo más hermosa que Venus
y vertiendo el tesoro de su serenidad

---

[287] Peña y acantilado en el cabo Ducato de la isla de Leucada, Leucadia o Leukas, en el Jonio, desde donde se precipitaban al mar los amantes no correspondidos. *(N. del T.)*

[288] El *brick* es una barca de dos o tres palos; la tartana es una embarcación menor, de vela latina y con un solo palo en su centro perpendicular a la quilla; la fragata es un buque de tres palos con cofas y vergas en todos ellos. *(N. del T.)*

y el brillo de su rubia juventud
sobre el viejo Océano prendado de su hija;
¡presentándose al mundo más hermosa que Venus!

—De Safo, que murió el día de su blasfemia,
cuando, insultando el rito y el culto establecido,
convirtió su hermoso cuerpo en el pasto supremo
de un bruto cuyo orgullo castigó la impiedad
de aquella que murió el día de su blasfemia,

y desde entonces Lesbos lanza lamentaciones,
y, pese a los honores que le tributa el mundo,
cada noche le embriaga la voz de la tormenta
¡que elevan hacia el cielo sus orillas desiertas!
¡y desde entonces Lesbos lanza lamentaciones!

132

MUJERES CONDENADAS

Delfina e Hipólita

A la pálida luz de agonizantes lámparas,
sobre blandos cojines impregnados de olor,
Hipólita soñaba con ardientes caricias
que alzaban la cortina de su joven candor.

Buscaba con mirada por tormentas turbada,
el cielo ya lejano de su ingenuidad,
al igual que un viajero que vuelve la cabeza
al azul horizonte que cruzó por la mañana.

Las perezosas lágrimas de sus ojos cansados,
el aspecto deshecho, el estupor, la triste voluptuosidad,
sus brazos rendidos, que colgaban como inútiles armas,
todo estaba al servicio de su frágil belleza y todo la adornaba.

Tendida a sus pies, tranquila y llena de alegría,
Delfina la miraba con ojos muy ardientes,
como un fuerte animal que vigila una presa,
tras haberla marcado primero con los dientes.

La bella fuerte, arrodillada ante la bella frágil,
soberbia, libaba con voluptuosidad
el vino de su triunfo, y se estiraba hacia ella,
como para recoger un dulce agradecimiento.

Buscaba en los ojos de su pálida víctima
el cántico mudo que entona el placer,
y esa gratitud infinita y sublime
que sale de los párpados como un largo suspiro.

«Hipólita, alma mía, ¿qué dices a todo esto?
¿Comprendes ahora que no hay por qué ofrecer
el holocausto sagrado de tus primeras rosas
a los soplos violentos que las puedan ajar?

Mis besos son ligeros como esas efímeras[289]
que acarician los lagos transparentes en el atardecer,
pero los de tu amante dejarán sus huellas
como carretas o arados chirriantes;

pasarán sobre ti como un pesado tiro
de caballos o bueyes con cascos despiadados...
¡Hermana mía, Hipólita!, vuelve hacia mí tu rostro,
mi corazón, mi alma, mi todo y mi mitad,

¡vuelve hacia mí tus ojos azules y estrellados!
Por una de esas miradas fascinantes, bálsamo divino,
descorreré los velos del placer más oscuro
y te adormeceré en un sueño sin fin».

---

[289] Como antes se dijo, la efímera o cachipolla es un insecto de unos dos centímetros de largo, de color ceniciento, con manchas oscuras en las alas, que habita en las orillas del agua y apenas vive un día. *(N. del T.)*

Pero Hipólita entonces, levantando su joven cabeza:
—«Yo no soy nada ingrata y no me arrepiento,
Delfina, sufro y me siento inquieta,
como después de una terrible cena.

Siento que profundos temores se ciernen sobre mí,
cual si negros batallones de fantasmas difusos
quisieran llevarme por movedizas sendas
que un sangriento horizonte cerrase por doquier.

¿Es que hemos cometido alguna acción extraña?
Explícame, si puedes, mi estupor y mi espanto;
me estremezco de miedo cuando dices: "¡Mi ángel!",
mas siento que mi boca se dirige hacia ti.

¡No me mires así, cariño mío!,
yo siempre te querré, mi hermana de elección,
¡aun cuando fueras una emboscada cierta
y el comienzo seguro de mi condenación!».

Delfina, sacudiendo su cabellera trágica
y como si entrara en trance sobre el trípode de hierro[290],
con mirada fatal y despótica voz, contestó:
—«¿Quién se atreve a nombrar el infierno delante del amo?

¡Maldito sea por siempre el soñador inútil
que por primera vez, en su imbecilidad,
apasionándose por un problema insoluble y estéril,
quiso mezclar con las cosas del amor la honestidad!

Aquel que quiera aunar en un místico acuerdo
la sombra con la luz, la noche con el día,
jamás calentará su cuerpo paralítico
¡con ese sol bermejo que llamamos amor!

---

[290] El autor dice *trépignant* (pataleando), pero traduzco por «entrar en trance» para que se entienda el sentido del verso, que se refiere a las sibilas griegas y romanas cuando profetizaban subidas en un trípode de hierro. *(N. del T.)*

Ve a buscar, si quieres, a un estúpido novio;
corre a ofrecer tu virgen corazón a sus besos crueles;
y llena de remordimientos y lívida de horror,
vendrás luego a enseñarme tus pechos maltratados...

¡No se puede aquí abajo contentar más que a un dueño!».
Mas la niña, desahogando su inmenso dolor,
dijo entonces: «Siento abrirse en mi ser
un abismo tremendo; ¡y ese abismo es mi corazón!,

¡como un volcán ardiente, hondo como el vacío!,
nada podrá saciar a este monstruo que gime,
ni calmará la sed que le cause la Euménide[291]
al quemarle la sangre con la antorcha en la mano.

¡Que pesadas cortinas nos separen del mundo
y que el agotamiento nos conduzca al descanso!
¡Quiero aniquilarme en tu honda garganta,
y encontrar en tu seno el frescor de las tumbas!».

—¡Descended, descended, víctimas lamentables,
descended por la senda del infierno eterno!
Caed en lo más hondo del abismo, donde todos los crímenes,
azotados por un viento que no viene del cielo,

hierven en confusión con fragor de tormenta.
Sombras locas, corred hacia la meta de vuestros deseos;
nunca podréis calmar ese delirio vuestro,
y vuestro castigo nacerá de vuestros placeres.

Jamás un nuevo rayo alumbrará vuestras cuevas;
por las grietas de los muros febriles miasmas
se filtran inflamándose al igual que faroles
e impregnan vuestros cuerpos con horribles perfumes.

---

[291] Literalmente, «Euménide» significa «favorable» o «bondadosa», término que se usaba para designar a cualquiera de las Furias, ya que pronunciar su verdadero nombre podía acarrear desgracias. *(N. del T.)*

La áspera esterilidad de vuestro goce
excita vuestra sed y os reseca la piel,
y el viento furibundo de la concupiscencia
hace restallar vuestra carne al igual que una vieja bandera.

Lejos de los pueblos vivientes, errantes, condenadas,
corred como los lobos a través del desierto;
cumplid vuestro destino, desordenadas almas,
¡y huid al infinito que en vosotras lleváis!

133

MUJERES CONDENADAS

Tendidas en la arena cual rumiante ganado,
dirigen sus ojos al horizonte del mar,
sus pies se buscan y sus manos cercanas
tienen dulces desmayos y temblores amargos.

Las unas, corazones que aman las largas confidencias,
en medio del bosquecillo donde murmuran los arroyos,
deletrean el amor de su infancia medrosa
y hacen marcas en el verde tronco de los árboles tiernos;

las otras, como hermanas, andan serias y lentas
a través de las rocas llenas de apariciones,
donde vio san Antonio surgir como la lava
los senos desnudos y purpúreos de sus tentaciones;

las hay que a la luz de resinas destilantes,
en la cavidad muda de viejos antros paganos
te llaman para que socorras sus fiebres aulladoras
¡oh, Baco, que adormeces los antiguos remordimientos!;

y otras cuyos cuellos aman los escapularios,
que escondiendo un látigo bajo sus largas prendas,
mezclan, en el bosque sombrío y las noches solitarias,
la espuma del placer con lágrimas de tormentos.

Oh vírgenes, oh demonios, oh mártires, oh monstruos,
grandes espíritus que despreciáis la realidad,
ansiosas de infinito, sátiras y devotas,
ya repletas de gritos, ya deshechas en llantos,

vosotras que a vuestro infierno mi alma os ha
seguido, pobres hermanas, os amo al tiempo que os tengo
[compasión,
por vuestras hondas penas, vuestra sed insatisfecha,
y las urnas de amor que llenan vuestro corazón!

134

LAS DOS BUENAS HERMANAS

La Lujuria y la Muerte son amables muchachas,
pródigas en besos y ricas en salud,
cuyo vientre siempre virgen y cubierto de harapos,
pese al cultivo eterno, jamás fructificó.

Al poeta siniestro, enemigo de las familias,
favorito del infierno, cortesano de rentas escasas,
tumbas y burdeles muestran bajo sus enramadas
un lecho que nunca frecuentó el remordimiento.

Y la caja de muerto y la alcoba fecundas en blasfemias
por turno nos ofrecen, como buenas hermanas,
terribles placeres y espantosas dulzuras.

Lujuria de brazos inmundos, ¿cuándo quieres enterrarme?
y tú, Muerte, su rival en atractivos, ¿cuándo vendrás
a injertar en sus mirtos infectos tus oscuros cipreses?

135

LA FUENTE DE SANGRE

A veces me parece que la sangre se me escapa a raudales
al igual que una fuente de rítmicos sollozos.

La oigo fluir con un largo murmullo,
y yo me palpo en vano para encontrar la herida.

Por toda la ciudad, como por un cercado,
se extiende convirtiendo las baldosas en islas,
apagando la sed de todas las criaturas
y tiñendo a la naturaleza de rojo por doquier.

A menudo he pedido a vinos traicioneros
que adormezcan un día el terror que me mina;
¡el vino hace más aguda la vista y más fino el oído!

He buscado en el amor un sueño olvidadizo;
¡mas para mí el amor es un lecho de agujas
para dar de beber a estas crueles muchachas!

136

ALEGORÍA

Es una mujer bella y de rica apariencia
que deja su cabellera arrastrar por su vino.
Las garras del amor y los venenos del garito,
todo resbala y todo rebota en el granito de su piel.
Se ríe de la Muerte y desafía al Libertinaje,
esos monstruos cuya mano, que siempre desgarra y siega,
ha respetado, sin embargo, en sus juegos destructores
la ruda majestad de este cuerpo firme y recto.
Anda como una diosa y descansa como una sultana;
en el placer tiene la fe del mahometano,
y a sus brazos abiertos, donde resaltan sus pechos,
convoca con los ojos a la raza humana.
Esta virgen estéril y, sin embargo, necesaria
para la marcha del mundo, cree, sabe
que la belleza del cuerpo es un sublime don
que consigue el perdón de todas las infamias.
Ignora tanto el Infierno como el Purgatorio,
y cuando llegue la hora de entrar en la negra Noche,

mirará la faz de la Muerte,
como un recién nacido, sin odio y sin remordimiento.

137

LA BEATRIZ

En tierras cenicientas, sin verdor, calcinadas,
un día en que me quejaba a la naturaleza
y en que, errando al azar, afilaba
en mi corazón el puñal de mi pensamiento,
vi en pleno mediodía bajar a mi cabeza
un fúnebre nubarrón de tormenta
que portaba a un tropel de demonios viciosos,
semejantes a enanos crueles y curiosos.
Se pusieron a mirarme fríamente,
y, como transeúntes que se admiran de un loco,
los oí reír y cuchichear entre sí,
intercambiando guiños y señales:

—«Contemplemos a placer a esta caricatura,
a esta sombra de Hamlet que imita su postura,
la mirada indecisa y los cabellos al viento.
¿No da mucha pena ver a este vividor,
a este bribón, a este histrión de vacaciones, a este pícaro,
que, porque sabe representar su papel,
pretende que se interesen por el canto de sus dolores
las águilas, los grillos, los arroyos y las flores,
y hasta nosotros, autores de estos temas antiguos,
recitándonos a gritos sus retahílas de versos?».

Habría podido (mi orgullo, tan alto como un monte,
domina el nubarrón y el grito de los demonios)
volver sencillamente mi soberana cabeza,
si no hubiese visto entre su obscena tropa,
—¡crimen que no ha hecho tambalearse al sol!—,
a la reina de mi corazón, de mirada sin par,
que se reía con ellos de mi angustia sombría
y a veces les hacía una sucia caricia.

138

LAS METAMORFOSIS DEL VAMPIRO

La mujer, entretanto, retorciéndose
igual que una serpiente en las brasas,
y amasándose los pechos por encima de las ballenas del corsé
dejaba deslizar de su boca de fresa estas palabras impregnadas
[de almizcle:
—«Tengo los labios húmedos y conozco la ciencia
de perder en una cama la antigua conciencia.
Seco todas las lágrimas en mis pechos triunfantes
y hago que los viejos se rían con risas infantiles.
¡Para quien me ve desnuda y sin velos, sustituyo
a la luna, al sol, al cielo y a las estrellas!
Cuando aprisiono a un hombre con mis temidos brazos,
o cuando abandono mi busto a los mordiscos,
tímida y libertina, frágil y robusta,
soy, mi querido sabio, tan experta en deleites
que sobre ese colchón que se desmaya de emoción,
¡los ángeles impotentes se condenarían por mí!».

Cuando me hubo chupado toda la médula de los huesos,
y me volví hacia ella con languidez
para darle un beso de amor, ¡no vi más
que un odre de flancos viscosos, rebosante de pus!
En mi helado terror, cerré los ojos,
y cuando volví a abrirlos a la viva claridad,
a mi lado, en lugar del fuerte maniquí
que parecía haber hecho provisión de sangre
entrechocaban en confusión unos restos de esqueleto,
que producían un grito como el de una veleta
o el de un cartel que, en la punta de una vara de hierro,
el viento balancea en las noches de invierno.

139

UN VIAJE A CITERA

Mi corazón, como un pájaro, revoloteaba muy alegre,
y se cernía libremente alrededor de las jarcias;
se balanceaba el navío bajo un cielo sin nubes,
como un ángel embriagado del radiante sol.

¿Cuál es esa isla triste y oscura? Es Citera[292],
nos dicen, un país famoso en las canciones,
Eldorado[293] banal de todo solterón.
Mirad, después de todo, es una tierra pobre.

¡Isla de dulces secretos y de cordiales fiestas!
El soberbio fantasma de la antigua Venus
vuela como un perfume sobre tu mar,
y llena los espíritus de amor y languidez.

Bella isla de verdes mirtos, llena de abiertas flores,
venerada siempre por todos los pueblos,
donde los suspiros de los corazones en adoración
¡flotan como el incienso sobre un jardín de rosas

o como el eterno arrullo de una paloma torcaz!
—Citera no era ya más que un terreno pobre,
un desierto turbado por chillones gritos.
¡Sin embargo, entreveía un singular objeto!

No era un templo de boscajes umbríos,
donde la joven sacerdotisa, enamorada de las flores,
con el cuerpo abrasado de secretos calores,
entreabría su túnica a las brisas pasajeras;

---

292 Citera o Cérigo: nombre de una isla griega al sur del golfo de Laconia, consagrada en la Antigüedad a Afrodita o Venus, a quien se le erigió un templo. En este poema es un símbolo del amor. *(N. del T.)*

293 Sinónimo de paraíso. Eldorado era un país fabuloso de América del Sur, que los conquistadores buscaron con afán por sus inmensas riquezas. *(N. del T.)*

pero he aquí que al pasar tan cerca de la costa
que turbamos a los pájaros con nuestras blancas velas,
vimos que era un horca de tres palos,
negra como un ciprés, lo que destacaba en el cielo.

Feroces aves posadas sobre su pasto
destruían con rabia a un ahorcado maduro,
hincando cada una, como una herramienta, su impuro pico
en todos los huecos sangrientos de aquella podredumbre;

los ojos eran dos agujeros, y de su vientre abierto
le colgaban los pesados intestinos sobre los muslos,
mientras sus verdugos, saciados de espantosas delicias,
le habían castrado totalmente a fuerza de picotazos.

A los pies, un tropel de envidiosos cuadrúpedos,
con el hocico levantado, daba vueltas al acecho;
en medio se agitaba un animal más grande
como un verdugo rodeado de sus ayudantes.

Habitante de Citera, hijo de un cielo tan azul,
silenciosamente sufrías esos insultos
en expiación de tus cultos infames
y de los pecados que te han vedado la tumba.

¡Ridículo ahorcado, tus dolores son los míos!
Ante el aspecto de tus miembros flotando, sentí,
como un vómito, subir hasta mis dientes
el largo río de hiel de los dolores antiguos;

ante ti, pobre diablo de tan caro recuerdo,
he sentido todos los picos y todas las mandíbulas
de los cuervos punzantes y de las panteras negras
que antaño disfrutaban triturando mi carne.

El cielo era encantador y el mar estaba en calma;
pero a partir de entonces para mí todo era oscuro y sangrante,
¡ay!, tenía mi corazón amortajado
con esta alegoría, como con un pesado sudario.

En tu isla, oh Venus, no encontré en pie
más que una horca simbólica de la cual colgaba mi imagen...
¡Ah, Señor!, ¡dame fuerza y coraje
para contemplar sin repugnancia mi corazón y mi cuerpo!

140

Viñeta antigua[294]

EL AMOR Y EL CRÁNEO

El Amor está sentado en el cráneo
de la Humanidad
y en este trono el profano,
de risa descarada,

sopla alegremente redondas burbujas
que suben en el aire,
como para unirse a los mundos
al fondo del éter.

El globo luminoso y frágil
toma un gran impulso,
revienta y escupe su tenue alma
como un sueño de oro.

En cada burbuja oigo que el cráneo
ruega y gime:
«¿Cuándo va a terminar
este juego ridículo y feroz?

---

[294] El autor se refiere a un dibujo acabado en punta que se colocaba al final de un capítulo en los libros antiguos. *(N. del T.)*

Pues lo que tu boca cruel
esparce en el aire,
monstruo asesino, es mi cerebro,
¡mi sangre y mi carne!».

REBELIÓN

141

La negación de san Pedro

¿Qué hace Dios ante esa oleada de anatemas
que todos los días asciende hasta sus queridos Serafines?
Como un tirano harto de viandas y de vinos,
se adormece al dulce son de nuestras horribles blasfemias.

Los sollozos de los mártires y de los ajusticiados
son sin duda una embriagadora sinfonía,
ya que, a pesar de la sangre que cuesta su voluptuosidad,
¡los cielos no se han saciado aún!

—¡Ah! ¡Jesús, acuérdate del Huerto de los Olivos!
En tu simplicidad rezabas de rodillas
a aquel que en su cielo se reía del ruido de los clavos
con que verdugos innobles horadaban tus carnes vivas.

Cuando viste que escupía en tu divinidad
la chusma de guardias y cocineros,
y cuando sentiste hundirse las espinas
en tu cráneo donde vivía la inmensa Humanidad;

cuando el horrible peso de tu cuerpo roto
estiraba tus brazos distendidos, y tu sangre
y tu sudor corrían por tu pálida frente,
cuando fuiste expuesto ante todos como un blanco,

¿pensabas en aquellos días tan radiantes y bellos
en que viniste a cumplir la eterna promesa,

cuando recorrías, montado en una mansa pollina,
los caminos cubiertos de flores y de ramos,

cuando con el corazón henchido de esperanza y valor,
azotabas con fuerza a aquellos viles mercaderes,
en fin, cuando fuiste maestro? ¿No penetró
en tu costado el remordimiento mucho antes que la lanza?

Por mi parte, saldré ciertamente satisfecho
de un mundo en el que la acción no es hermana del sueño,
¡ojalá pueda yo usar la espada y morir por la espada!
San Pedro renegó de Jesús... ¡hizo bien!

142

ABEL Y CAÍN

I

Raza de Abel, duerme, bebe y come;
Dios te sonríe complaciente.

Raza de Caín, arrástrate
en el fango y muere miserablemente.

Raza de Abel, tu sacrificio
¡agrada al olfato del Serafín!

Raza de Caín, tu suplicio
¿acabará alguna vez?

Raza de Abel, ves prosperar
tus siembras y tu ganado;

Raza de Caín, tus entrañas
aúllan hambrientas igual que un perro viejo.

Raza de Abel, calienta tu vientre
en tu hogar patriarcal;

Raza de Caín, tiembla de frío
en tu antro, ¡pobre chacal!

Raza de Abel, ¡ama y prolifera!,
tu oro también se multiplica;

Raza de Caín, ardiente corazón,
guárdate de esos grandes apetitos.

Raza de Abel, tú creces y roes
¡como las chinches la madera!

Raza de Caín, arrastra
por los caminos a tu arruinada familia.

II

¡Ah!, raza de Abel, tu carroña
¡abonará el humeante suelo!

Raza de Caín, tu tarea
no ha sido aún acabada;

Raza de Abel, para tu vergüenza,
¡las cadenas fueron vencidas por el venablo!

Raza de Caín, sube al cielo,
¡y arroja a Dios sobre la tierra!

143

LAS LETANÍAS DE SATÁN

Oh tú, el más sabio y bello de los Ángeles,
Dios traicionado por la muerte y privado de alabanzas,

¡Oh, Satán, apiádate de mi enorme miseria!

Oh Príncipe del exilio, a quien se ha agraviado,
y que, vencido, siempre te vuelves a levantar más fuerte,

¡Oh, Satán, apiádate de mi enorme miseria!

Tú que todo lo sabes, gran rey de las cosas subterráneas,
familiar curandero de las angustias humanas,

¡Oh, Satán, apiádate de mi enorme miseria!

Tú que, hasta a los leprosos y a los parias malditos,
enseñas mediante el amor el sabor del Paraíso,

¡Oh, Satán, apiádate de mi enorme miseria!

Oh tú, que de la Muerte, esa amante vieja y poderosa,
engendras la Esperanza, —¡esa adorable loca!

¡Oh, Satán, apiádate de mi enorme miseria!

Tú que das al proscrito esa mirada en torno al cadalso,
serena y arrogante, que condena a un pueblo entero,

¡Oh, Satán, apiádate de mi enorme miseria!

Tú que sabes en qué rincón de las tierras ansiosas
el Dios celoso ocultó sus piedras preciosas,

¡Oh, Satán, apiádate de mi enorme miseria!

Tú, cuya mirada clara conoce los profundos arsenales
donde duerme amortajado el pueblo de los metales,

¡Oh, Satán, apiádate de mi enorme miseria!

Tú, cuya extendida mano oculta los precipicios
al sonámbulo que vaga al borde del edificio,

¡Oh, Satán, apiádate de mi enorme miseria!

Tú que, mágicamente, haces flexibles los viejos huesos
del borracho rezagado al que atropellaron los caballos,

¡Oh, Satán, apiádate de mi enorme miseria!

Tú que, para consolar al frágil que sufre,
nos enseñas a mezclar salitre con azufre,

¡Oh, Satán, apiádate de mi enorme miseria!

Tú que pones tu marca, oh cómplice sutil,
en la frente del Creso despiadada y vil,

¡Oh, Satán, apiádate de mi enorme miseria!

Tú que pones en el corazón de las muchachas
el culto a las heridas y el amor a los harapos,

¡Oh, Satán, apiádate de mi enorme miseria!

Báculo del desterrado, lámpara del inventor,
confesor del ahorcado y del conspirador,

¡Oh, Satán, apiádate de mi enorme miseria!

Padre adoptivo de aquellos a quienes en su negra cólera
Dios Padre expulsó del Paraíso terrenal,

¡Oh, Satán, apiádate de mi enorme miseria!

Oración

¡Gloria y alabanza a ti, Satán, en las alturas
del Cielo, donde reinas, y en las profundidades
del Infierno, donde, vencido, sueñas en silencio!
¡Haz que mi alma un día, bajo el Árbol de la Ciencia,
descanse cerca de ti, en la hora en que sobre tu frente
se extiendan sus ramas como un Templo nuevo!

LA MUERTE

144

LA MUERTE DE LOS AMANTES

Tendremos lechos llenos de ligeros olores,
divanes tan hondos como tumbas,
y en los estantes flores insólitas,
abiertas para nosotros bajo cielos más bellos.

Empleando a porfía sus últimos ardores,
nuestros corazones serán dos grandes antorchas,
que reflejarán sus dobles luces
en estos espejos gemelos que son nuestros dos espíritus.

Una tarde hecha de rosa y de místico azul,
intercambiaremos un único relámpago,
como un largo suspiro colmado de adioses;

y más tarde un Ángel, entreabriendo las puertas,
vendrá a reanimar, fiel y gozoso,
los espejos turbios y las llamas muertas.

145

LA MUERTE DE LOS POBRES

La Muerte nos consuela, ¡ay!, y nos hace vivir;
es la meta de la vida, y la única esperanza
que, como un elixir, nos eleva y embriaga,
dándonos el valor de llegar a la noche;

a través de la nieve, la tormenta y la escarcha,
es la vibrante luz de nuestro oscuro horizonte;

es el famoso albergue del que nos habla el libro[295],
donde podremos comer, descansar y dormir;

es un Ángel que tiene en sus dedos magnéticos,
el sueño y el don de los ensueños extáticos,
y que hace la cama a pobres y a desnudos;

es la gloria de los Dioses, es el granero místico,
es la bolsa del pobre y su antigua patria,
¡es el pórtico abierto a los Cielos ignotos!

146

LA MUERTE DE LOS ARTISTAS

¿Cuántas veces habré de agitar mis cascabeles
y besar tu frente ruin, triste caricatura?
¿cuántas flechas he de malgastar, oh carcaj mío,
para dar en ese blanco de místico carácter?

Emplearemos nuestra alma en sutiles intrigas,
y demoleremos más de una pesada armadura,
antes de contemplar a la gran Criatura
¡cuyo infernal deseo nos llena de sollozos!

Hay quienes nunca conocieron a su Ídolo,
y a esos escultores condenados y marcados por el oprobio,
que se golpean la frente y el pecho,

no les queda otra esperanza, ¡extraño y sombrío Capitolio[296]!
sino que la Muerte, cerniéndose como un nuevo sol,
¡haga que se abran las flores de su cerebro!

---

[295] Se refiere al «libro» por excelencia: la Biblia, y, en concreto, al albergue que aparece en la parábola del buen samaritano. *(Lucas,* 10, 30-37). *(N. del T.)*

[296] El Capitolio era el templo y la ciudadela de la antigua Roma, erigidos en la cima sur del monte Capitolino, donde se recibía a los generales vencedores después de ofrecer un sacrificio a Júpiter. Esto último explica su inclusión en el poema. *(N. del T.)*

147

EL FIN DE LA JORNADA

Bajo una pálida luz
corre, danza y se retuerce enloquecida
la Vida, impúdica y vocinglera.
Así, tan pronto como en el horizonte

sube la noche voluptuosa,
calmándolo todo, incluso el hambre,
borrándolo todo, incluso la vergüenza,
el Poeta se dice: «¡Por fin!;

mi espíritu, como mis vértebras,
invoca ardientemente el descanso;
con el corazón lleno de fúnebres ensueños,

voy a acostarme boca arriba
y a envolverme en vuestros cortinajes,
¡oh, refrescantes tinieblas!».

148

EL SUEÑO DE UN CURIOSO

A F. N. [297]

¿Conoces, como yo, el sabroso dolor,
y haces decir de ti: «¡Qué hombre singular!»?
Iba a morir. En mi alma amorosa había
un raro sufrimiento, un deseo mezclado con horror;

angustia y viva esperanza, sin humor dividido.
Cuanto más se iba vaciando el fatal reloj de arena,

[297] Las iniciales corresponden a FÉLIX NADAR (1820-1894), el gran fotógrafo del París de la época, amigo entrañable de Baudelaire. *(N. del T.)*

más áspera y deliciosa era mi tortura;
todo mi corazón se desprendía del mundo familiar.

Era como el niño ávido de ver un espectáculo,
que odia el telón como se odia un obstáculo...
Por fin se reveló la verdad fría:

Había muerto sin sorpresa, y la terrible aurora
me envolvía. ¡y qué!, ¿era eso todo?
El telón se había alzado y yo esperaba aún.

149

EL VIAJE

A Maxime du Camp[298]

I

Para el niño, amante de mapas y grabados,
el universo es igual a su inmenso apetito.
¡Ah, qué grande es el mundo a la luz de las lámparas!,
¡qué pequeño es el mundo a los ojos del recuerdo!

Una mañana partimos, con el cerebro en llamas,
el corazón henchido de rencor y de amargos deseos,
y, al ritmo de las olas, vamos
meciendo nuestro infinito en la finitud de los mares:

unos, felices por salir de una patria infame;
otros, por huir del horror de sus cunas, y no faltan
astrólogos ahogados en los ojos de una mujer,
la tiránica Circe[299] de peligrosos perfumes.

---

[298] Periodista y escritor (1822-1894), amigo de Baudelaire y de Flaubert. *(N. del T.)*

[299] Hermosísima hechicera que moraba en la isla Ea, que transformó en cerdos a los compañeros de Ulises. *(N. del T.)*

Para no ser convertidos en animales, se embriagan
de espacio, de luz y de abrasados cielos;
el hielo que les muerde y el sol que los broncea,
van borrando despacio la señal de los besos.

Pero los verdaderos viajeros son sólo los que parten
por partir; corazones ligeros, iguales a los globos,
que nunca se separan de su fatalidad,
y, sin saber por qué, dicen siempre: ¡Adelante!;

aquellos cuyos deseos tienen forma de nubes,
y que sueñan, como sueña el recluta con el cañón,
con inmensos deleites, ignotos y cambiantes,
¡que el espíritu humano nunca supo nombrar!

II

Imitamos, ¡qué horror!, al trompo y la pelota
en su baile y sus saltos; hasta cuando dormimos
la Curiosidad nos tortura y nos echa a rodar,
como un Ángel cruel que azotara los soles.

Fórmula singular, en la que el fin es móvil,
y, no estando en parte alguna, ¡puede hallarse en cualquiera!,
en la que el Hombre, cuya Esperanza, no le abandona nunca,
¡corre siempre alocado para encontrar descanso!

El alma es un velero en busca de su Icaria[300]
una voz resuena sobre el puente: «¡Abre mucho los ojos!»
y otra voz en la cofa, ardiente y loca, exclama:
«¡Amor... gloria... Alegría!». ¡Demonio!, ¡es un escollo!

---

[300] Isla del Egeo, una de las Espóradas meridionales, que simboliza aquí el regreso al hogar o al paraíso soñado. Icaria fue el nombre que dio CABET a una comunidad utópica en 1840. *(N. del T.)*

Cada islote que anuncia quien hace la vigía
es siempre un Eldorado que el Destino promete;
la Imaginación que prepara su orgía
sólo ve un arrecife a la luz matinal.

¡Oh, pobre enamorado de países quiméricos!
¿Habría que encadenar, que arrojar a la mar,
a ese marino ebrio, a ese inventor de Américas
cuyo espejismo hace más amargo el abismo?

Cuando viejo vagabundo que el barro pisotea,
sueña, nariz al viento, con radiantes edenes;
sus ojos hechizados descubren una Capua[301]
allí donde la vela sólo alumbra un chamizo.

III

¡Asombrosos viajeros! ¡Cuántas historias nobles
leemos en vuestros ojos profundos como el mar!
Mostradnos en los estuches de vuestras ricas memorias
esas joyas admirables, hechas de astros y éteres.

¡Deseamos viajar sin vapor y sin velas!
Para alegrar el tedio de nuestros calabozos,
haced que a nuestras almas, tendidas como velas,
pasen vuestros recuerdos orlados de horizontes.
Decidnos, ¿qué habéis visto?

IV

«Vimos astros
y olas; y arenales también;
y, a pesar de desastres y choques imprevistos,
con frecuencia nos hemos aburrido, como nos pasa aquí.

---

[301] Ciudad italiana, en la Campania, donde Aníbal descansó con su ejército en la campaña militar contra Roma. Simboliza aquí un lugar de descanso delicioso. *(N. del T.)*

La gloria del sol sobre la mar violeta,
la gloria de las ciudades cuando el sol se ocultaba,
encendían en nuestros corazones una agitada ansia
de hundirnos en un cielo de encantador reflejo.

Las más ricas ciudades, los paisajes más vastos
no presentaban nunca el mágico atractivo
que ofrecen los que forman el azar con las nubes,
¡y el eterno deseo nos seguía inquietando!

—El gozo da fuerzas al deseo.
Deseo, viejo árbol al que el placer abona,
mientras que tu corteza aumenta y se endurece,
¡tus ramas quieren ver al sol desde más cerca!

¿Crecerás siempre, gran árbol más vivaz
que el ciprés? —Sin embargo, os hicimos cuidadosos
diseños pensando en vuestro álbum insaciable y voraz,
¡hermanos que halláis bello cuanto viene de lejos!

Hemos saludado a ídolos con trompas;
y tronos constelados de joyas luminosas;
y palacios labrados cuya mágica pompa
sería para nosotros banqueros un sueño ruinoso;

vestidos que embriagan las miradas,
mujeres con los dientes y las uñas pintados,
y juglares expertos que acarician serpientes».

V

¿Y qué más, y qué más?

VI

«¡Oh mentes infantiles!
Para no olvidar la cosa capital,

por doquier hemos visto, sin haberlo buscado,
de lo alto a lo bajo de la escala fatal,
el tedioso espectáculo del inmortal pecado:

la mujer, vil esclava, orgullosa y estúpida,
que sin reír se adora y se ama sin repugnancia;
al hombre, tirano codicioso y duro libertino,
esclavo de la esclava y arroyo de albañal;

el verdugo que goza, el mártir que solloza;
la fiesta que sazona y perfuma la sangre;
el veneno del poder soliviantando el déspota,
y el pueblo enamorado del látigo que embrutece;

múltiples religiones iguales a la nuestra,
todas subiendo al cielo; la Santidad
buscando la voluptuosidad entre clavos y pinchos,
igual que un refinado sobre un lecho de plumas;

la Humanidad charlando, borracha de su genio,
y enloquecida ahora como lo estaba antaño,
gritando a Dios en su agonía furiosa:
"¡Yo te maldigo, mi dueño y semejante!"

Y los menos idiotas, atrevidos amantes de la Insania,
huyendo del rebaño que conduce el Destino,
¡se refugian en el inmenso opio!
—Tales son las eternas noticias de todo nuestro globo».

VII

¡Amargo es el saber que se adquiere en un viaje!
El mundo de hoy en día, monótono y pequeño,
de ayer, mañana y siempre, repite nuestra imagen:
¡un oasis de horror en un desierto de tedio!

¿Hay que partir?, ¿quedarse? Si puedes, quédate;
parte, si debes. Uno corre y otro se agazapa
tratando de engañar a ese enemigo vigilante y funesto
¡que es el Tiempo! Existen, ¡ay!, corredores sin tregua,

como el Judío errante y como los apóstoles
a quien nada basta, ni vagón ni navío,
para huir de este infame reciario[302]; hay otros
que consiguen matarlo sin su cuna dejar.

Cuando al fin ponga el pie sobre nuestro espinazo,
podremos esperar y gritar: ¡Adelante!
Igual que en otro tiempo partimos hacia China,
la vista mar adentro, los cabellos al viento,

surcaremos ahora el mar de las Tinieblas
con el alma feliz de un joven pasajero.
Escuchad esas voces, fascinantes y fúnebres,
que cantan: «¡Por aquí, los que queréis probar

el Loto perfumado[303]! ¡Aquí se recolectan
los frutos milagrosos que ansía nuestro espíritu!;
¡venid a emborracharos de la rara dulzura
de esta tarde constante que nunca tiene fin!».

Su acento conocido nos descubre al espectro,
allí están nuestros Pílades[304] tendiéndonos sus brazos.

---

302 Acertada analogía de las que tanto gustaban a Baudelaire. El poeta compara aquí el tiempo con un reciario, esto es, con un gladiador cuya arma principal era una red que lanzaba sobre su adversario a fin de envolverle e impedirle el uso de los miembros y los medios de defensa. *(N. del T.)*

303 Según la leyenda, quien comía la raíz del loto olvidaba su vida anterior. Según la *Odisea,* quien comía los frutos del país de los Lotófagos olvidaba su patria. *(N. del T.)*

304 Primo, amigo y consejero de Orestes. Personificación aquí de la amistad. El sentido del verso es que los amigos ya muertos nos llaman desde la otra orilla. *(N. del T.)*

«Si quieres refrescar tu corazón, ven nadando a tu Electra[305]!»
dice aquella cuyas rodillas besábamos antaño.

VIII

Oh, Muerte, vieja capitana, ¡es la hora!, ¡levemos el ancla!
Nos aburre esta tierra, ¡oh Muerte! ¡Aparejemos!
Si el cielo y el mar son negros cual la tinta,
¡nuestros corazones tú sabes que están llenos de rayos!

¡Derrama tu veneno y que él nos reconforte!
Hasta tal punto el fuego nuestros cerebros quema,
que queremos rodar al fondo del abismo, ¿qué importa
[Infierno o Cielo?,
¡al fondo de lo Desconocido para encontrar lo *nuevo!*

---

[305] Hija de Agamenón y de Clitemnestra, hermana de Orestes, que casó con Pílades. Personifica aquí a la esposa o a la mujer amada ya muerta. También suele simbolizar el amor fraternal llevado al heroísmo. *(N. del T.)*

LA FANFARLO

ESTUDIO PRELIMINAR

La Fanfarlo

Baudelaire debió escribir *La Fanfarlo* al año siguiente de regresar a París, tras su inacabado viaje a la India (1843). Tres años después, el poeta ha entablado ya relación con Jeanne Duval, la actriz mulata que marcaría en buena medida su destino. Ha dilapidado más de la mitad de la herencia de su padre, que recibiera al alcanzar la mayoría de edad. Frecuenta los cenáculos literarios del París de la época, donde ha conocido a Apollonie Sabatier, la mujer a quien idealizará en algunos hermosos poemas; se ha iniciado en el consumo de hachís, y ha tenido serios enfrentamientos con su padrastro y con su madre, que le han impuesto un administrador para que vele por el resto de sus bienes. Tiene veintiséis años, y ha dado a la luz pública dos libros de crítica de arte *(El Salón de 1845* y *El Salón de 1846);* tres poemas *(A una dama criolla, Don Juan en los infiernos* y *A una malabaresa),* que en su momento serán incluidos en *Las flores del mal*; tres fantasías humorísticas *(Selección de máximas consoladoras sobre el amor, Consejos a los jóvenes literatos* y *Cómo se pagan las deudas cuando se tiene genio)* y la traducción de un cuento histórico del irlandés Croly *(El joven hechicero),* que Baudelaire firma como propio. La *Revue des Deux Mondes* ha rechazado la publicación de *La Fanfarlo,* su primer —y único— relato original. Por fin, al necesitarse un cuento breve para completar la edición de una novela de J. Sandeau, el *Bulletin de la Societé des Gens de Lettres* —sociedad a la que pertenecía Baudelaire— da a conocer, en enero de 1847, el curioso relato del futuro autor de *Las flores del mal.* Dos años más tarde, esta obra será reeditada por otra revista literaria, y Asselineau y Banville la incluirán en el cuarto tomo de las *Obras completas* de Baudelaire, editadas después de la muerte del escritor.

Baudelaire, que, pese a considerar la novela un «género bastardo», frente a la supremacía del poema y de la historia, admirará los análisis psicológicos y sociológicos de los personajes de Balzac, y que está empezando a conocer los relatos fantásticos de Poe, parece decidido por estas fechas a dedicarse a la narrativa, un campo literario que, dada su precaria situación económica y los malos tiempos que corrían para la lírica, le puede reportar mejores beneficios que la poesía e incluso que la crítica artística. Así se lo comunica por carta a su madre a finales de 1847: «A partir del año nuevo, comienzo un nuevo oficio —es decir, la creación de obras de imaginación pura—, la novela. Es inútil que te demuestre aquí la gravedad, la belleza y el aspecto infinito de este arte. Como estamos hablando de cosas materiales, bástete con saber que, bueno o malo, todo se vende; no se trata más que de ser asiduo»[306].

Hoy sabemos que Baudelaire no volvería a escribir ningún otro relato, y que tampoco llegó nunca a culminar sus proyectos teatrales, aunque su excelente versión francesa o, mejor, su *recreación* de numerosas narraciones de Poe, que, a juicio de numerosos críticos, mejoran el original inglés, le hacen merecedor de ser tenido en cuenta, al menos como traductor, en la historia de la novela. Cabe suponer, con todo, que, de haber seguido esta senda, sus relatos, fieles a la preceptiva de Poe, hubiesen sido cortos. La razón la dejó escrita el propio Baudelaire: Frente a la novela, «el relato, más restringido, más condensado, goza de los eternos beneficios de la retención: su efecto es más intenso; y como el tiempo consagrado a la lectura de un relato es mucho menor que el necesario para la digestión de una novela, nada se pierde de la totalidad de ese efecto»[307].

Lo importante aquí es dejar constancia de que el poeta vislumbró que la novela y el cuento (lo que él llama «el relato») estaban destinados a ser el gran género literario de la época moderna, al menos en cuanto a los gustos del público se refiere, y que este género había experimentado una evolución —ya ini-

---

[306] «Cartas a la madre», en *Obras,* p. 1058. *(N. del T.)*

[307] «Théophile Gautier», en *El arte romántico, Obras,* pp. 720-721. *(N. del T.)*

ciada tímidamente en el siglo XVIII— que iría del mero hilván de episodios y aventuras o de la defensa de una tesis ejemplificada anecdóticamente, a una narración basada en el análisis psicológico de los personajes que intervienen en la acción dramática, o, por decirlo con una fórmula afortunada de Carles Riba, a «un juego concomitante de psicologías en movimiento»[308]. Ciñéndonos a la narrativa en lengua francesa, cualquier lector hallará singulares diferencias entre el *Candide* de Voltaire —uno de los autores más odiados por Baudelaire— y *La nouvelle Héloise* de Rousseau. No es disparatado decir que los análisis psicológicos sutiles y punzantes de los llamados «moralistas franceses» —La Rochefoucauld, La Bruyère, Vauvenargues—, cuyas ideas aparecen esporádicamente en textos baudelairianos, contribuyeron a poner de relieve la honda complejidad del ser humano. En el momento en que aparece *La Fanfarlo,* aún no ha escrito Flaubert su *Madame Bovary* ni *La educación sentimental,* pero Balzac constituía ya el *estado de cosas* de la narrativa. Las posibilidades de ésta son enormes, y —tal vez a su pesar— Baudelaire extiende acta de la amplitud ilimitada de su campo: «La novela y el relato tienen el privilegio de una flexibilidad maravillosa. Se adaptan a todas las naturalezas, comprenden todos los temas y persiguen, a su antojo, objetivos diferentes. Ya la búsqueda de la pasión, ya la búsqueda de lo verdadero; esta novela habla de la multitud, esta otra a los iniciados; ésta evoca la vida de las épocas desaparecidas y aquélla los dramas silenciosos que se representan en un solo cerebro. La novela, que ocupa un lugar tan importante junto al poema y la historia, es un género bastardo cuyo dominio verdaderamente no tiene límites. Como muchos otros bastardos, es un niño mimado de la fortuna, al que todo le sale bien. No sufre más inconvenientes y no conoce otros peligros que su infinita libertad»[309].

Por su ensayo *Las novelas y los dramas honestos* sabemos también que Baudelaire se oponía a que la novela —como el arte en general— se plegase a un objetivo moralizante, y que trató

[308] *Clàssics i moderns,* Ediciones 62, Barcelona 1979, p. 109. *(N. del T.)*

[309] *Loc. cit.* en nota 52, p. 720. *(N. del T.)*

de separar el cultivo de la belleza del «furor de honestidad», que como contrapunto a los delirios románticos, excesivamente cercanos todavía en el tiempo, afectó a las narraciones y a las piezas teatrales de su época. Dicho de otro modo, Baudelaire fue siempre un fiel defensor de la teoría del «arte por el arte», cuya búsqueda de la pureza formal era, a su vez, una reacción contra el utilitarismo de la ética burguesa y su estética pretendidamente realista. Esto no quiere decir que *La Fanfarlo* no sea una obra de tesis —de hecho, intenta ser un ajuste de cuentas con el romanticismo— y que no respondiera a las exigencias moralizantes del público burgués del momento. Una lectura superficial y rápida de este cuento puede hacer creer que el hipócrita Samuel Cramer sufre el castigo merecido a sus deshonestas actitudes, mientras que la señora de Cosmelly, la esposa abnegada y virtuosa, recibe finalmente el premio a sus desvelos y sinsabores. Esta primera lectura situaría a *La Fanfarlo* en el mismo nivel moralizante, por ejemplo, que *Pamela o la virtud recompensada,* de Samuel Richards... Sin embargo, como tendremos ocasión de ver, el relato de Baudelaire —pese a sus guiños de complicidad a las exigencias de la moral burguesa— reviste un desarrollo más complejo que la clásica narración maniquea de buenos y malos, saldada con el premio de los primeros y el castigo de los segundos. La inteligencia de su autor le obliga, en última instancia, a no incurrir en planteamientos tan simples.

La acción de *La Fanfarlo* es sumamente breve: el escritor Samuel Cramer encuentra por casualidad en París a una antigua compañera de la infancia y trata de conquistarla. El esposo de ésta ha entablado una relación amorosa con una bailarina de moda, y el excéntrico Cramer idea el rebuscado plan de arrebatar su amante al marido desleal, confiando en que esta acción le hará merecedor de los favores de su antigua compañera. Sin embargo, el escritor acaba enamorándose de la Fanfarlo y entablando con ella una relación de morbosa dependencia, mientras la honesta dama recupera a su esposo y envía una carta de gratitud puramente amistosa a su burlado pretendiente.

Se ha dicho —con razón— que el personaje de Samuel Cramer es un autorretrato del propio Baudelaire, o, mejor, una autocaricatura con la que el poeta trató de burlarse de sí mismo y de ahuyentar los fantasmas de su compleja psicología. Realmente, éste es el personaje mejor retratado, el único de quien conocemos su nombre y apellido. La bailarina sólo es designada por su nombre artístico y se nos ocultan deliberadamente los nombres de pila del matrimonio cuyas actitudes ponen en marcha la acción del relato. Además de los evidentes paralelismos físicos, psicológicos y literarios que existen entre el autor y el personaje de Samuel Cramer, en uno de los dibujos de Baudelaire, titulado también *La Fanfarlo,* se ve a la bailarina en dos posturas, y al margen el perfil del propio poeta. Del mismo modo, la pintura que hace el novelista ocasional de este personaje coincide con los retratos juveniles de Baudelaire que se conservan, y ello es extensible, en mayor grado aún, a los rasgos psicológicos: la tendencia a identificarse con los autores que se admiran y a considerar sus obras como propias, la indomable capacidad histriónica, las reacciones histéricas que llevan a exageraciones encaminadas a llamar la atención, la inclinación a «apasionarse por un amigo como por una mujer y a amar a una mujer como a un camarada», los largos períodos de reclusión en casa seguidos por etapas igualmente duraderas de disipación y de deambular sin objeto, la generosidad sin límites hacia amistades rápidas y repentinas, la fantasía morbosa, la doble propensión a la pereza y a embarcarse en empresas destinadas al fracaso, el autoanálisis enfermizo, el erotismo escindido entre la mujer honesta e inalcanzable y el atractivo irresistible hacia las mujeres fáciles y estúpidas, la importancia obsesiva que se concede a los recuerdos, la idealización de la infancia pasada, el gusto por el disfraz, el adorno y los cosméticos[310], la peculiar repugnancia respecto a la fecundación y el embarazo, el terror y el hechizo que suscita a un tiempo la gran ciudad, son, todos ellos, elementos característicos tanto de Baudelaire como de Samuel Cramer. Ambos han pasado parte de su segunda infancia en Lyon y comparten los mismos gustos en

[310] Cabe recordar aquí que Baudelaire escribió un «Elogio del maquillaje» (incluido en *El arte romántico, El pintor de la vida moderna),* en *Obras,* pp. 690-692, y que esta afición se trasluce en algunos de sus poemas, especialmente en el titulado «Las joyas», incluido en *Las flores del mal,* cit., pp. 107-108. *(N. del T.)*

materia de cocina, arquitectura, literatura, danza, lo que da motivo a digresiones que interrumpen el ritmo del relato y que revelan más al crítico de arte y al ensayista que al narrador. En ocasiones, la identificación de Baudelaire con su criatura es tan íntima, que, quebrantando la norma más elemental de la narrativa, el autor empieza a hablar en nombre propio y en primera persona entre la descripción de los gustos de Samuel Cramer. Por si fuera poco, la obra literaria de este último contiene algunos elementos de los poemas que en su día configurarán *Las flores del mal.* Ciertamente, *Las osífragas* —título del poemario de Cramer— incluye imágenes, ideas y sentimientos que, como la afición a los temas lúgubres y a las descripciones anatómicas, el canto a la mujer pura e ideal, alternando con la fascinación que despiertan las rameras, el afán por exacerbar los propios defectos, el pesimismo fatalista, el lenguaje religioso-moral centrados en la caída y el perdón a través de la catarsis del dolor, los hallamos, igualmente, en la producción baudelairiana. La misma imagen de la osífraga —ave de rapiña más conocida en el lenguaje castellano con el nombre de quebrantahuesos— para hacer referencia a la mujer despiadada que destruye al hombre a quien ha hechizado, tiene su parangón con la crueldad de las arpías que en el poema «Bendición» de *Las flores del mal* simbolizan a la amante del poeta:

Y cuando yo me aburra de estas farsas impías,
pondré sobre él mi débil y fuerte mano;
y mis uñas, semejantes a las uñas de las arpías,
sabrán hacerse un camino hasta su corazón.

El propio señor de Cosmelly —a quien sólo se nos retrata con breves pinceladas— presenta también algunas características del propio Baudelaire, como es el caso de su desmedida generosidad con los amigos, su facilidad para verse asaltado por el tedio y su afán de convertirse en un dandi. ¿Qué decir, en el mismo sentido, de la Fanfarlo, cuya identificación con los gustos de Cramer sirve al novelista para explicar el vínculo que acaba uniéndoles? Incluso la señora de Cosmelly —evidentemente contrafigura de Cramer y de la Fanfarlo— ofrece ciertas similitudes con el poeta en el aspecto de sus afanes de pureza y de redención. La antigua compañera de juegos sirve para evocar en Cramer el paraíso perdido de su infancia, un sentimiento de nostalgia que Baudelaire plasmó en su poema *Moesta et errabunda,* impregnado de ansias de evasión:

Pero el verde paraíso de los amores infantiles,
las excursiones, las canciones, los besos, los ramos de flores,
los violines vibrando detrás de las colinas,
con las jarras de vino, por la tarde, en los bosquecillos,
pero el verde paraíso de los amores infantiles,

el inocente paraíso, lleno de placeres furtivos,
¿está ya más lejos que la India y la China?
¡Podemos evocarlo con lastimeras voces,
y reavivar además con una voz argentina
el inocente paraíso, lleno de placeres furtivos!

La señora de Cosmelly es, además, un ser que sufre injustamente, una flor del bien, frente a esa «flor del mal» que representa la Fanfarlo, a quien la amoralidad confiere un hechizo irresistible. Su sinceridad espontánea termina desarmando la hipocresía de Cramer, que se ve forzado a responder a su necesidad de consuelo y de ayuda. Es de suponer que el soneto que le escribe el poeta se asemeja a algunos de los que Baudelaire dedicó a madame Sabatier, la «Venus blanca», la mujer idealizada que inspira sentimientos de elevación. Esta esposa abandonada es también un ser cuya virtud hace clarividente su mirada y cuya sensibilidad frágil y vulnerable constituye un arma poderosísima para lograr el triunfo final de sus aspiraciones. Como he dicho, esta creencia en la eficacia redentora del sufrimiento forma también parte de la compleja psicología de Baudelaire.

La Fanfarlo, por el contrario, es una mujer elevada a la categoría de ídolo, en cuya presencia el locuaz escritor no es capaz al principio de articular palabra. Representa la encarnación de la belleza, una belleza acrecentada y enriquecida por el artificio del adorno y el maquillaje, y por el ambiente de lujo que la rodea. Si la señora de Cosmelly es un «alma bella», la Fanfarlo es un cuerpo hermoso en un estado de estupidez casi animal, cuya voluptuosidad refinada se ha erigido en su guía estética, induciéndole a rodearse de objetos delicados y manjares exquisitos. Su alcoba —esa síntesis ambigua de un santuario y una casa de mala nota— constituye una prolongación de su misma sensualidad mortífera y fatal, y coincide con la «habitación desdoblada» que sueña Baudelaire bajo los efectos del láudano en uno de sus poemas en prosa.

Es evidente, pues, que Baudelaire modeló sus personajes extrayendo materiales de su propia alma. Esto da un aire de verosimilitud a sus criaturas, cuestión que preocupa extraordinariamente al inexperto narrador, quien parece haber pensado: «Si Cramer es igual a mí, ha de resultar verosímil». La obsesión por hacer que su historia tenga visos de realidad impulsa a Baudelaire a apelar a la autoridad de Diderot y a hacer un paréntesis —también aquí contra las reglas de la narrativa— para explicar y justificar psicológicamente, en medio del desarrollo de la acción, las actuaciones de sus personajes. No sabemos adónde hubiera llegado Baudelaire de haber orientado su producción literaria por el cauce de la narración, en lugar de hacerlo por el de la poesía lírica, pero en *La Fanfarlo* su extremado subjetivismo le impide responder a esa exigencia fundamental de todo buen novelista consistente en saberse poner en el lugar de otro, en crear personajes con psicologías ajenas y aun contrarias a la propia. Como todo buen poeta lírico, Baudelaire está demasiado encerrado en sí mismo para que el dibujo de sus criaturas no se base exclusiva y necesariamente en la proyección de sus propios rasgos. Ello no quiere decir que no sea capaz de crear una excelente prosa. Barrés llegó incluso a señalar que «puso en versos difíciles una prosa soberbia». De hecho, sus *Pequeños poemas en prosa* marcan la medida certera de lo que el poeta es capaz de conseguir cuando no se halla sometido a la esclavitud de la métrica y la rima. Algunos de esos cuadros en prosa —«El pastel», «Una muerte heroica», «La soga», «Retratos de amantes»— son en realidad el germen de otros posibles relatos. Pero estos espléndidos fragmentos constituyen una prueba más de que Baudelaire —como puede verse en «Las ventanas»— reconstruye siempre la historia de otro a partir de sí mismo, proyectándose en el prójimo para poder comprenderlo y compadecerlo.

Esta última idea nos ayuda a entender la ambigüedad de la relación que guarda Baudelaire con Samuel Cramer, pues el autor odia y ama, ridiculiza y compadece, denigra y exalta a su autocaricatura en un juego continuo de sentimientos confusos y ambivalentes. ¿Y no cabe aplicar a esta relación la misma actitud que Cramer mantiene consigo mismo, cuando después de sus alardes de superioridad, confiesa a la señora de Cosmelly que ha sido «el asco hacia todos y hacia sí mismo» lo que le ha inspirado sus poemas y solicita de ella que se compadezca de él? Por otra parte, la denuncia que Baudelaire hace de los efectos estilísticos de su personaje pierde eficacia cuando le vemos incurrir en lo mismo que critica: por ejemplo, exponer sus ideas con obstinación y ante el menor pretexto, entretenerse excesivamente en la descripción anatómica de la Fanfarlo —aunque su dibujo parezca una versión literaria de los cuadros de bailarinas pintadas por Degas— o incluir en la narración elementos típicamente románticos.

Cramer es, sin duda, un personaje complejo, el producto extravagante que resulta de mezclar la actitud contemplativa del alemán con el apasionamiento criollo y la vanidad francesa, a lo que se ha de unir el descender de un padre achacoso —circunstancia a la que también Baudelaire apelaba respecto a sí mismo para explicar las fragilidades de su persona. Por ello, el poeta que aparece en *La Fanfarlo* es un ser contradictorio, quizá lo que hoy llamaríamos un ciclotímico, que atraviesa etapas de indolencia, abatimiento y soledad, seguidas de períodos de pasión, de ansia de saber y de abrirse a otros seres, o de entregarse, sin pensarlo demasiado, a fantásticas empresas, pues «creía demasiado en lo imposible», lo que equivale a estar convencido de la posibilidad de hacer realidad sus ideales y de tener una idea clara de cuáles eran sus verdaderos sentimientos y pasiones. Esta valoración romántica de la sinceridad es, precisamente, lo que se cuestiona en la médula de este relato. Cramer es el poeta idealista condenado a fracasar irremediablemente en el nuevo mercado de valores impuesto por la sociedad burguesa, que atiza y acrecienta sus propias contradicciones personales. Baudelaire subraya hasta la saciedad este elemento central de la personalidad de Cramer al aplicarle expresiones paradójicas. Así, Samuel es un «ambicioso triste», un «ilustre erudito», un «presumido desaliñado», un «respetable desvergonzado», un «ateo furibundo», aunque aficionado a lecturas panteístas y místicas y con un pasado de ferviente religiosidad. Por sus palabras a la señora de Cosmelly sabemos que su romanticismo juvenil ha desembocado en una actitud agresiva e hipócrita, si bien su ingenuidad y el hecho de poseer «la lógica de los buenos sentimientos» hace que su cinismo resulte inofensivo y fácilmente vulnerable. Desde una perspectiva neitzscheana diríamos que la muerte de Dios le ha convertido en un precursor del existencialismo desilusionado, que ve con pesimismo lo absurdo y la inutilidad de todo esfuerzo, pero a quien un resto de sensibilidad cristiana le induce en ocasiones a creer en un ser providente, a esperar una vida mejor y a amar con toda la sinceridad de que es capaz, convencido de que ningún dolor puede verse sin recompensa.

Más allá de la intriga amorosa, *La Fanfarlo* es el relato de la evolución que se produce en el alma de Cramer. En su punto de partida, Samuel es un romántico que sigue «creyendo en su público y en sus pasiones». A veces, claro está, la satisfacción de éstas le impide ser sincero, pero su ingenuidad, su vanidad, su necesidad de compasión desarman rápidamente esa hipocresía y dejan ver a las claras su carácter de máscara. De ahí que el apasionado manifiesto literario que lanza en un primer momento a la señora de Cosmelly, se convierta enseguida en sincera confidencia, lo que permite a la dama entrever la posibilidad de utilizar a aquel audaz y crédulo personaje para el logro de sus propios fines. De la misma manera, la espontaneidad con que, al final de la novela, confiesa Cramer a la Fanfarlo el motivo que le impulsó a conquistarla, le expone, desarmado, a la futura venganza de la mujer herida en su amor propio. En ambos casos, el pretendido conquistador se convierte en víctima: la señora de Cosmelly se vale de él para recuperar a su marido y la Fanfarlo se beneficia del vínculo irrompible con que se ha unido a ella para asegurarse una vejez decorosa y respetable. La presunta moralina del relato se disuelve, así, en el choque de unas voluntades débiles (la de Cramer y la del propio señor de Cosmelly) que son instrumentalizadas al servicio de las voluntades auténticamente fuertes, pese a toda apariencia: las de la señora de Cosmelly y de la Fanfarlo. La primera hace uso de todos los recursos de que dispone el lenguaje moral (hacerse la víctima, inspirar compasión, mostrar abnegación y entrega presuntamente desinteresada, exponer sus dolores, alegar ignorancia, halagar al contrario, intentar justificarse en virtud de su inmenso amor, culpabilizar a su esposo y culpabilizarse a ella misma para que la vergüenza de su marido no le aleje de ella, mostrar compasión por el pecador). El lector sabe que, en buena medida, el orgullo herido y el deseo de mantener su situación de mujer casada a toda costa constituyen los auténticos móviles que la llevan a recuperar a su marido. Cabe suponer que el amor que sentirá en lo sucesivo por su esposo, tras el desliz y los sufrimientos que se nos cuentan en la novela, tendrá también ese «fondo de rencor» que tiñe el de la Fanfarlo hacia Cramer cuando se entera del motivo de su conquista. Por otra parte, el hecho de que su marido vuelva con ella sólo después de haberle traicionado la Fanfarlo y sintiéndose culpable y avergonzado, no asegura en modo alguno la felicidad de la pareja. Al hastío que al señor de Cosmelly le producía su esposa se une ahora su sentimiento de humillación ante ella. El triunfo de la abnegada esposa —concesión del autor al moralismo de la época— queda en entredicho si examinamos a fondo la situación psicológica de los personajes y su previsible futuro.

Las armas de la Fanfarlo son radicalmente opuestas a las de la señora de Cosmelly, pero igualmente eficaces: la coquetería, que resulta definitiva en el caso de la bailarina, constituye un estruendoso fracaso en manos de la esposa abandonada. La primera es diestra en el arte de encantar a los hombres; apenas la oímos hablar, pero sabemos que su hechizo radica en la belleza de su cuerpo y en el mundo de exquisito lujo que su ropa, sus comidas, su casa evocan en individuos imaginativos como Cramer. Más que de ella, Samuel se enamora de lo que simboliza —el triunfo definitivo sobre el fracaso y las estrecheces y miserias en que le sumen su oficio de poeta y su incapacidad psicológica para tener éxito en algo— y del ídolo soñado que la exaltada imaginación de Cramer construye en su mente sobre la base de los elementos que le procura la Fanfarlo, Por eso, aun encontrándose con la bailarina, Samuel «se hallaba a solas en su paraíso, un paraíso que nadie podía compartir con él». He aquí la extrema debilidad del hombre enamorado de un sueño que cada vez irá teniendo menos apoyatura en la realidad, cuando la Fanfarlo pretenda parecerse progresivamente a lo que representa la señora de Cosmelly: una dama relegada a un segundo plano, que aspira a ser un mero reflejo de las glorias de su amante, convirtiéndose en la madre rolliza de dos gemelos y obligando a Cramer a ganar dinero con sus publicaciones y al ministerio a que le conceda el reconocimiento público de sus méritos. Tal es la venganza de la bailarina cuando se entera de que ha sido instrumentalizada por el pretendiente de la honesta esposa. Advierta el lector la ironía de Baudelaire cuando pone en boca de dos personas tan contrapuestas como la Fanfarlo y la señora de Cosmelly una lamentación similar: «¡Pobres de nosotras las mujeres!» y «¡Qué desgraciadas somos las mujeres!».

Pero volvamos a Cramer. El hombre que creía románticamente en sus pasiones y en la posibilidad y la eficacia de la sinceridad, termina en el relato cuestionando sus propios fundamentos: «¿Son realmente sinceras nuestras pasiones? ¿Quién puede saber con seguridad lo que quiere y conocer a la perfección el barómetro de su corazón?». Este interrogante final, especie de contramoraleja, que explica, en cierto modo, el cambio de Samuel cuando se ve cegado por su pasión hacia la Fanfarlo, y que constituye una certera lanzada contra las creencias ingenuas del romanticismo, obliga a releer el cuento desde la clave del malentendido que afecta a las actuaciones de los personajes. ¿Estaba realmente enamorado Samuel Cramer de la señora de Cosmelly o sólo veía en ella un elemento que le permitía recuperar mediante el recuerdo el hechizo de su infancia idealizada? ¿No adereza los presuntos atractivos de esta dama con la recreación imaginativa y solitaria de aquellos años felices? Reparemos en la rapidez con que Cramer olvida sus primeros propósitos respecto a la señora de Cosmelly, cuando la bailarina se presenta ante él con toda la plenitud de su cuerpo, de sus adornos y de su arte. Sólo entonces comprende el lector la actual incompatibilidad existente entre los dos antiguos amigos. Conforme se nos dan más datos del poeta, vamos viendo que Cramer no podría haber sido feliz con una mujer que es capaz de ofrecer «el té más exquisito del mundo en una tetera muy modesta y desportillada», que considera un atrevimiento excesivo el que una mujer use colorete —uno de los factores fundamentales para lograr la belleza, según Samuel Cramer— que, con criterios de utilidad burguesa, explica a Cramer la pérdida de tiempo que supone escribir sonetos a personas que «dicho sea en honor de ellas, dedicarán menos tiempo a leerle a él que a tejer calcetines o guantes para los pies o las manos de sus hijos», por no hablar ya de reservar lo mejor de su poesía para cantar a ignorantes mujerzuelas, y que aconseja, en suma, a su pretendiente que emplee su talento en «ensalzar la salud y las alegrías del hombre honrado», es decir, que someta su arte a las exigencias de la moral reinante. ¿No es Cramer el contrapunto de la señora de Cosmelly, pese a los rasgos baudelairianos que antes veíamos en ella? El lazo de la infancia compartida que los une crea entre ellos un malentendido: ambos piensan que su pasado común les permite lograr beneficios del otro: él, los favores amorosos de ella; ella, la recuperación de su esposo mediante la intervención del amigo. En este sentido, su presunto amor o amistad se diluye en el juego de un malentendido. Propiamente hablando, ni siquiera dialogan: cada uno aprovecha la presencia del otro para hacerle la confidencia de sus dolores solitarios, sin dejar intervenir al que escucha, porque sus opiniones no le importan lo más mínimo.

Cuando Cramer le sugiere que quizás nuestras pasiones resulten falsas y que posiblemente sea nuestra miopía quien nos hace ver hermosos los rostros y nuestra ignorancia bellas las almas, sin saberlo, ha cuestionado el quebradizo fundamento del amor que la señora de Cosmelly dice sentir por su esposo y que posteriormente sabemos que nació de la ignorancia. La señora de Cosmelly se casó con un hombre de quien lo único que conocía era el sinfín de rasgos de generosidad que contaban las gentes: es decir, había unido su vida al fantasma creado por su imaginación juvenil, inexperta e ignorante. Una vez convertida en su mujer «ante Dios y ante la ley», su amor creció extraordinariamente hasta el extremo de hastiar a su marido y llevarle a buscar fuera de su hogar pasiones menos convencionales.

En cuanto a la Fanfarlo, lo primero que la impulsa hacia Cramer es la curiosidad: quiere conocer al hombre que denigra lo que todos alaban. Luego, se siente impresionada por la exquisita sensualidad y el extraño lenguaje de un hombre distinto a todos los que ha conocido y consiente en ser la encarnación de la mujer que el poeta ideara en sus sueños. Finalmente, cuando la bailarina cree tener asegurada la pasión de su admirador y le ama «con un fondo de rencor», se convierte en la antítesis de sí misma y fuerza a Cramer a tener hijos y a escribir por puro beneficio económico. En consecuencia, ninguno de los personajes del relato ha amado con la total sinceridad y desinterés en que creía el mito romántico. Pero, ¿acaso permite la profunda complejidad psicológica de los seres humanos experimentar esa forma pura y genuina del amor? Ésta es la cuestión que se plantea implícitamente en los párrafos finales de la novela y que lanza una mirada de sospecha sobre el sentimiento y la pasión más claramente románticos.

Desde esta perspectiva, en la obra ya no existen culpables ni inocentes, premiados ni castigados, sino complicadas personalidades que se ven enredadas en un juego de malentendidos e intereses. Por todo ello, *La Fanfarlo* se encuentra impregnada de la peculiar ambigüedad que singulariza a toda la producción literaria de Baudelaire. Lo que a simple vista no es más que un fresco de la época, un relato erótico mundano o una conmovedora caricatura, presenta, cuando se analiza con mayor atención, un enfoque y un desarrollo que convierten a este breve relato en un preciado material que debe tenerse en cuenta al estudiar el legado artístico del poeta francés. En suma, pese a sus defectos formales, *La Fanfarlo* se aleja de los dogmas del romanticismo y se adentra, con tímidos andares, en el terreno de la narrativa contemporánea.

Enrique LÓPEZ CASTELLÓN.

La Fanfarlo

Samuel Cramer, que en otra época —en los buenos tiempos del Romanticismo— había firmado con el seudónimo de «Manuela de Monteverde» algunas locuras románticas, es el fruto contradictorio de un blanquecino alemán y de una morena chilena. Añádase a este doble origen una educación francesa y una cultura literaria, y quedaremos menos sorprendidos —ya que ni complacidos ni edificados— ante las complejidades de su extravagante carácter. Samuel tiene la frente pura y noble, los ojos brillantes como dos gotas de café, la nariz provocativa y burlona, los labios impúdicos y sensuales, el mentón despótico y cuadrado, la cabellera pretenciosamente rafaelesca. A la vez, es un completo holgazán, un ambicioso triste y un ilustre desdichado, pues sólo ha tenido en su vida ideas a medias. El sol de la pereza, que luce continuamente en su interior, le evapora y consume el mediano genio que el cielo le ha otorgado. De todos los hombres medianamente grandes que he conocido en esta terrible vida parisiense, Samuel ha sido, más que ningún otro, el hombre de las grandes empresas fracasadas; una criatura fantasiosa y enfermiza, cuya poesía resplandece más en su persona que en sus obras. A la una de la madrugada, con el resplandor de los carbones encendidos y el tictac del reloj, se me antoja siempre que es el dios de la impotencia —un dios moderno y hermafrodita—, de una impotencia tan enorme y colosal que llega a resultar épica.

¿Cómo describir con toda claridad esta naturaleza tenebrosa, iluminada por vivos relámpagos —perezosa y emprendedora a la vez—, fecunda en difíciles proyectos y en ridículos fracasos, este espíritu en quien la paradoja adquiere con frecuencia el aire de la ingenuidad y cuya imaginación es tan grande como su soledad y su pereza absolutas? Una de las rarezas más corrientes de Samuel es la de considerarse igual a aquellos a quien admira. Tras la lectura apasionada de un hermoso libro, su conclusión involuntaria es: «¡Esto es tan bueno que podría ser mío!». Y de ahí a pensar «por consiguiente, es mío», no hay más que un paso.

Hoy en día esta clase de caracteres es más frecuente de lo que se cree; las calles, los paseos, las tabernas y todos los lugares que albergan la vagancia hormiguean de seres de esta naturaleza. Y ellos se identifican tanto con el nuevo modelo, que acaban pensando que lo han inventado. Hoy los vemos descifrando penosamente los textos místicos de Plotino o de Porfirio[311]; mañana admirarán lo bien que ha plasmado Crébillon, hijo, el aspecto inconstante y francés de su carácter[312]. Ayer conversaba familiarmente con Jerôme Cardan; hoy les entretiene Sterne o se lanzan con Rabelais a todos los excesos de la hipérbole[313]. Además, son tan felices en cada una de sus metamorfosis, que no les inquieta lo más mínimo que todos esos grandes hombres se les hayan adelantado en la estima de la posteridad. ¡Ingenua y respetable desvergüenza! Así era el pobre Samuel.

Hombre de muy buena familia, aunque algo granuja por entretenerse; su naturaleza de comediante le llevaba a representar para sí mismo y a puerta cerrada incomparables tragedias o, mejor dicho, tragicomedias. Debo señalar que a nuestro hombre le encantaba el jolgorio y que, cuando se sentía alegre, se echaba a

---

[311] PLOTINO *(c.* 205-270), filósofo nacido en Egipto, de padres romanos, que reinstauró la filosofía de Platón. Escribió las *Enneadas,* donde sostuvo que Dios es lo Uno, el bien, la perfección, del que sólo cabe decir lo que no es, no lo que es; que no hay creación, sino emanación, y que las almas particulares integran el alma del mundo. Influyó en las corrientes filosófico-místicas que defendieron un panteísmo evolutivo. Su discípulo Porfirio se hizo cargo de la escuela y de la publicación de su obra tras la muerte del maestro. Sus doctrinas difieren de las de Plotino en que éste veía el mal en las cosas y su discípulo en el alma, por lo que defendió un ascetismo purificador. Su obra *Isagogue* o *Introducción* influyó enormemente en la filosofía medieval. *(N. del T.)*

[312] CLAUDE PROSPER JOLYOT DE CRÉBILLON (1707-1777), escritor francés que nació y murió en París, autor de novelas de estilo elegante en las que describe la corrupción de la alta sociedad de su época, como *Egaremenets du coeur et de l'esprit*. Su padre cultivó el teatro trágico en verso y fue considerado rival de Voltaire. *(N. del T.)*

[313] CARDAN O CARDANO (1501-1576), médico, filósofo y matemático italiano, que ganó fama con la fórmula que lleva su nombre para resolver algebraicamente las ecuaciones de tercer grado. LAURENCE STERNE (1713-1768) es el famoso autor de *Vida y opiniones del caballero Tristan Shandy,* cuyos pasajes, considerados escandalosos en su época dado el carácter eclesiástico del novelista, indignaron a la crítica moralista. Creó un nuevo estilo de literatura «sentimental» en su *Viaje sentimental por Francia e Italia.* FRANÇOIS RABELAIS (1494?-1553) es una de las grandes figuras literarias del Renacimiento en Francia, principalmente por su novela *Gargantúa* y *Pantagruel. (N. del T.)*

reír a carcajadas. Si alguna pena hacía brotar una lágrima de sus ojos, se iba inmediatamente a verse llorar en un espejo. Cuando en un ataque de celos brutal e infantil una muchacha le hacía un arañazo con una aguja o un cortaplumas, Samuel se vanagloriaba como si hubiese recibido una puñalada, y cuando debía veinte mil miserables francos, exclamaba alegremente: «¡Qué triste y lamentable es la suerte del genio acosado por un millón de deudas!».

Sin embargo, no creamos que era incapaz de tener verdaderos sentimientos ni que la pasión sólo le rozaba la epidermis. Hubiese vendido su camisa para ayudar a alguien sin conocerle apenas y al que habría convertido en su mejor amigo con sólo mirarle la frente y las manos. Ante las cuestiones del alma y del espíritu adoptaba la típica actitud contemplativa del alemán; en las de la pasión, el ardor impulsivo y cambiante de su madre, y en la vida práctica, todas las exageraciones de la vanidad francesa. Se hubiera batido en duelo por defender a un autor o a un artista muerto dos siglos antes. Era un ateo apasionado, después de haber sido un devoto furibundo. Se sentía identificado a un tiempo con todos los artistas que había estudiado y con todos los libros que había leído, pero, a pesar de esta capacidad de comediante, se creía profundamente original. En cualquier caso, siempre era el dulce, el fantasioso, el indolente, el terrible, el erudito, el ignorante, el desaliñado, el presumido Samuel Cramer, la romántica «Manuela de Monteverde». Se apasionaba por un amigo como por una mujer y amaba a una mujer como a un camarada. Poseía la lógica de todos los buenos sentimientos y la esencia de todas las pillerías, pese a lo cual nunca tuvo éxito en nada, porque creía demasiado en lo imposible. No hay cosa asombrosa que él no fuera capaz de concebir.

Una hermosa y perfumada tarde le dieron ganas de salir a la calle. Dada su tendencia natural a lo excesivo, tenía hábitos de enclaustramiento y de disipación igualmente violentos y duraderos, y desde mucho tiempo atrás no salía de su casa. La indolencia materna, la holgazanería criolla que corría por sus venas, hacía que no le resultara insoportable el desorden de su cuarto, de su ropa y de sus sucios y enmarañados cabellos. Se lavó, se peinó, se puso un traje y adquirió con él la seguridad de las personas en quienes la elegancia es algo totalmente natural; luego, abrió una ventana. Un día cálido y dorado penetró en el cuarto polvoriento. Samuel se admiró de lo rápido que había llegado la primavera sin anunciarse. Un aire tibio e impregnado de aromas, le entró por las fosas nasales, y una parte del mismo subió hasta su cerebro, llenándolo de sueños y deseos, mientras otra le removía desordenadamente el estómago, el hígado y el corazón. Apagó, resuelto, las llamas de dos velas: una palpitaba aún sobre un volumen de Swedenborg[314] y la otra languidecía sobre uno de esos libros vergonzosos, cuya lectura sólo beneficia a los espíritus poseídos por un ansia inmoderada de verdad.

Desde la cumbre de su soledad, repleta de papeles, empedrada de libros y poblada de sueños, Samuel había reparado con frecuencia, al pasear por una de las avenidas del Luxemburgo[315], en un porte y un rostro que le habían gustado cuando vivía en provincias, a esa edad en que se ama el amor. Aunque abonados y madurados por varios años de experiencia, sus rasgos tenían la gracia profunda y discreta de la mujer decente, pero en el fondo de sus ojos brillaba aún, en ciertos momentos, la húmeda fantasía de una chiquilla. Iba y venía, habitualmente escoltada por una criada bastante elegante, cuya cara y aspecto revelaban que era más bien una confidente y una dama de compañía que una sirvienta. Parecía buscar los lugares más alejados y se sentaba tristemente, como una viuda, llevando distraídamente en la mano un libro que nunca leía.

Samuel la había conocido en los alrededores de Lyon, cuando era joven, juguetona, vivaz y más delgada. A fuerza de mirarla y, por así decirlo, de reconocerla, había ido recuperando, uno a uno, todos los pequeños recuerdos que su imaginación relaciona-

---

[314] EMANUEL SWEDENBORG (1688-1772), místico, filósofo y científico sueco. Su doctrina inspiró, poco después de su muerte, la creación de una Iglesia llamada «Nueva Jerusalén», cuyos miembros afirmaban tener una visión directa del mundo espiritual. Baudelaire admiraba su obra y creía en algunas de sus extravagantes ideas. *(N. del T.)*

[315] Se refiere al Jardín de Luxemburgo, que se extiende en París delante del palacio del mismo nombre. Tras la Revolución, se suprimió el convento de cartujos que lo limitaba, por lo que el jardín fue agrandado hasta convertirse en uno de los más hermosos paseos de la capital francesa, siendo un armonioso lazo de unión entre el barrio de Saint-Sulpice y el barrio Latino. *(N. del T.)*

ba con ella y se había narrado a sí mismo, detalle por detalle, todo aquel romance juvenil, que luego se perdería entre las preocupaciones de su vida y el laberinto de sus pasiones.

Esa tarde le saludó, pero con una mirada más atenta e insistente; y, al pasar por su lado, oyó tras él este trozo de diálogo:

—Marinette, ¿qué le parece ese joven?

Pero esto dicho en un tono tan distraído, que ni el observador más malicioso hubiera podido reprochar nada a la dama.

—Me parece muy bien, señora. ¿Sabe usted que es el señor Samuel Cramer?

—¿Y usted cómo lo sabe? —preguntó ella en tono más severo.

* * *

De ahí que, al día siguiente, Samuel se apresurara a llevarle el pañuelo y el libro que había encontrado en un banco y que ella no había perdido, pues estaba cerca de estos objetos observando a unos gorriones que se disputaban unas migajas o absorta al parecer en la contemplación de la actividad interna de la vegetación. Como sucede a menudo entre dos seres cuyos destinos cómplices hacen que sus almas se muevan al mismo compás, cuando Samuel inició bruscamente la conversación, tuvo la rara suerte de encontrar a una persona dispuesta a escucharle y contestarle.

—¿Tengo acaso, señora, la dicha de seguir ocupando un lugar en su memoria? ¿O he cambiado tanto que no reconoce en mí al compañero de la infancia, con quien se dignó jugar al escondite y hacer novillos?

—Una mujer —respondió la dama con una ligera sonrisa— no tiene derecho a reconocer tan fácilmente a las personas; por eso le agradezco, caballero, que se haya adelantado a ofrecerme la ocasión de evocar esos hermosos y alegres recuerdos. Además, contiene cada año tantos sucesos y pensamientos... que me parece que han transcurrido muchos desde entonces...

—De esos años —continuó Samuel—, unos han pasado para mí muy lentos y otros muy rápidos, pero todos me han resultado igualmente crueles.

—¿Y la poesía? —preguntó la dama con una sonrisa en los ojos.

—¡Siempre, señora! —respondió Samuel riendo—. Pero, ¿qué estaba usted leyendo?

—Una novela de Walter Scott.

—Ahora me explico sus frecuentes interrupciones. ¡Qué escritor más aburrido![316] ¡Un polvoriento desenterrador de crónicas! ¡Un monótono conjunto de descripciones baratas, un montón de trastos viejos y de cachivaches de todo tipo: armaduras, cacharros, muebles, posadas góticas y castillos de melodrama, por los que se pasean marionetas vestidas con jubones y casacas de colores; unos personajes manidos que dentro de diez años no interesarán a ningún plagiario quinceañero; castellanas imposibles y enamorados totalmente faltos de actualidad; ni una sola verdad en asuntos del corazón, ni una filosofía de los sentimientos...! ¡Qué diferencia con nuestros buenos novelistas franceses, en quienes la pasión y la moral priman siempre sobre la descripción material de los objetos! ¿Qué importa que la dama lleve gorguera, miriñaque o guardapiés Oudinot[317], si solloza o traiciona con toda propiedad? ¿Acaso nos interesa más el amante que lleva un puñal en el chaleco en lugar de una tarjeta de visita? ¿Inspira menos temor poético un déspota de levita negra que un tirano revestido de cuero y de hierro?

Como puede comprobarse, Samuel pertenecía a esa clase de personas absorbentes, a esos hombres insoportables y apasionados cuya profesión se trasluce siempre en sus conversaciones y que no pierden la ocasión —aunque se trate de improvisar una ida a la sombra de un árbol o en la esquina de una calle como un trapero— de exponer sus opiniones con obstinación. Entre los viajantes de comercio, los industriales errantes, los promotores de sociedades anónimas y los poetas no hay más diferencia que

---

[316] Novelista y poeta escocés, creador y maestro de la novela histórica (1771-1832). Autor, entre otras muchas obras, de *El anticuario, Cuentos de mi mesonero, La leyenda de Montrose, Ivanhoe, El pirata, Quentin Durward, El guantelete rojo, Cuentos de los cruzados, El talismán,* etc. *(N. del T.)*

[317] Atavíos femeninos de distintas épocas, estando de moda el último de ellos —un vestido que bajaba hasta los pies y que tomó el nombre del famoso general que se distinguió en las guerras de la Revolución y del Imperio— en la época en que se desarrolla este relato. *(N. del T.)*

la existente entre la publicidad y la predicación, pues el vicio de predicar es totalmente desinteresado.

Con todo, la dama respondió simplemente:

—Mi estimado Samuel, no soy más que público, lo que basta para decirle que mi alma es ingenua. Por eso me resulta tan fácil encontrar placer en algo. Pero hablemos de usted; me gustaría que me juzgara digna de leer alguna obra suya.

—Pero, señora ¿cómo sabe usted que...? —preguntó con torpe vanidad el sorprendido poeta.

—El encargado de la biblioteca pública dice que no le conoce.

Y sonrió con dulzura, como tratando de paliar el efecto de esta pasajera mortificación.

—Señora —dijo Samuel sentenciosamente—, el verdadero público del siglo XIX lo constituyen las mujeres; su voto haría de mí un poeta más grande que el que me dieran veinte academias.

—Pues bien, caballero, cuento con su promesa. Mariette, mi chal y mi sombrilla. En casa estarán impacientes. El señor regresa temprano.

Y le hizo un saludo graciosamente breve que no tenía nada de comprometedor y cuya familiaridad no excluía la dignidad.

Samuel no se sorprendió de encontrar a un antiguo amor de juventud sometido al vínculo conyugal. En la historia universal del sentimiento, esto es cosa de rigor. Ahora se llamaba señora de Cosmelly y vivía en una de las calles más aristocráticas del barrio de Saint-Germain.

Volvió a encontrarla al día siguiente con la cabeza inclinada hacia las flores del parterre y una melancolía casi estudiada; le ofreció su libro *Las osífragas*[318], un conjunto de sonetos como todos los que hemos escrito y leído en la época en que teníamos el juicio corto y los cabellos largos.

Samuel sentía una viva curiosidad por saber si sus *osífragas* habían cautivado el corazón de aquella bella melancolía y si los gritos de estos malvados pajarracos habían hablado en su favor;

---

318 En francés, *Orfraies,* osífragas o quebrantahuesos, la mayor de las aves de rapiña de Europa. He preferido mantener el término derivado del latín *(ossifragus,* de *os,* hueso, y *frangere,* quebrantar), admitido en castellano, y conservar el femenino, por entender que respeta mejor el sentido del autor. *(N. del T.)*

pero días después le dijo ella con una inocencia y una sinceridad desesperantes:

—Caballero, no soy más que una mujer y, en consecuencia, mi juicio vale muy poco, pero me parece que las tristezas y los amores de los escritores no se parecen en nada a las tristezas y a los amores del resto de los hombres. Usted dirige galanterías muy finas sin duda y de un gusto exquisito a señoras a quienes aprecio lo suficiente para saber que deben sentirse molestas; canta usted la belleza de las madres con un estilo que debe privarle del favor de sus hijas; declara usted públicamente que le enloquecen el pie y la mano de una señora que, dicho sea en honor de ella, dedicará menos tiempo a leerle a usted que a tejer calcetines o guantes para los pies o las manos de sus hijos. Pero con un rarísimo contraste, cuya razón no he llegado a comprender, reserva usted su más místico incienso para extrañas criaturas que leen todavía menos que las señoras, y se queda platónicamente extasiado ante sultanas de medio pelo que ante el aspecto delicado de un poeta deben abrir los ojos como platos, al igual que animales que se despertaran en medio de un incendio. Ignoro, además, por qué se siente tan atraído por los temas fúnebres y las descripciones anatómicas. Cuando se es joven y se tiene, como usted, un gran talento, junto con todas las condiciones necesarias para ser feliz, me parece más natural ensalzar la salud y las alegrías del hombre honrado que dedicarse a lanzar anatemas y a hablar con las *osífragas*.

—Compadézcame, señora —respondió él—, o, mejor, compadézcanos, pues tengo muchos hermanos de mi condición. Ha sido el asco hacia todos y hacia nosotros mismos lo que nos ha llevado a esas ficciones. Desesperados por no poder ser nobles y buenos mediante recursos naturales, hemos disfrazado nuestros rostros de esa forma tan extravagante. Nos hemos dedicado a sofisticar tanto nuestros corazones, hemos abusado tanto del microscopio para estudiar las repugnantes excrecencias y las vergonzosas verrugas que nos cubren (y que nos gusta exagerar), que nos resulta imposible hablar el lenguaje de los demás hombres. Ellos viven por vivir, y nosotros, ¡ay!, vivimos para saber. Ése es todo el misterio. Lo único que hace el tiempo es dañar los dientes y los cabellos; nosotros hemos cambiado el acento de la naturaleza, hemos ido despojándonos poco a poco de los virginales pudores que alzaba nuestra conciencia de personas decentes. Hemos hecho análisis psicológicos, como los locos, que aumentan su locura cuando se afanan en comprenderla. Los años sólo debilitan las piernas, pero nosotros hemos deformado las pasiones. Malditos sean, malditos sean mil veces los padres achacosos que nos hicieron raquíticos y desgraciados, predestinándonos a no engendrar más que criaturas y obras que mueren antes de nacer.

—¡Más *osífragas!* —dijo ella—; ¡vamos, deme su brazo y admiremos esas pobres flores a quienes la primavera hace tan felices!

Pero en lugar de admirar las flores, Samuel Cramer, que se sentía elocuente, se puso a recitar en prosa algunas desafortunadas estrofas que había escrito años atrás. La dama le dejaba hablar.

—¡Qué diferente y qué poco es lo que queda de un hombre, a excepción del recuerdo! Pero el recuerdo no es más que un nuevo sufrimiento. ¡Qué maravillosa era aquella época en que no nos despertábamos por la mañana con las rodillas hinchadas o doloridas a causa del cansancio del sueño, cuando nuestros ojos brillantes sonreían a la naturaleza entera, cuando nuestra alma no razonaba, sino que se limitaba a reír y a disfrutar; cuando suspirábamos suavemente, sin alharacas ni orgullo! ¡Cuántas veces, dando rienda suelta a la imaginación, he soñado con una de esas bellas tardes de otoño en que las almas jóvenes se expanden como esos árboles que crecen varios palmos con la velocidad del rayo! Entonces veo, siento, entiendo; la luna despierta a las mariposas grandes; el viento, cálido, abre los dondiegos de noche[319]; el agua se duerme en los estanques. Entonces el alma escucha los valses rápidos que surgen de un piano misterioso. Entran por la ventana los aromas de la tormenta; es el momento en que los jardines se visten de rosa y de blanco sin temor a mojarse. Los matorrales se enganchan con placer en las faldas al pasar, los

[319] Planta ornamental de agradable olor, originaria de Perú, cuyas flores sólo perfuman de noche y se cierran al salir el sol, por lo que era muy apreciada por los noctámbulos románticos. *(N. del T.)*

cabellos castaños y los rizos rubios se mezclan en un torbellino. ¿Recuerda aún, señora, aquellos grandes montones de heno por los que tan rápidamente se deslizaba, aquella anciana nodriza, tan lenta al perseguirle, y aquella campana tan veloz al llamarla al comedor, bajo la atenta mirada de su tía?

La señora de Cosmelly interrumpió a Samuel con un suspiro; quiso hablar para rogarle sin duda que se detuviera, pero él ya había retomado la palabra:

—Lo más desolador es que todo amor tiene siempre un mal final; cuanto más sublime y alado ha sido su principio, más desgraciado resulta. No hay sueño ni ideal que no acabe con un bebé glotón colgado del pecho; no hay hogar ni casita deliciosa o ignorada a los que no termine demoliendo la piqueta. Y eso que esta destrucción es sólo material, porque hay otra peor y más íntima, que ataca a las cosas invisibles. Imagínese que en el momento en que se apoya en el ser que ha elegido y le dice: «¡Volemos juntos hasta alcanzar el cielo!», le llegará a los oídos una voz implacable y severa susurrándole que nuestras pasiones son falsas, que es nuestra miopía quien nos hace ver hermosos los rostros y nuestra ignorancia bellas las almas, y que ha de venir un día en que, para la mirada más clarividente, el ídolo no será más que un objeto, no de odio, sino de estupor y de desprecio.

—¡Caballero, por favor! —exclamó la señora de Cosmelly.

Era evidente que se había emocionado. Samuel advirtió que había puesto el dedo en una antigua llaga e insistió con crueldad:

—Señora, los dolores saludables del recuerdo tienen sus encantos, y ese sufrimiento embriagador reporta a veces un alivio. Ante esa fúnebre advertencia, todo alma leal exclama: «Señor, llévame de este mundo con mi sueño intacto y puro; quiero entregar a la naturaleza mi pasión con toda su virginidad y poder ostentar en la otra vida mi corona sin marchitar». Además, las consecuencias de la desilusión son terribles. Los hijos enfermizos que engendra un amor agonizante no son otros que un triste desenfreno y una odiosa impotencia. Y tanto el desenfreno espiritual como la impotencia del corazón hacen que se viva sólo por pura curiosidad y que se muera uno a diario de cansancio. Todos nos parecemos al viajero que ha recorrido un enorme país y contempla cada tarde el sol, que antes doraba espléndidamente cada detalle agradable del camino y que ahora se pone en un monótono horizonte. Entonces, ese viajero se sienta, resignado, en una sucia colina, cubierta de desechos inidentificables y dice el aroma de los matorrales que es inútil que ascienda hacia un cielo vacío; a las semillas escasas y miserables, que es absurdo que germinen en un suelo reseco; a los pájaros convencidos de que alguien bendice su unión, que se equivocan haciendo sus nidos en una tierra azotada por helados y violentos huracanes. Y reemprende, triste, su camino hacia otro desierto que sabe que será semejante al que acaba de atravesar, acompañado por ese pálido fantasma a quien llamamos Razón, que ilumina su árido camino con una pálida linterna y que le brinda el veneno del tedio para que apague esa sed de pasión que a veces le devora.

De pronto, oyó un hondo suspiro y un sollozo apenas contenido. Volviose Samuel hacia la señora de Cosmelly y vio que lloraba desconsolada sin esforzarse ya en contener las lágrimas.

La estuvo observando en silencio durante un rato con toda la ternura y la unción de que fue capaz. Aquel comediante hipócrita y brutal se sentía orgulloso de aquellas hermosas lágrimas, que consideraba obra suya y su propiedad literaria. Pero se equivocaba respecto al sentido íntimo de ese dolor, lo mismo que la señora de Cosmelly, sumida en su inocente desolación, se engañaba en cuanto a la intención de la mirada de su amigo. Se produjo, así, un singular juego de malentendidos, tras el cual Samuel Cramer le dio un doble apretón de manos, que ella aceptó con tierna confianza.

—Señora —prosiguió Samuel después de unos minutos de silencio (el clásico silencio de la emoción)—, la verdadera sabiduría no consiste en maldecir sino en esperar. Sin el don divino de la esperanza, ¿cómo podríamos atravesar ese terrible desierto del tedio que acabo de describirle? El fantasma que nos acompaña es, a fin de cuentas, un fantasma de la razón, al que podemos conjurar rociándole con el agua bendita de la primera de las virtudes teologales[320]. Existe una amable filosofía que consiste en encontrar consuelo hasta en los objetos aparentemente más indignos. Lo mismo que la virtud supera a la inocencia, y que es más meritorio sembrar en un desierto que libar con despreocupación en un fértil jardín, resulta verdaderamente digno de un alma selecta purificarse y purificar a los demás con su contacto. Lo mismo que no hay traición que no pueda perdonarse, tampoco existe ningún pecado que no pueda absolverse ni falta que no se logre olvidar. Existe una ciencia que enseña a amar al prójimo y a encontrarle amable, como existe una forma de saber vivir. Cuanto más delicado es un espíritu, más bellezas originales descubre; cuanto más tierno y abierto a la esperanza, más capaz es de encontrar en el prójimo, por muy ruin que sea, motivos de amor. Así actúa la caridad. Más de una viajera, desolada y perdida en los áridos desiertos de la desilusión, ha recuperado la fe y ha vuelto a enamorarse con más fuerza de lo que había perdido, con tanta más razón cuanto que ahora posee la ciencia de dirigir su pasión y la de la persona amada.

El rostro de la señora de Cosmelly se había ido iluminando poco a poco; su tristeza irradiaba esperanza, como un sol húmedo. Apenas hubo acabado Samuel su discurso, le dijo con la ardiente ingenuidad de un niño:

—¿De veras es posible eso, caballero? ¿Hay ramas a las que pueden asirse los desesperados?

—Por supuesto, señora.

—¡Ay! ¡Qué feliz me haría si se dignara descubrirme sus recetas!

—Nada más fácil —añadió él brutalmente.

A lo largo de esta confidencia sentimental, la confianza se había abierto paso, uniendo las manos de ambas personas; por lo que, tras ciertas vacilaciones y signos de vergüenza que a Samuel le parecieron un buen augurio, la señora de Cosmelly le hizo a su vez sus confidencias:

---

[320] Se refiere, claro está, a la fe. Antes habló de la esperanza y a continuación se referirá a la caridad, con lo que el personaje basa su discurso en las tres virtudes teologales de la tradición cristiana. *(N. del T.)*

—Comprendo, caballero, cuánto debe sufrir un alma poética a causa de ese aislamiento y cómo debe consumirse en la soledad un ansia sentimental tan ambiciosa como la suya; pero esos dolores, que sólo tiene usted, se deben —por lo que he podido entender bajo sus pomposas palabras— a extravagantes necesidades, siempre insatisfechas y casi imposibles de satisfacer. Usted sufre realmente, pero es posible que ese dolor le confiera grandeza y que por ello le resulte tan necesario como a otros la felicidad. ¿Se dignaría escuchar ahora pesares más fáciles de entender y simpatizar con penas provincianas? Espero de usted, señor Cramer, tan sabio y espiritual, el consejo y quizás la ayuda de un amigo.

«En la época en que usted me conoció, yo era una pobre niña, tan soñadora ya como usted, aunque muy obediente y tímida; me miraba al espejo menos que usted, dudaba entre comerme o meterme en los bolsillos los melocotones y las uvas que usted se atrevía a robar para mí en el huerto de los vecinos. Ningún placer me agradaba plenamente si no estaba permitido, y prefería besar a un muchacho guapo como usted delante de mi anciana tía que en medio del campo. La coquetería y el cuidado que toda muchacha casadera debe tener de su persona me llegarían mucho más tarde. Cuando supe más o menos cantar una romanza acompañándome del piano, me vistieron con más afectación y me obligaron a caminar erguida y a hacer gimnasia; tuve que cuidarme las manos, evitando plantar flores o criar pájaros. Me permitieron leer alguna que otra cosa, de Berquin[321] además, y me llevaron con un vestido de noche al teatro de la localidad para ver horribles representaciones de ópera. Cuando el señor de Cosmelly llegó a nuestra casa de campo, entablé con él, desde el primer momento, una viva amistad. En comparación con la vejez un tanto gruñona de mi tía, su juventud floreciente me pareció noble y honrada, y él me galanteaba del modo más respetuoso. Se contaban de él los más bellos gestos: que le habían roto un brazo en un duelo, al batirse en lugar de un amigo algo pusilánime que le había confiado el honor de su hermana; que había prestado

[321] AMOLD BERQUIN (1747-1791), escritor francés de género falsamente cándido, por quien Baudelaire sentía una especial repulsión. *(N. del T.)*

enormes cantidades de dinero a antiguos camaradas sin fortuna, y no sé cuántas cosas más. Se dirigía a todo el mundo con un aire de mando entre cordial e irresistible que acabó conquistándome. ¿Cómo había sido su vida antes de llegar a nuestra casa? ¿Había conocido otros placeres distintos a los de salir de caza conmigo o cantar honestas romanzas acompañado de mi pobre piano? ¿Había tenido amantes? Yo no sabía nada y no se me ocurrió averiguarlo. Le quise con toda la credulidad de la muchacha que no ha tenido tiempo de hacer comparaciones, y me casé con él, lo que produjo a mi tía una enorme satisfacción. Cuando fui su mujer ante Dios y ante la ley, le quise todavía más. Sin duda le quise demasiado. ¿Me equivoqué? ¿Acerté? ¡Quién sabe! Aquel amor me llenaba de felicidad, aunque hice mal al no prever que podía estar equivocada. ¿Le conocía a fondo antes de casarme con él? Por supuesto que no, pero creo que no se puede acusar a una mujer decente que desea casarse de realizar una elección imprudente, como tampoco se puede reprochar a una perdida que se convierta en la amante de un individuo innoble. Tanto una como otra, ¡pobres de nosotras las mujeres!, son unas ignorantes. A esas pobres víctimas que llaman muchachas casaderas les faltan conocimientos en un tema vergonzoso: me refiero a los vicios de los hombres. Me gustaría que esas pobres muchachas, antes de someterse al vínculo conyugal, pudieran escuchar en un lugar secreto y sin que las vieran, a dos hombres hablando de las cosas de la vida y, sobre todo, de las mujeres. Tras esta primera y terrible prueba, podrían entregarse con menos peligro a los espantosos azares del matrimonio, conociendo el punto fuerte y el débil de sus futuros tiranos».

Samuel no sabía exactamente adónde quería llegar con su charla aquella encantadora víctima; pero empezaba a darse cuenta de que, para ser una mujer desilusionada, hablaba demasiado de su marido.

Tras una pausa de varios minutos y como si temiera abordar el funesto problema, continuó así:

«Un día el señor de Cosmelly quiso volver a París; era preciso que yo brillara en sociedad y que se me valorara de acuerdo con mis méritos. Una mujer hermosa y culta —decía él— se debe

a París. Tiene que presentarse delante de la gente e iluminar a su marido con alguno de sus rayos. (Pero una mujer dotada de espíritu noble y de buen sentido sabe que no puede esperar en este mundo otro resplandor que el producido por la gloria de su compañero de viaje, que ha de estar al servicio de las virtudes de su esposo, y que sólo será respetada en la medida en que consiga que le respeten a él.) Sin duda que el medio más seguro y sencillo de que le obedeciese casi con alegría era saber que mis esfuerzos y mi sumisión me embellecerían ante sus ojos. Evidentemente yo no necesitaba tanto para enfrentarme a este terrible París, al que instintivamente temía, cuyo negro y deslumbrante fantasma, que se elevaba en el horizonte de mis sueños, asustaba a mi pobre corazón de mujer casada. A mi entender, éste fue el verdadero motivo de nuestro viaje. La vanidad de un marido se convierte en virtud para una amante esposa. Puede que él se engañara a sí mismo con cierta buena fe y que tratara de burlar a su conciencia sin percatarse de ello. En París dedicamos algunos días a nuestros amigos íntimos, de quienes el señor de Cosmelly acabó aburriéndose como antes se había aburrido de su mujer. Puede que se hartara de ella porque le amaba demasiado; efectivamente, le había entregado todo mi corazón. Por la razón contraria se cansó de sus amigos. Nada tenían que ofrecerle, de no ser el monótono placer de una conversación en la que no tenía cabida la pasión. Desde entonces su actividad se orientó en otro sentido. Después de los amigos vinieron los caballos y el juego. La vida ajetreada, el trato con quienes seguían libres de trabas y le recordaban constantemente una juventud despreocupada y bulliciosa, le arrancaron del hogar y de sus largas conversaciones. Quien sólo se había ocupado de su corazón, tuvo ahora otras tareas en las que entretenerse. Rico y sin profesión alguna, supo dedicarse a numerosas actividades, agitadas y frívolas, que ocuparon todo su tiempo. Tuve que enterrar en el fondo de mi corazón las típicas frases matrimoniales: "¿Dónde vas?", "¿A qué hora nos vemos?", "Vuelve pronto", pues la forma de vida inglesa, esa muerte del alma que es la vida en círculos y clubes, le absorbió por entero. El cuidado exclusivo de su persona y el dandismo del que hizo gala me sorprendieron desde el primer momento, pues resultaba evidente que yo no era el motivo. Quise hacer como él, ser más bella, es decir, coquetear, coquetear con él, como él hacía con todo el mundo. Si antes le había ofrecido y entregado todo, en adelante quise hacerme de rogar. Traté de reanimar las cenizas de mi apagada felicidad, atizándolas y removiéndolas, pero, por lo visto, soy tan poco hábil para las tretas y tan torpe para el vicio que ni siquiera se dignó advertirlo. Mi tía, cruel como todas las mujeres viejas y envidiosas, que se ven reducidas a contemplar un espectáculo en el que antaño fueron actrices y a observar los goces que ahora les niegan, se esforzó mucho en hacerme saber, con la ayuda interesada de un primo del señor de Cosmelly, que éste se había enamorado de una actriz que estaba muy de moda. Hice que me llevaran a todos los espectáculos y en cuanto veía aparecer en el escenario a una mujer un tanto hermosa, me echaba a temblar, temiendo estar en presencia de mi rival. Por fin me enteré, gracias a la solicitud de dicho primo, que se trataba de la Fanfarlo, una bailarina tan bella como tonta. Usted, que es escritor, la conocerá sin duda. No soy vanidosa ni estoy muy pagada de mí misma, pero le juro, señor Cramer, que a veces, por la noche, a las tres o las cuatro de la madrugada, cansada de esperar a mi marido con los ojos enrojecidos por las lágrimas y el insomnio, después de rezar interminables oraciones pidiendo que volviera al camino de la fidelidad y del deber, he preguntado a Dios, a mi conciencia y a mi espejo si yo era tan bella como esa miserable Fanfarlo. Mi espejo y mi conciencia me contestaron que sí. Dios me prohíbe vanagloriarme de ello, pero no utilizarlo para un triunfo legítimo. ¿Por qué, entre dos bellezas iguales, los hombres suelen elegir la flor que todos han manoseado, y no la que estuvo a resguardo de los caminantes en los senderos más umbríos del jardín conyugal? ¿Por qué las mujeres que prodigan su cuerpo —ese tesoro cuya llave debe poseer un solo sultán— tienen más adoradores que nosotras, las pobres mártires de un único amor? ¿Qué mágico encanto otorga el vicio a determinadas criaturas? ¿Qué aspecto torpe y antipático da la virtud a otras? Contésteme usted, que, por su oficio de escritor, debe conocer todos los sentimientos de la vida y sus diversas razones».

Samuel no tuvo tiempo de responderle, porque ella continuó con ardor:

«El señor de Cosmelly tiene faltas muy graves sobre su conciencia, si es que la pérdida de un alma joven y virgen interesa al Dios que la creó para hacer feliz a otra. Si el señor de Cosmelly muriese esa misma noche, tendría que pedir perdón por muchas cosas, pues por su culpa su esposa ha experimentado sentimientos tan terribles como el odio, la desconfianza de la persona amada y la sed de venganza. ¡Ay, caballero!, mis noches son muy dolorosas, sufro angustiosos insomnios; rezo, maldigo, blasfemo. El sacerdote me dice que he de llevar mi cruz con resignación; pero el amor enloquecido, la fe quebrantada no saben resignarse; mi confesor no es mujer, y yo quiero a mi marido; le quiero, señor mío, con toda la pasión y todo el dolor de una amante herida y humillada. Lo he intentado todo. En vez de la ropa oscura y sencilla que antes le gustaba, me he puesto vestidos extravagantes y suntuosos como los de las mujeres que se dedican al teatro. Yo, la casta esposa a la que él fue a buscar en lo más escondido de una pobre casa de campo, me he exhibido ante él con ropajes de frívola; me he mostrado ingeniosa y risueña, cuando tenía la muerte en el alma. He cubierto mi desesperación con las lentejuelas de resplandecientes sonrisas. Pero él, ¡ay!, no ha visto nada. He llegado a ponerme colorete, caballero, ¡colorete! Ya ve usted que se trata de una historia trivial, de la historia de todas las desdichas, de una novela provinciana».

Mientras ella sollozaba, Samuel iba poniendo la misma cara que Tartufo cuando es sorprendido por Orgón, el esposo que sale inesperadamente de su escondite[322], del mismo modo que los virtuosos sollozos de aquella mujer, salidos de su corazón, agarraban del cuello a la vacilante hipocresía de nuestro poeta.

El total abandono, la libertad y la confianza de la señora de Cosmelly le habían enardecido portentosamente, pero no sorprendido. Samuel Cramer, que solía asombrar a los demás, no

[322] Se refiere a la famosa escena de *Tartufo* de MOLIÈRE, donde la esposa de Orgón hace que su marido, oculto, presencie cómo la corteja Tartufo, descubriéndose así la hipocresía y la impostura del presunto devoto. Baudelaire relaciona así la hipocresía de Samuel Cramer con la del inmortal personaje de Molière. *(N. del T.)*

se asombraba de nada. Parecía querer llevar a la práctica en su vida y demostrar la verdad de este pensamiento de Diderot: «La incredulidad es a veces el vicio del necio, y la credulidad el defecto del inteligente. El inteligente ve lejos en la inmensidad de lo posible. El necio apenas considera posible lo que es. Tal vez sea esto lo que hace pusilánime a uno y temerario a otro»[323]. Esto lo explica todo. Algunos lectores escrupulosos y amantes de lo verosímil tendrán sin duda mucho que reprochar a esta historia en la que, sin embargo, toda mi tarea se ha reducido a cambiar los nombres. Y preguntarán: «¿Cómo Samuel, un poeta de mal tono y de malas costumbres, pudo abordar tan fácilmente a una mujer como la señora de Cosmelly y endosarle, con motivo de la novela de Walter Scott, un torrente de poesía romántica y banal? ¿Cómo pudo la señora de Cosmelly, una mujer casada, discreta y virtuosa, confiarle sin pudor ni desconfianza, el secreto de sus sinsabores?». A lo que yo respondo que la señora de Cosmelly era un alma bella[324], y que Samuel era atrevido como las mariposas, los abejorros y los poetas; se lanzaba a todas las llamas y entraba por todas las ventanas. El pensamiento de Diderot explica por qué una fue tan confiada y otro tan brusco y desvergonzado. También explica todos los disparates que Samuel había realizado a lo largo de su vida, errores que un necio no habría cometido. Esta parte del público, que es esencialmente pusilánime, no entenderá lo más mínimo a una persona como Samuel, que era esencialmente crédulo y muy fantasioso, hasta el extremo de creer como poeta en su público y como hombre en sus pasiones.

Entonces se dio cuenta de que aquella mujer era más fuerte e inabordable de lo que parecía y que no convenía atacar frontalmente su cándida piedad. Volvió a recurrir a su jerga román-

---

[323] *Pensamientos filosóficos,* I, XXXII, Ed. Assezat, de DENIS DIDEROT (1713-1784), el único escritor de la Ilustración francesa admirado por Baudelaire. *(N. del T.)*

[324] Expresión de origen místico, ya empleada por PLOTINO, por los místicos españoles del siglo XVI y por ROSSEAU en *La nueva Eloísa,* refiriéndose a una forma de belleza superior a la belleza corporal. En su significación específica, la expresión fue usada por vez primera por Friedrich Schiller para indicar el ideal de un alma no sólo «virtuosa» (en el sentido kantiano de aquella cuya voluntad se halla determinada por el deber), sino «graciosa», en el sentido de que en ella la sensibilidad concuerda espontáneamente con la ley moral. El concepto adquirió gran importancia en el Romanticismo. *(N. del T.)*

tica. Avergonzado por haberse mostrado tan estúpido, trató de ser desaprensivo; estuvo un rato hablándole, como un seminarista, de heridas que sólo cicatrizan o se cauterizan abriendo otras que sangren copiosamente pero sin dolor. Quien sin tener las dotes de Valmont o de Lovelace[325], haya tratado de conquistar a una mujer decente que no se da cuenta de ello, sabrá con qué ridícula y enfática torpeza dicen todos, mostrando su corazón: «Llévese mi oso»[326], lo que me exime de explicar hasta qué extremo llegó la estupidez de Samuel. La señora de Cosmelly, aquella amable Elmira[327], que tenía la visión clara y prudente de la virtud, comprendió de inmediato el beneficio que podía obtener de aquel desalmado novicio con vistas a su felicidad y al honor de su marido. Le pagó, pues, con la misma moneda; se dejó estrechar las manos; hablaron de amistad y de cosas platónicas. Ella susurró la palabra venganza; le dijo que en aquel trance tan doloroso para una mujer, ella daría con gusto a su vengador el resto de corazón que aquel pérfido le había dejado, y otras necedades y declaraciones dramáticas. En suma, utilizó la coquetería en favor de una buena causa, y nuestro joven libertino, que era más negado que un sabio, prometió quitarle la Fanfarlo al señor de Cosmelly y librarle de aquella cortesana —esperando encontrar en los brazos de la mujer honrada la recompensa a su meritoria acción—. Sólo los poetas son lo bastante cándidos para idear tamañas monstruosidades.

Un detalle muy cómico de esta historia, que fue como un intermedio en el doloroso drama que iban a representar estos cuatro personajes, lo constituyó el *quid pro quo*[328] de los sonetos de

---

325 Personajes literarios, prototipos del seductor. El término *lovelace*, en concreto, ha pasado al francés como sinónimo de seductor, por ser el apellido del atractivo y poco recomendable pretendiente de la protagonista en la célebre novela romántica de Samuel Richardson *Clarissa or the History of a Young Lady*. *(N. del T.)*

326 Frase tomada de una farsa titulada *El oso y el bajá,* que pasó en la época a la categoría de frase hecha, en el sentido de manida declaración amorosa. *(N. del T.)*

327 Nombre de la esposa de Orgón, en *Tartufo,* de MOLIÈRE. En este caso, Baudelaire equipara a la señora de Cosmelly con Elmira, pues, como ella, idea una treta para recuperar a su marido, aprovechándose del hipócrita. *(N. del T.)*

328 Expresión latina que ha pasado al castellano para dar a entender el error consistente en tomar a una persona por otra. En este caso, el error consiste en que la Fanfarlo recibe el soneto escrito para la señora de Cosmelly, y ésta el destinado a la bailarina. *(N. del T.)*

Samuel, pues respecto a los sonetos era incorregible. Escribió, así, uno para la señora de Cosmelly, en el que ensalzaba, con místico estilo, su belleza de Beatriz[329], su voz, la pureza angelical de sus ojos, la castidad de sus andares, etcétera; y otro para la Fanfarlo, sazonado de picantes galanterías capaces de hacer sangrar al paladar más habituado, género poético en el que además, destacaba y en el que, desde muy pronto superó a placer todas las exageraciones posibles. Pero el primero llegó a manos de la bailarina, que tiró a la basura aquel plato de insulsos pepinos. Y el segundo fue recibido por la pobre abandonada, que empezó a abrir los ojos y acabó comprendiendo; y, pese a su sufrimiento, no pudo menos que echarse a reír a carcajadas como en sus mejores tiempos.

Samuel se fue al teatro y se puso a estudiar a la Fanfarlo en el escenario. Le pareció alada, espléndida, vivaz, de muy buen gusto en su forma de vestir, y consideró muy afortunado al señor de Cosmelly dejándose arruinar por semejante portento.

Dos veces se presentó en su casa, una casita con la escalera tapizada, llena de cortinajes y de alfombras, en un barrio nuevo, entre jardines. Pero no podía entrar en ella sin un pretexto razonable. Una declaración de amor habría sido totalmente inútil y hasta peligrosa, porque un fracaso le hubiera impedido volver. Cuando quiso hacerse presentar, supo que la Fanfarlo no recibía a nadie. Algunos amigos íntimos la veían de cuando en cuando. ¿Qué iba a decir o hacer él en casa de una bailarina espléndidamente pagada, y mantenida, y adorada por su amante? ¿Qué podía él aportarle, si no era sastre, ni modisto, ni profesor de baile, ni millonario? Tomó, pues, una decisión sencilla y brutal: haría que la Fanfarlo fuera a él. En aquella época los artículos de elogio o de crítica tenían mucha más importancia que hoy. Las facilidades de la prensa, como decía recientemente un honesto abogado en un proceso tristemente célebre, eran mucho mayores que en la actualidad. Como algunos talentos habían claudicado en ocasiones ante los periodistas, la insolencia de estos jóvenes atolondrados y aventureros no conocía límites. De modo que

[329] La mujer idealizada por Dante, inspiradora de *La Divina Comedia*. *(N. del T.)*

Samuel, que no sabía ni una nota de música, se hizo cargo de una columna dedicada a los teatros líricos.

Desde entonces, la Fanfarlo fue semanalmente criticada en las páginas de un importante periódico. No hubiera podido decir, ni por asomo, que tenía las piernas, los tobillos o las rodillas mal formados, pues los músculos que se vislumbraban bajo las medias y los gemelos con los que el público los contemplaba habrían clamado contra el blasfemo. Por consiguiente, la acusó de ser grosera, vulgar, de mal gusto, de querer introducir en el teatro costumbres de más allá del Rin y de más abajo de los Pirineos: castañuelas, espuelas, botas de tacón, sin contar que bebía como un granadero y que le gustaban demasiado los perritos y la hija de su portera. Por último, sacó a relucir otros trapos sucios, que sirvieron de pasto y de golosina diaria a ciertos periodicuchos. Con esta táctica característica de los periodistas consistente en comparar cosas contradictorias, oponía a ella una bailarina etérea, siempre vestida de blanco, y cuyos castos movimientos no intranquilizaban a las conciencias. A veces, la Fanfarlo gritaba y reía violentamente dirigiéndose al público, tras dar un salto en escena, y se atrevía a andar bailando. Jamás llevaba esos insustanciales vestidos de gasa que dejan verlo todo y no permiten adivinar nada. Prefería las telas ruidosas, esas faldas largas, crujientes, bordadas en lentejuelas y con adornos metálicos, que requieren unas poderosas rodillas para ser levantadas, y los corpiños de saltimbanqui; bailaba, no con aretes, por supuesto, sino con pendientes largos, casi me atrevería a decir que con arañas de cristal colgadas de las orejas. Con gusto hubiera añadido al bajo de sus faldas un buen número de esos muñequitos extraños que llevan las viejas gitanas que dicen la buenaventura de forma amenazadora, y que uno se encuentra en pleno día bajo los arcos de las ruinas romanas; extravagancias todas ellas que, por otra parte, enloquecían al romántico Samuel, uno de los últimos románticos que quedaban en Francia.

Por eso, después de haber estado tres meses denigrando a la Fanfarlo, se enamoró perdidamente de ella, y ésta acabó queriendo saber quién era el monstruo, el corazón de piedra, el chupatintas, el pobre de espíritu que con tanta obstinación negaba la majestuosidad de su genio.

Hay que decir, en honor a la verdad, que lo único que la Fanfarlo sintió por él fue curiosidad. ¿Tendrá realmente un hombre así la nariz en medio de la cara y sería igual al resto de sus congéneres? Cuando obtuvo uno o dos informes sobre Samuel Cramer y supo que era un hombre como los demás, discreto y de cierto talento, intuyó vagamente que allí había gato encerrado y que aquellos terribles artículos de los lunes podrían muy bien no ser más que una forma particular de ramo de flores o la tarjeta de visita de un obstinado pretendiente.

Samuel la conoció personalmente una noche en su camerino. La luz de dos grandes candelabros y la lumbre de la chimenea producían temblorosos reflejos en los vestidos de mil colores que se hallaban esparcidos por aquel tocador.

En ese momento la reina del lugar iba a salir del teatro y se había puesto un sencillo vestido como cualquier mortal. Apoyándose en una silla se estaba calzando sin pudor alguno sus adorables pies. Sus ágiles y afilados dedos, como si fueran una lanzadera, hacían pasar por los ojales los cordones del borceguí, sin pensar siquiera en bajarse las enaguas. Aquella pierna era ya objeto de eterno deseo para Samuel. Larga, fina, fuerte, robusta y nerviosa al mismo tiempo, tenía toda la corrección de lo bello y todo el atractivo desenfrenado de lo bonito. Cortada perpendicularmente por su parte más ancha, aquella pierna hubiera formado una especie de triángulo, cuyo vértice habría estado situado en la tibia, mientras la redondeada línea de la pantorrilla habría constituido su base convexa. Para poder formarse una idea de ella, una pierna verdadera de hombre resultaría demasiado dura y las piernas de mujer dibujadas por Devéria[330], excesivamente frágiles.

En aquella agradable postura, con la cabeza inclinada hacia el pie, mostraba un cuello de procónsul, ancho y fuerte, y dejaba entrever la forma de los omoplatos recubiertos de carne morena y abundante. Los cabellos, largos y espesos, le caían por ambos

---

[330] ACHILLE DEVÉRIA (1800-1857), pintor de género, retratista e ilustrador, cuyos grabados eran frecuentes en las publicaciones de la época. *(N. del T.)*

lados, le hacían cosquillas en el pecho y le tapaban los ojos, de forma que a cada instante tenía que apartárselos y echárselos hacia atrás. Una nerviosa y encantadora impaciencia, como la de un niño a quien le resulta demasiado lenta alguna cosa, agitaba por entero su cuerpo y sus vestidos, descubriendo a cada instante nuevas perspectivas y nuevos efectos de línea y de color.

Samuel se detuvo con respeto o fingió hacerlo, porque el gran problema de aquel hombre endiablado era que nunca se sabía dónde empezaba el comediante.

—¡Ah, es usted, caballero! —dijo ella sin volverse, aunque le habían anunciado minutos antes la visita de Samuel—. Viene a pedirme algo, ¿no es eso?

La sublime desvergüenza de esta frase llegó directamente al corazón del pobre Samuel. Quien durante ocho días había estado charlando como una cotorra romántica junto a la señora de Cosmelly, ahora se limitó a responder:

—Sí, señora.

Y se le llenaron los ojos de lágrimas.

Aquello produjo un formidable efecto, pues la Fanfarlo sonrió.

—Pero, ¿qué mosca le ha picado, señor mío, para darme esos varapalos? Qué horrible profesión...

—Horrible, señora; tiene usted razón... Pero es que estoy loco por usted.

—Lo suponía —dijo la Fanfarlo—. Pero es usted un monstruo. Esa táctica es despreciable. ¡Qué desgraciadas somos las mujeres! —añadió sonriendo—. Flora, mi brazalete. Deme su brazo y vamos hacia el coche. Dígame si le he parecido bien esta noche.

Y se fueron, pues, cogidos del brazo como dos viejos amigos. Samuel la amaba, o al menos sentía latir deprisa el corazón. Puede que se comportara como un ser muy singular, pero esta vez no estuvo ridículo.

En medio de su gozo, casi se olvidó de comunicar su éxito a la señora de Cosmelly y de hacer llegar una esperanza a su desolado hogar.

Días después, la Fanfarlo representaba el papel de Colombina en una extensa pantomima que habían compuesto para ella varias personas ingeniosas. En esta obra representaba, a través de una serie de metamorfosis, los personajes de Colombina, Margarita, Elvira y Ceferina, recibiendo así, del modo más desenfadado, los besos de los personajes de varias generaciones, sacados de distintas literaturas y de diversos países[331]. Un gran músico no habría desdeñado componer una partitura fantástica para un tema tan extravagante. La Fanfarlo se mostraba alternativamente honesta, mágica, enloquecida, risueña, y desplegó un arte sublime, tan actriz con las piernas como bailarina con los ojos.

En nuestro país, dicho sea de paso, se menosprecia demasiado el arte de la danza. Todos los grandes pueblos, empezando por los del mundo antiguo, los de la India y Arabia, la han cultivado tanto como la poesía. La danza es tan superior a la música, al menos para ciertas culturas paganas, como lo visible y lo creado son superiores a lo invisible y lo increado. Esto es algo que sólo podrán entenderlo aquellas personas a quienes la música suscita ideas pictóricas. La danza puede revelar todo lo que tiene la música de misterioso, contando además con el mérito de ser humana y palpable. La danza es la poesía con brazos y piernas; la materia graciosa y terrible, animada y embellecida por el movimiento. Terpsícore es una musa del Sur; presumo que debía ser muy morena y que con frecuencia bailó entre dorados trigales; sus movimientos, llenos de cadencia precisa, son otros tantos motivos divinos para el arte de la escultura. Pero la católica Fanfarlo, no contenta con igualar a Terpsícore, recurrió a todo el arte de divinidades más modernas. Las brumas forman figuras de hadas y de ondinas menos vaporosas e indolentes. Fue a un tiempo, un capricho de Shakespeare y una bufonada italiana[332].

El poeta estaba entusiasmado: creía tener ante los ojos lo que desde largo tiempo atrás había estado soñando. Con gusto se hu-

---

[331] Efectivamente, se trata de personajes femeninos sacados de la *comedia del arte* italiana y de piezas de GOETHE y de MOLIÈRE. *(N. del T.)*

[332] Se refiere a que esta mezcla anacrónica de personajes la había realizado ya SHAKESPEARE en *El sueño de una noche de verano* y a que Colombina es un personaje característico de la *comedia del arte* italiana (comedia bufonesca de máscaras, de acción y espectáculo con mímica y acrobacia). *(N. del T.)*

biera puesto a dar ridículos saltos en su palco, rompiéndose la cabeza contra cualquier cosa, en la loca embriaguez que le embargaba.

Una calesa baja y bien cerrada llevó rápidamente al poeta y a la bailarina a la casita de la que antes hablé. Nuestro hombre le expresaba su admiración prodigándole, enfervorizado, silenciosos besos en manos y pies. También ella le admiraba, no sólo por su poderoso encanto, sino porque nunca había encontrado a un hombre tan extraño ni conocido una pasión tan electrizante.

La noche estaba oscura como una tumba, y el viento, que sacudía unos enormes nubarrones, les forzaba a entrechocar y a derramar intermitentemente lluvia y granizo. Una fuerte tormenta hacía que trepidaran las buhardillas y que lanzaran gemidos los campanarios. El arroyo de la calle, fúnebre lecho adonde van a parar las cartas de amor y las orgías de la víspera, se llevaba con fuerza hacia las alcantarillas sus múltiples secretos. La muerte se abatía alegremente sobre los hospitales, y los Chatterton y los Savage de la calle Saint-Jacques[333] crispaban sus helados dedos sobre los tinteros, cuando el hombre más falso, más egoísta, más sensual, más goloso y más espiritual de mis amigos, se encontró ante una magnífica mesa con una espléndida cena, en compañía de una de las mujeres más bellas que haya creado la naturaleza para delicia de los ojos. Samuel quiso abrir una ventana para lanzar una mirada de triunfo sobre la ciudad maldita, y luego, dirigiendo la vista a las cosas exquisitas que tenía delante, se apresuró a disfrutar de ellas.

En semejante compañía debió de mostrarse elocuente, porque, pese a su frente demasiado amplia, a sus cabellos de selva virgen y a su nariz husmeante, resultó casi del agrado de la Fanfarlo.

Samuel y la Fanfarlo tenían exactamente las mismas ideas sobre la cocina y la dieta alimenticia que requieren las personas

---

[333] Prototipos de los poetas malogrados y llenos de deudas que frecuentaban la calle Saint-Jacques, en el corazón de lo que hoy se llama barrio Latino. En efecto, THOMAS CHATTERTON (1752-1770), poeta inglés, se suicidó a los dieciocho años, abrumado por la pobreza, y RICHARD SAVAGE (1689-1743), el vate inglés autor de *El vagabundo,* acabó en la miseria, siendo encarcelado por sus deudas. Baudelaire fue otro de los grandes poetas perseguido por sus acreedores. *(N. del T.)*

selectas. Las carnes insulsas y los pescados insípidos habían sido excluidos de las comidas de aquella sirena. Rara vez el champaña deshonraba su mesa. Los burdeos más famosos y aromáticos cedían el paso a un apretado batallón de borgoñas, de vinos de Auvernia, de Anjou y del Mediodía, seguidos de vinos extranjeros: alemanes, griegos, españoles. Samuel solía decir que un vaso de auténtico vino tiene que parecerse a un racimo de uvas negras, que sirve tanto de comida como de bebida. A la Fanfarlo le gustaban las carnes sangrantes y los vinos que embriagan, aunque, por otra parte, ella nunca se mareaba. Ambos sentían una profunda devoción por la trufa, ese oscuro y misterioso producto de Cibeles[334], esa sabrosa enfermedad que ha escondido en sus entrañas[335] durante más tiempo que los metales preciosos, esa exquisita sustancia que desafía la ciencia del agrónomo como el oro a la de los discípulos de Paracelso[336], la trufa, que establece la diferencia entre el mundo antiguo y el moderno[337] y que, antes de una copa de Quío[338], produce el mismo efecto que varios ceros detrás de una cifra.

Respecto a las salsas, aderezos y condimentos —seria cuestión que exigiría un capítulo tan serio como un libro científico—. Puedo asegurar que ambos estaban plenamente de acuerdo, sobre todo en la necesidad de recurrir a toda la farmacia de la naturaleza en ayuda de la cocina. Pimentón, pimienta inglesa, azafrán, especias coloniales, polvos exóticos, todo les parecía excelente, incluso el almizcle y el incienso. Estoy convencido de que si viviera Cleo-

---

[334] Según la mitología, es la diosa de la Tierra, a quien empezó a rendirse culto en Frigia.

[335] Referencia al hecho de que la trufa es un hongo subterráneo, que se da silvestre entre las raíces de los abetos y encinas, a veces hasta a 30 centímetros de profundidad, por lo que, para encontrarla, se emplean perros y cerdos amaestrados, que la husmean. Es bocado exquisito y costoso, como condimento y aderezo, y de color negro y grisáceo, cubierto de verrugas, lo que explica que Baudelaire lo llame «sabrosa enfermedad». *(N. del T.)*

[336] Se refiere a los alquimistas, el último de los cuales había sido el gran médico Paracelso, hasta el cual se había buscado inútilmente la «piedra filosofal», que convirtiera cualquier metal en oro o plata. Baudelaire quiere decir que, del mismo modo, los agrónomos han intentado en vano cultivar la trufa, especie silvestre que sólo se da en determinados terrenos y peculiares climas. *(N. del T.)*

[337] Baudelaire aclara aquí en una nota: «Las trufas de los romanos eran blancas y de otra especie». En efecto, la trufa blanca *(Pompholyx sapidum)* es un hongo con cuerpos fructíferos redondeados, que, no siendo trufa, hace su papel. *(N. del T.)*

[338] Se refiere al vino producido en la isla de Quío o Chíos, situada en el mar Egeo, perteneciente a Grecia. El sentido de la frase es que, acompañado por la trufa, cualquier vino mediocre parece excelente. *(N. del T.)*

patra, aderezaría sus filetes de buey o de corzo con perfumes de Arabia. Por cierto que es lamentable que nuestras buenas cocineras de hoy no se vean obligadas, por una ley singular y suntuaria, a conocer las propiedades químicas de la sustancias que emplean y no sepan recurrir, en casos necesarios como el de un festín amoroso, a elementos culinarios inflamables, capaces de recorrer el organismo, como el ácido prúsico, o de volatilizarse, como el éter.

Lo curioso es que este acuerdo de opiniones sobre la forma de vivir bien, estos gustos semejantes, les unió fuertemente. La profunda armonía de la vida sensual, que brillaba en cada mirada y en cada palabra de Samuel, impresionó extraordinariamente a la Fanfarlo. Aquel lenguaje, a veces brutal como una cifra y a veces delicado y oloroso como una flor o un saquito de perfumes, aquella extraña conversación cuyo secreto sólo él poseía, acabó granjeándole los favores de la encantadora mujer. Además, al inspeccionar su alcoba, descubrió, con profunda y viva satisfacción, una total confraternidad de gustos y de sentimientos respecto al mobiliario y a la decoración. Cramer odiaba profundamente, y a mi juicio con toda razón, las habitaciones de largas líneas rectas y los aposentos con elementos arquitectónicos. Me asustan los grandes salones de los antiguos castillos y compadezco a las personas que han de hacer el amor en amplios dormitorios con aspecto de cementerios, en impresionantes catafalcos tomados por lechos y en pesados monumentos mal llamados sillones. Los aposentos de Pompeya tienen el tamaño de mi mano; las ruinas hindúes que pueblan la costa de Malabar[339] muestran la misma disposición. Aquellos grandes pueblos, sabios y voluptuosos, conocían perfectamente la cuestión. Los sentimientos íntimos sólo se encuentran a gusto en espacios muy reducidos.

La alcoba de la Fanfarlo era, pues, muy pequeña, con el techo bajo, y estaba llena de cosas mullidas, perfumadas y frágiles al tacto. El airc, cargado dc singulares miasmas, inspiraba el deseo de morir allí, como en un invernadero. La claridad de la lámpara jugaba con el montón de encajes y de tejidos de colores vivos

---

[339] Nombre que recibe el litoral suroeste de la India, bañado por el mar de Arabia. Baudelaire no llegó a pisar la India en su viaje marítimo inconcluso, pese a lo cual le encantaba alardear de haber participado en fantásticas aventuras. *(N. del T.)*

pero equívocos. Aquí y allá, sobre la pared, iluminaba unas pinturas impregnadas de voluptuosidad española: carnes muy blancas sobre fondos muy oscuros. Del fondo de ese cuartito encantador, que parecía a un tiempo un lugar de mala nota y un santuario, Samuel vio avanzar hacia él a la nueva diosa de su corazón, en el esplendor radiante y sagrado de su desnudez.

¿Qué hombre no querría, aun al precio de la mitad de su vida, ver a su sueño, a su verdadero sueño, aparecer sin velos ante él y al adorado fantasma de su imaginación quitarse una a una todas las ropas destinadas a protegerle de los ojos del vulgo? Pues he aquí que Samuel, presa de un extraño capricho, se puso a gritar como un niño mimado:

—¡Quiero a Colombina, devuélveme a Colombina; devuélvemela como se me apareció la noche en que me volvió loco con su fantástica indumentaria y corpiño de saltimbanqui!

La Fanfarlo, tras quedarse estupefacta, se prestó a complacer la excentricidad del hombre a quien había elegido; llamó a Flora, y aunque ésta alegó que eran las tres de la madrugada, que el teatro estaba cerrado a cal y canto y el conserje durmiendo, y que hacía un tiempo espantoso —continuaba el estruendo de la tormenta—, no tuvo más remedio que obedecer. Cuando ya se había retirado la sirvienta, se le ocurrió a Cramer una nueva idea, tiró del cordón de la campanilla y exclamó a voz en grito:

—¡Y no te olvides del colorete!

Este rasgo característico, que la propia Fanfarlo contó a sus compañeras cuando le preguntaron cómo empezó su relación con Samuel, no me sorprende lo más mínimo: en él reconozco perfectamente al autor de *Las osífragas*. Siempre le habían encantado el colorete, el albayalde, la purpurina y todo tipo de oropeles. Con gusto hubiera vuelto a pintar los árboles y el cielo, y si Dios le hubiese confiado el plan de la naturaleza, posiblemente lo habría estropeado. Samuel tenía una imaginación depravada y quizás por eso el amor era para él una cuestión no tanto de los sentidos como de la razón. Ante todo, era la admiración y el ansia de lo bello; consideraba que la reproducción era un defecto del amor y el embarazo una enfermedad propia de la araña. Una vez escribió que los ángeles son hermafroditas y estériles. Le gustaba el cuerpo humano como una materia armónica, como una hermosa arquitectura dotada de movimiento, y ese materialismo absoluto no distaba mucho del más puro idealismo. Pero como en la belleza, que es la causa del amor, hay, según él, dos elementos —la línea y el atractivo—, consideraba, al menos aquella noche, que el atractivo era el colorete.

La Fanfarlo reunía, pues, para él la línea y el atractivo, y cuando la contemplaba sentada al borde de la cama, con la despreocupación y la triunfante seguridad de la mujer que se sabe amada, acariciándole dulcemente con las manos, le parecía ver el infinito tras los claros ojos de aquella belleza, y que los suyos se iban alzando sobre inmensos horizontes. Además, como suele suceder a los hombres excepcionales, con frecuencia se hallaba a solas en su paraíso, un paraíso que nadie podía compartir con él. Si por casualidad la arrebataba a ella y se la llevaba allí casi a la fuerza, la Fanfarlo se quedaba siempre rezagada. De ahí que en el cielo en que reinaba, su amor empezara a entristecerse y a padecer la melancolía del firmamento, como un majestuoso solitario.

Con todo, nunca se cansó de ella. Cuando salía de su retiro amoroso y echaba a andar con agilidad por la acera, al aire fresco de la mañana, jamás experimentó esa satisfacción egoísta del cigarrillo y las manos en los bolsillos de la que nos habla nuestro gran novelista moderno[340].

A falta de corazón, Samuel tenía una inteligencia noble, y en vez de ingratitud, la felicidad había generado en él esa sabrosa satisfacción, ese desvarío sensual, que acaso valga más que el amor, tal como lo entiende la gente. Además, la Fanfarlo lo había puesto todo de su parte, recurriendo a sus más hábiles caricias, por entender que aquel hombre valía la pena; se había acostumbrado a su lenguaje místico, jalonado de procacidades y de enormes crudezas. Para ella, esto tenía al menos el encanto de lo nuevo.

---

[340] El autor aclara aquí en una nota: «El autor de *La muchacha de los ojos dorados*». Se trata de HONORÉ DE BALZAC (1799-1850), el genial novelista francés, uno de los iniciadores de la novela moderna y el creador del relato psicológico y sociológico. La humanidad de sus personajes hizo que los que encontramos en las novelas históricas de WALTER SCOTT parecieran muñecos de guardarropía. *(N. del T.)*

El enamoramiento de la bailarina causó sensación. Disminuyeron sus apariciones en escena; empezó a faltar a los ensayos; muchos envidiaban a Samuel.

Una noche en que el azar, el aburrimiento del señor de Cosmelly o una complicada red de artimañas de su esposa le habían retenido en el hogar, tras uno de esos largos silencios que se producen en los matrimonios, cuando no se tiene nada que decir y sí mucho que callar, después de haberle servido el té más exquisito del mundo en una tetera muy modesta y desportillada, procedente quizá de la casa de campo de su tía, y de haber cantado acompañándose del piano un fragmento de una melodía de moda diez años atrás, le dijo ella con la voz melosa y prudente de la virtud que quiere resultar simpática y teme espantar al objeto de sus desvelos, que le compadecía extraordinariamente; que había llorado mucho, más por él que por ella; que, en su resignación totalmente sumisa y abnegada, había llegado a desear que encontrara fuera de su casa el amor que ya no pedía a su mujer; que le había hecho sufrir más el verle engañado que el verse abandonada; que, por otra parte, ella tenía también mucha culpa de lo sucedido, pues había olvidado los deberes de una tierna esposa al no advertir a su marido del peligro que corría; que, además, estaba dispuesta a que cicatrizase aquella herida sangrante y a reparar ella sola una imprudencia cometida por ambos, etcétera: en suma, todas las palabras dulces que es capaz de inspirar la astucia justificada por la ternura. Estaba llorando a lágrima viva; el fuego de la chimenea iluminaba sus lágrimas y su rostro embellecido por el dolor.

El señor de Cosmelly no dijo una sola palabra y se marchó. A los hombres sorprendidos en falta no les gusta exponer sus remordimientos a la clemencia. Si fue a casa de la Fanfarlo, encontró sin duda huellas de desorden, colillas y algunos artículos de periódico.

Una mañana, Samuel fue despertado por la traviesa voz de la Fanfarlo; levantó lentamente la cabeza cansada de la almohada donde reposaba y se puso a leer la carta que ella le entregó:

«Gracias, caballero, mil gracias; mi dicha y mi agradecimiento le serán tenidos en cuenta en un mundo mejor. Acepto. Recupero a mi marido de sus manos y me lo llevo esta tarde a nuestras propiedades de C..., donde voy a encontrar la salud y la vida que a usted debo. Reciba, señor mío, la promesa de una amistad eterna. Siempre he creído que era usted demasiado honrado para no preferir una nueva amistad a cualquier otra recompensa».

Samuel, recostado entre encajes y apoyado en uno de los hombros más bellos que hayan existido jamás, tuvo la vaga sensación de que se habían burlado de él y hubo de esforzarse un poco para reunir en su memoria los elementos de la intriga cuyo desenlace había promovido él. Pero se dijo con tranquilidad: ¿Son realmente sinceras nuestras pasiones? ¿Quién puede saber con seguridad lo que quiere y conocer a la perfección el barómetro de su corazón?

—¿Qué murmuras? ¿Qué estás leyendo? Enséñamelo —dijo la Fanfarlo.

—No es nada —contestó Samuel—. Una carta de una mujer decente a quien le había prometido que te conquistaría.

—Ya me las pagarás —murmulló ella entre dientes.

Puede que la Fanfarlo llegara a amar a Samuel, pero con ese amor, con un fondo de rencor, que pocas almas conocen. Respecto a él, fue castigado por donde había pecado: quien había fingido tantas veces la pasión, se vio forzado a experimentarla; pero no fue el amor tranquilo, sereno y fuerte que inspiran las muchachas decentes, sino el amor terrible, desolador y vergonzoso, el amor enfermizo a las cortesanas. Samuel conoció todos los tormentos de los celos y el abatimiento y la tristeza en que nos hunde la conciencia de un mal incurable y congénito; en suma, todos los horrores de ese matrimonio vicioso que es el concubinato. En cuanto a ella, cada día está más gorda; se ha convertido en una belleza rolliza, limpia, lustrosa y sonrosada, en una especie de querida ministerial. Cualquier día comulgará por Pascua Florida y donará el pan bendito a su parroquia. Quizá para entonces, Samuel, aplastado por el yugo, *yazga bajo el acero de la espada,* como decía él en sus buenos tiempos, y la Fanfarlo, con sus aires monjiles, le haga perder el seso a un joven heredero. Entretanto, está aprendiendo a tener hijos: acaba de parir felizmente dos gemelos. También Samuel ha dado a luz cuatro libros científicos:

uno sobre los cuatro evangelistas; otro sobre el simbolismo de los colores; una memoria sobre un nuevo sistema de publicidad, y un cuarto cuyo título no recuerdo. Lo terrible es que este último está impregnado de una extraordinaria fuerza imaginativa, de energía y de curiosidades. Samuel ha tenido el descaro de ponerle este epígrafe: *Auri sacra fames!* [341] La Fanfarlo quiere que su amante ingrese en el Instituto[342], y está intrigando en el ministerio para que le concedan la cruz.

¡Pobre cantor de *Las osífragas!* ¡Pobre «Manuela de Monteverde»! Ha caído muy bajo. Recientemente supe que había fundado un periódico socialista y que pensaba meterse en política ¡Una inteligencia deshonesta!, que diría el honesto señor Nisard[343].

---

341 En latín: «¡Hambre execrable de oro!». *(N. del T.)*

342 Se refiere al Instituto de Francia, compuesto por cinco Academias: la Academia Francesa, la de Inscripciones y Bellas Letras, la de Ciencias, la de Bellas Artes y la de Ciencias Morales y Políticas, cuya sede es el edificio conocido por «el instituto» a secas, construido entre 1665 y 1668. *(N. del T.)*

343 DÉSIRÉ NISARD (1806-1888), crítico y literato francés, profesor de la Sorbona, que condenó el Romanticismo en un *Manifiesto contra la literatura fácil,* sosteniendo que sólo el clasicismo señala el genio nacional. Aunque la crítica a Samuel Cramer se dirige al hecho de escribir sólo para ganar dinero, no cabe descartar un matiz irónico por parte de Baudelaire en esta última frase de la novela. *(N. del T.)*

DEL VINO Y EL HACHÍS

COMPARADOS COMO MEDIOS DE MULTIPLICAR LA INDIVIDUALIDAD

I

El vino

Un hombre muy famoso, que era al mismo tiempo un estúpido (lo que, por lo que se ve, es perfectamente compatible, como sin duda tendré ocasión de hacer ver en más de una ocasión, con doloroso placer), se atrevió a escribir en un libro de gastronomía, desde la perspectiva de la higiene y del placer, lo siguiente, en relación al vino: «Se considera que fue el patriarca Noé quien inventó el vino. Es un licor que se hace con el fruto de la vid».

¿Nada más? Nada más; eso es todo. Por mucho que se ojee el libro, que se mire por arriba, por abajo, por los lados; aunque se lea del derecho o del revés, de derecha a izquierda o de izquierda a derecha, no se encontrará ni una palabra más sobre el vino en la *Fisiología del gusto* del muy ilustre y respetado Brillat-Savarin[344]. «Se considera que fue el patriarca Noé...» y «es un licor...».

Supongamos que llegara a nuestro mundo un habitante de la Luna o de cualquier planeta lejano, y que, cansado de su largo viaje, quisiera refrescarse el paladar y calentarse el estómago. Le interesa, además, conocer los placeres y las costumbres de la Tierra. Ha oído hablar vagamente de ciertos licores deliciosos con los que los moradores de esta esfera se procuran, cuando quieren, alegría y arrojo. Para estar más seguro de su elección, el habitante de la Luna abre el libro de ese oráculo del gusto que es el célebre e infalible Brillat-Savarin, y encuentra en él esta estupenda definición: «Se considera que fue el patriarca Noé...» y «es un licor...». El párrafo es totalmente digestivo, y, sobre todo, muy explícito. Después de haber leído esa frase, es imposible no tener una idea clara y precisa de todos los vinos, de sus diferentes cualidades, de sus inconvenientes, de su influencia en el estómago y en el cerebro.

---

344 ANTHELME BRILLAT-SAVARIN (1755-1826), magistrado y literato francés, que nació en Belley y murió en París; famoso *gourmet*, cuya fama se debe sobre todo a su *Fisiología del gusto* (1825), curioso tratado sobre el arte de comer. *(N. del T.)*

No, amigos míos, no leáis a Brillat-Savarin. «Dios preserva a los que ama de lecturas inútiles», dice la primera máxima de un librito de Lavater[345], un filósofo que amó al hombre más que todos los magistrados del mundo antiguo y moderno. Ningún pastel ha sido bautizado con su nombre, pero el recuerdo de este hombre angelical perdurará entre los cristianos cuando hasta los buenos burgueses hayan olvidado el *Brillat-Savarin,* esa especie de bollo insípido, cuyo menor defecto consiste en servir de pretexto para *soltar* alguna de las máximas estúpidamente pedantes que contiene su famosa obra maestra.

Si una nueva edición de esta falsa obra maestra se atreve a enfrentarse al buen sentido de la humanidad moderna, vosotros, bebedores melancólicos, bebedores alegres o, todos cuantos buscáis en el vino el recuerdo y el olvido, y que, al no encontrarlo nunca como os gustaría, ya no veis el cielo más que a través del fondo de la botella[346], bebedores olvidados y desconocidos, ¿compraréis un ejemplar de ese libro, devolviendo, así, bien por mal, beneficio por indiferencia?

Abro la *Kreisleriana* del divino Hoffmann[347] y encuentro una curiosa recomendación. El músico concienzudo debe beber champaña para componer una ópera cómica, pues encontrará en él la alegría espumosa y ligera que ese género reclama. La música religiosa exige, en cambio, vino del Rin o del Jurançon, pues tiene esa amargura embriagadora que encontramos también en el fondo de todo pensamiento profundo. Pero la música heroica no puede prescindir del vino de Borgoña, que tiene la seria fogosidad y el arrebato del patriotismo. Estas palabras superan, evidentemente, a la definición

---

345 JOHANN KASPAR LAVATER (1741-1801), poeta, teólogo y místico suizo, que nació y murió en Zúrich; amigo de Goethe. Autor de *Cantos suizos, Miradas hacia la eternidad, Fragmentos fisiognómicos...* En esta última obra intentó dar carácter científico a la fisiognomía, esto es, a la adivinación del carácter basándose en el aspecto físico, especialmente en el rostro, de acuerdo con la tradición cuyo tratado más antiguo lo encontramos en la escuela de Aristóteles.

346 Nota de Baudelaire: «Béroalde de Verville, medios de tener éxito». *(N. del T.)*

347 Véase la nota 1 del primer apartado de *Poema del hachís.* La llamada *Kreisleriana*, conjunto de novela y de diálogos musicales, debe su título al nombre del protagonista, Johannes Kreisler, personaje de los fantásticos cuentos de Hoffmann, que nos lo presenta como maestro de capilla apasionado, demoníaco y autoritario. Su figura inspiró a R. Schumann la *Fantasía para piano,* Op. 16, *Kreisleriana,* compuesta por ocho piezas características de diversos estados de ánimo. *(N. del T.)*

anterior, y, al margen del apasionado sentimiento de un bebedor, veo en ellas una imparcialidad que honra mucho a un alemán.

Hoffmann había ideado un curioso barómetro psicológico, destinado a registrar las diferentes temperaturas y los fenómenos atmosféricos de su alma. En ese barómetro se encuentran las siguientes divisiones: «Espíritu ligeramente irónico, atemperado de indulgencia; espíritu de soledad, hondamente autocomplacido; alegría musical, entusiasmo musical, tormenta musical, alegría sarcástica que me resulta insoportable, aspiración a salir de mi yo, objetividad excesiva, fusión de mi ser con la naturaleza». Como en los barómetros corrientes, las divisiones del barómetro moral de Hoffmann se hallaban dispuestas, claro está, según su orden de generación. Creo que hay una evidente afinidad entre este barómetro psicológico y su explicación de las cualidades musicales de los vinos.

Hoffmann estaba empezando a ganar dinero en el momento en que la muerte se lo llevó. Como le ocurriera a nuestro querido y gran Balzac[348], sólo en sus últimos años vio brillar la aurora de sus más antiguas esperanzas. Y en esa época, los editores que se disputaban sus cuentos para sus almanaques, solían añadir un cajón de vinos franceses a sus envíos de dinero, para ganarse su simpatía.

II

¿Quién ignora los profundos goces del vino? Todo el que ha tenido que apaciguar un remordimiento, que evocar un recuerdo, que ahogar un dolor, que hacer castillos en el aire, te ha invocado, misterioso dios, oculto en las fibras de la viña. ¡Qué grandes son los espectáculos del vino, iluminados por el sol interior! ¡Qué auténtica y ardiente es esa segunda juventud que el hombre obtiene de él! Pero, ¡qué terribles son también sus fulminantes voluptuosidades y sus enervantes hechizos! Y sin embargo, jueces, legisladores, hombres de mundo, vosotros a quienes la felicidad hace bondadosos, a quienes la fortuna permite ser virtuosos y sanos fácilmente, de-

348 Efectivamente, HONORÉ DE BALZAC (1799-1850), el creador de la novela psicológica y sociológica moderna, a quien Baudelaire admiraba, fue un forzado de la pluma, agobiado de deudas hasta el fin de su vida. *(N. del T.)*

cidme, en vuestra alma y en vuestra conciencia, ¿os atreveríais a condenar inflexiblemente al hombre que bebe por inclinación?

Además, el vino no siempre es ese terrible luchador seguro de su triunfo, que ha jurado ser implacable y no concede cuartel. El vino se parece al hombre: nunca se sabe hasta qué punto se le puede apreciar o despreciar, amar u odiar; ni cuántos actos sublimes o crímenes monstruosos es capaz de realizar. No seamos, entonces, más crueles con él que con nosotros mismos y tratémosle como a un igual.

A veces me parece que oigo decir al vino (que habla mediante su alma, con esa voz de los espíritus que sólo oyen los espíritus): «Hombre, amado mío, a pesar de mi cárcel de vidrio y mi cerrojo de corcho, quiero elevarte un canto lleno de fraternidad, un canto colmado de alegría, de luz y de esperanza. No soy ingrato; ya sé que te debo la vida, y sé cuánto has tenido que esforzarte y cuánto sol has tenido que soportar en tu espalda, para dármela. Tú me has dado la vida, y yo te recompensaré por ello. Te pagaré generosamente mi deuda, pues siento una dicha extraordinaria cuando caigo en una garganta sedienta después de trabajar. Prefiero morar en el pecho de un hombre de bien que en las tristes y frías bodegas. Es una alegre tumba donde cumplo, entusiasmado, mi destino. Armo un gran alboroto en el estómago del trabajador y subo desde allí por invisibles escaleras hasta su cerebro, donde ejecuto mi danza suprema.

»¿Oyes cómo se agitan y resuenan en mí los ecos poderosos de pasadas épocas, los cantos del amor y de la gloria? Soy el alma de la patria, a medias galante y a medias militar. Y soy la esperanza del domingo. Si "el trabajo nos proporciona días de prosperidad", el vino hace felices los domingos. Con los codos apoyados en la mesa y la camisa remangada, rodeado de tu familia, me ensalzarás con orgullo y te sentirás realmente satisfecho.

»Yo encenderé los ojos a tu vieja esposa, la antigua compañera de tus penas diarias y de tus más antiguas esperanzas. Enterneceré su mirada y haré brillar en el fondo de sus pupilas la chispa de la juventud. Y a tu chico querido, tan paliducho, pobre borriquillo uncido al mismo yugo que el jamelgo, le devolveré los hermosos colores de la cuna y seré para ese nuevo atleta de la vida el aceite que antaño fortalecía los músculos de los luchadores.

»Como una ambrosía[349] vegetal llegaré hasta el fondo de tu pecho, y seré la simiente que fertilice el surco tan penosamente abierto. De nuestra íntima unión nacerá la poesía. Y entre ambos nos crearemos un dios y volaremos hacia el infinito, como los pájaros, las mariposas, los vilanos[350], los perfumes y todo lo que tiene alas».

Esto es lo que canta el vino con su misterioso lenguaje[351]. ¡Ay de aquel cuyo corazón egoísta e insensible al dolor de su hermano no oyó nunca esta canción!

Con frecuencia he pensado que si Jesucristo se sentara hoy en el banquillo de los acusados, no faltaría un fiscal que hiciese ver que su caso era agravado por la reincidencia. Respecto al vino, reincide diariamente. Todos los días repite sus buenas obras, lo que explica, sin duda, por qué se encarnizan con él los moralistas, es decir, los fariseos pseudomoralistas.

Pero veamos otro aspecto de la cuestión. Descendamos un poco. Contemplemos a uno de esos misteriosos seres que viven, por así decirlo, de lo que desechan las grandes ciudades; pues hay oficios muy singulares e infinitamente numerosos. A veces he creído, aterrorizado, que había oficios que no reportaban alegría alguna, oficios sin satisfacciones, fatigas sin descanso, dolores sin compensaciones. Pero estaba equivocado. Observad al que se dedica a recoger diariamente lo que tira la ciudad. Todo lo que la gran ciudad ha tirado, todo lo que ha perdido, todo lo que ha desechado, todo lo que ha roto, él lo cataloga y colecciona. Examina las basuras de una fiesta, los desperdicios de un banquete. Y los clasifica de modo inteligente: recoge, como el avaro su tesoro, las basuras que,

---

[349] En sentido figurado, es cualquier manjar delicioso. Pero cabe recordar que la ambrosía, manjar de los dioses, confería a éstos belleza y juventud inmortales. Este sentido propio del término está más en consonancia con el contexto. *(N. del T.)*

[350] Se trata de la flor del cardo, en general, del apéndice de filamentos que corona la semilla de algunas plantas y le sirve para ser transportada por el aire. Dada su gran movilidad a impulsos del aire, el vilano parece estar dotado de vida propia. Los niños, en España, suelen designar al vilano con el nombre de *abuelito* o *molinillo*. *(N. del T.)*

[351] Este canto del vino corresponde en lo fundamental al contenido del poema titulado «El alma del vino», que junto con otros cuatro poemas componen el apartado de *Las flores del mal* titulado *El vino*. No está de más recordar que estos poemas de Baudelaire inspiraron al músico vienés ALBAN BERG su composición *Der Wein* (El vino). *(N. del T.)*

trituradas por el dios de la industria, se convertirán en objetos de utilidad o de placer. Ahora podéis verle, a la pobre luz de los faroles de gas azotados por el viento de la noche, subiendo por una de las calles largas y tortuosas donde habita gente pobre, en la colina de Santa Genoveva[352]. Lleva a la espalda un cesto de mimbre con el número siete. Va con la cabeza agachada y tropezando en el empedrado, como esos poetas jóvenes que se pasan la vida vagando por las calles en busca de rimas[353]. Habla solo, exponiendo su alma al aire frío y tenebroso de la noche. Es un espléndido monólogo, que eclipsaría las más líricas tragedias. «¡Adelante! ¡Paso de marcha! ¡Primera División...!». Igual que Bonaparte cuando agonizaba en Santa Elena. Parece como si el número siete se hubiera convertido en un férreo cetro y el cesto de mimbre en un manto imperial. Ahora felicita a su ejército. La batalla ha sido ganada, pero después de una dura jornada. Pasa a caballo bajo arcos de triunfo. Su corazón está alegre, mientras escucha con agrado las aclamaciones de una muchedumbre entusiasmada. Dentro de pocos instantes va a dictar un código superior a todas las leyes conocidas. Y jura solemnemente que hará felices a sus súbditos. El vicio y la miseria han desaparecido de la humanidad[354].

Sin embargo, tiene la espalda y los riñones destrozados por el peso de la cesta; le atormentan problemas familiares; está molido, tras cuarenta años de trabajos y de caminatas; se siente angustiado por la vejez. Pero el vino, como un nuevo Pactolo[355], hace que fluya un oro espiritual por la humanidad enfermiza. Como los buenos reyes, reina por sus actos de servicio y deja que sean las gargantas de sus súbditos quienes canten sus hazañas.

---

352 Se trata de la histórica colina parisiense situada al sur del Sena, el *Mons Leucotitius* de los romanos, que hoy lleva el nombre de la patrona de París. *(N. del T.)*

353 El propio Baudelaire describió así su actividad creadora en el poema «El sol», incluido en *Las flores del mal:*

> *... husmeando por todos los rincones los azares de la rima,*
> *tropezando en las palabras como en el empedrado,*
> *topando a veces con versos largo tiempo soñados. (N. del T.)*

354 Esta escena es recogida también en el poema «El vino de los traperos», incluido en la sección de *Las flores del mal* antedicha. *(N. del T.)*

355 Pequeño río de la antigua Lidia, al oeste de Asia Menor, en cuyas aguas abundaba el oro, según la leyenda, porque allí se había bañado el rey Midas. *(N. del T.)*

Hay en la esfera terrestre una muchedumbre innumerable y anónima cuyos sufrimientos no logra adormecer el sueño. El vino compone para ellos canciones y poemas.

Muchas personas pensarán, sin duda, que peco de indulgente. «¡Excusa la borrachera, idealiza la embriaguez!». Confieso que, ante los beneficios que proporciona, me falta valor para enumerar sus perjuicios. Además, ya he dicho antes que el vino se parece al hombre y he admitido que sus crímenes igualan a sus virtudes. ¿Qué más puedo hacer? Puedo decir otra cosa. Si los hombres dejaran de producir vino, pienso que se crearía en la salud y en la mente del planeta un vacío, una ausencia, una falta, mucho más espantosos que todos los excesos y desviaciones que se atribuyen al vino. ¿No es razonable pensar que quienes, por ingenuidad o por sistema, no beben vino, son unos imbéciles o unos hipócritas? Imbéciles, porque son personas que desconocen la humanidad y la naturaleza, artistas que rechazan los instrumentos tradicionales del arte, obreros que blasfeman contra la mecánica. O hipócritas, es decir, glotones, vergonzantes, fanfarrones de la sobriedad, que beben a escondidas y tienen algún vicio oculto. Quien sólo bebe agua, oculta algún secreto a quienes le rodean.

Júzguese si no, por el hecho siguiente: hace unos años, en una exposición de pintura, la muchedumbre de gente estúpida se indignaba ante un cuadro pulido, encerado y barnizado como un objeto industrial. Aquello significaba la antítesis del arte; en relación a *La cocina* de Drolling[356], aquel cuadro representaba lo que la locura es a la necedad o el secuaz al imitador. En aquella pintura microscópica se veía el vuelo de las moscas. Al igual que todo el mundo, yo también me sentí atraído por aquel objeto monstruoso, aunque me avergonzaba tan singular debilidad, pues no se trataba de la irresistible atracción que ejerce lo horrible. Finalmente, comprendí que me sentía arrastrado por una curiosidad filosófica, por el enorme deseo de saber cómo era el carácter moral del hombre que había engendrado tan criminal extravagancia. Me aposté conmigo mismo que debía ser alguien profundamente

[356] MICHEL MARTÍN DROLLING (1786-1851), pintor francés, que se distinguió por sus cuadros históricos. *(N. del T.)*

perverso. Pedí información, y mi instinto tuvo la satisfacción de ganar aquella apuesta psicológica. Me enteré de que aquel monstruo solía levantarse antes del amanecer, que había causado la perdición a su criada y que *¡sólo bebía leche!*

Contaré una o dos anécdotas más, antes de pasar a dogmatizar. Un día veo en una acera a un grupo numeroso de gente; consigo mirar por encima de los hombros de los curiosos y me encuentro con la siguiente escena: un individuo tumbado boca arriba en el suelo, con los ojos abiertos y fijos en el cielo, y otro sujeto en pie a su lado, que le hablaba sólo con gestos; el del suelo le respondía únicamente con los ojos, y ambos parecían movidos por una maravillosa benevolencia. Los gestos del que estaba en pie daban a entender al que se hallaba en el suelo: «Ven, vuelve otra vez; la felicidad está ahí, a dos pasos, ven a la esquina. Aún no hemos perdido totalmente de vista la orilla de la angustia; no hemos alcanzado todavía la alta mar del ensueño. Vamos, amigo, ánimo; ordena a tus pies que respondan a tu deseo».

Y todo esto lleno de vacilaciones y de armoniosos balanceos. El otro estaba ya sin duda en alta mar (al menos, navegaba en el arroyo), pues su sonrisa tranquila respondía: «Deja en paz a tu amigo. La orilla de la tristeza ha quedado ya suficientemente oculta por una niebla bienhechora; no tengo nada más que pedir al cielo del ensueño». Hasta creo que salía de su boca una frase vaga, o más bien un suspiro vagamente formulado en palabras: «Hay que ser razonable». Aquello era ya el colmo de lo sublime. Pero en la embriaguez se da también lo hipersublime, como vais a ver a continuación. El amigo, que seguía lleno de solicitud, se marcha solo a la taberna y vuelve inmediatamente con una cuerda en la mano. Sin duda no podía soportar la idea de navegar solo y de correr solo tras la felicidad, por lo que venía a buscar a su amigo con un coche. El coche era la cuerda; le pasa el medio de transporte por la cintura. El que estaba en el suelo sonríe: evidentemente ha captado la idea maternal de su compañero. El otro hace un nudo; luego echa a andar despacio, como un caballo manso y discreto, y transporta a su amigo a la cita con la felicidad. El hombre así transportado, o, mejor dicho, arrastrado, iba limpiando el suelo con la espalda y continuaba sonriendo con una sonrisa inefable.

La gente se queda estupefacta; porque lo demasiado hermoso, lo que supera la capacidad poética del hombre produce más asombro que ternura.

Hubo una vez un hombre, un español, un guitarrista, que viajó mucho tiempo con Paganini, antes de que éste recibiera oficialmente su gran gloria[357].

Ambos llevaban la vida totalmente vagabunda de los gitanos, de los músicos ambulantes, de la gente sin patria ni familia. Los dos —violinista y guitarrista— daban conciertos por dondequiera que pasaban. Así anduvieron errantes bastante tiempo por diferentes países. El español tenía tanto talento, que podía decir como Orfeo[358]: «Soy el dueño de la naturaleza».

Estaba seguro de que por dondequiera que pasara rasgando sus cuerdas y haciéndolas vibrar armoniosamente bajo su pulgar, le seguiría una multitud de gente. Con un secreto así, nunca se muere uno de hambre. La gente le seguía como a Jesucristo. Y, ¿cómo negar comida y cobijo al hombre, al genio, al brujo, que hace cantar a nuestra alma sus cantos más bellos, más íntimos, más desconocidos, más misteriosos? Me han asegurado que ese hombre obtenía fácilmente acordes de un instrumento que sólo produce sonidos sucesivos. Paganini llevaba la bolsa del dinero y administraba el fondo común, cosa que no sorprenderá a nadie.

El dinero recaudado lo llevaba el administrador siempre encima, y tan pronto lo escondía arriba como abajo, hoy en las botas y mañana en el forro de la levita. Cuando el guitarrista, que era

---

[357] El famoso violinista genovés anduvo ciertamente errante durante su adolescencia (1798-1804) hasta que su debut en Viena despertó una oleada de entusiasmo. Para hacer más digna de crédito esta anécdota de Baudelaire, cabe traer a colación este fragmento de una carta de Paganini: «Debo confesar que mi juventud no se vio libre de errores de todos los jóvenes, los cuales, después de haber vivido muchos años poco menos que como esclavos, se encuentran de repente, libres de todo freno y abandonados a sí mismos, y entonces, tras una larga privación, quieren amontonar placeres sobre placeres. Mi talento encontraba por todas partes una aceptación extraordinaria, demasiado grande en realidad para un hombre joven y ardiente; el viajar sin impedimentos; el entusiasmo que casi todos los italianos sienten por el arte; una sangre genovesa que parece circular un poco más deprisa que la alemana; todo esto y otras circunstancias análogas me hacían moverme, muchas veces, entre compañías que no eran ciertamente las mejores en cuanto a conducta». *(N. del T.)*

[358] Mitológicamente, bardo que con música enternecía hasta las fieras. Delacroix, uno de los pintores más admirados por Baudelaire, había pintado precisamente un cuadro sobre el tema de Orfeo. *(N. del T.)*

un gran bebedor, preguntaba a Paganini por la situación financiera de la sociedad, éste le contestaba que ya no quedaba nada o, al menos, casi nada. Y es que el famoso violinista era como los viejos, que siempre están temiendo que *les falte.* El español le creía o fingía hacerlo, y con los ojos fijos en el horizonte del camino, se ponía a rasgar y a atormentar a su inseparable compañera. Paganini iba por el otro lado del camino según un acuerdo al que habían llegado para no molestarse mutuamente. De este modo, cada uno estudiaba y trabajaba durante sus caminatas.

Luego, cuando llegaban a un lugar que ofrecía alguna probabilidad de ganar algo, uno de ellos tocaba una de sus composiciones y el otro improvisaba a su lado las variaciones y el acompañamiento. Nadie sabrá nunca el goce y la poesía que existía en aquella vida de trovadores. Un día, no sé por qué, se separaron. El español siguió su viaje solo, y un día llegó a una pequeña localidad del Jura[359] y anunció que iba a ofrecer un concierto en un salón del ayuntamiento. El concierto lo daría él solo, sin otro instrumento que su guitarra. Se había dado a conocer tocando en algunos cafés, y algunos músicos que residían allí estaban ya sorprendidos de su extraordinario talento. En suma, acudió mucha gente.

El español había conocido en un rincón de la ciudad, junto al cementerio, a otro español, a un paisano, que era una especie de contratista de sepulturas, un marmolista que construía tumbas. Como todo el que tiene un oficio fúnebre, era buen bebedor. De modo que la botella y la patria común crearon fuertes lazos entre ambos. El músico no se separaba nunca del marmolista. El día del concierto y a la hora fijada, estaban juntos. Pero, ¿dónde? Ésa era la cuestión. Hubo que recorrer todas las tabernas y cafés de la localidad. Por fin encontraron al guitarrista y a su amigo en un antro indescriptible. Tanto uno como otro estaban completamente borrachos. Se origina la correspondiente escena, a lo Kean y a lo Fréderick[360]. Al final, consiente en ir a tocar. Pero, de pronto, se le ocurre una idea y le dice a su amigo: «Tú también vas a venir a tocar». El otro se niega;

---

[359] Departamento de la región del Franco Condado, limítrofe con Suiza. Su capital es Lons-le-Saunier. Esta región produce buenos vinos, lo que hace más verosímil la anécdota. *(N. del T.)*

[360] EDMUND KEAN (1787-1833), actor de teatro trágico, uno de los máximos intérpretes de Shakespeare. FRÉDERICK-LEMAÎTRE fue también un gran actor trágico. *(N. del T.)*

tenía un violín, pero tocaba como el peor rascatripas. «Si no tocas conmigo, yo tampoco toco».

De nada valieron las recriminaciones ni los razonamientos, por lo que hubo de ceder. Ya les tenemos en el estrado delante de la flor y nata de la localidad. «Que nos traigan vino», dice el español. El marmolista, a quien todo el mundo conocía por su oficio, aunque no como músico, estaba demasiado borracho para sentirse avergonzado. Cuando les llevaron el vino, ni siquiera tuvieron paciencia para descorchar las botellas. Sin el más mínimo decoro, las guillotinaron a navajazos. Huelga decir la impresión que causaron en aquel auditorio de provincianos emperejilados. Las señoras se retiraron sin más, y mucha gente se marchó escandalizada ante el espectáculo que ofrecían aquellos dos borrachos que parecían estar medio locos.

Pero aquellos cuyo pudor no logró vencer su curiosidad y se atrevieron a quedarse, se vieron ampliamente recompensados. «¡Empieza!», dijo el guitarrista al otro. Sería imposible definir la clase de sonido que brotó del violín de aquel borracho. Imaginemos a Baco en pleno delirio y cortando piedras con una sierra. ¿Qué tocó o qué intentó tocar? Poco importa; lo primero que se le ocurrió. De pronto, una melodía enérgica y suave, distinta e igual, envuelve, ahoga y extingue y disimula el chillido estruendoso del violín. La guitarra canta tan alto, que ya no se oye el otro instrumento. Y, sin embargo, es la misma melodía, la melodía vinosa que había iniciado el marmolista.

La guitarra se expresa con enorme sonoridad: habla, canta, recita, con aterradora locuacidad y con una limpieza y seguridad de dicción inauditas. La guitarra improvisaba variaciones sobre el tema del violín del ciego. Se dejaba guiar por él y cubría espléndida y maternalmente la flaca desnudez de sus sones. Ya comprenderá el lector que este hecho es indescriptible: un testigo serio y veraz me explicó el caso. Al final, el público estaba más ebrio que el concertista. El español fue aclamado, aplaudido y felicitado con enorme entusiasmo. Pero no debió agradarle el carácter de la gente de aquel lugar, porque nunca quiso volver a tocar.

¿Dónde estará ahora? ¿Qué sol contemplarían sus últimos ensueños? ¿Qué tierra habrá recibido sus restos cosmopolitas? ¿Qué fosa habrá acogido su agonía? ¿Dónde están los perfumes embriagadores de las flores marchitas? ¿Qué ha sido de los colores deslumbrantes que tiempo atrás desplegaron las puestas de sol?

III

Sin duda no he dicho nada nuevo. Todo el mundo conoce y ama el vino. Cuando aparezca un médico que sea a la vez realmente filósofo —cosa nada frecuente—, podrá realizarse un estudio a fondo sobre el vino, una especie de doble psicología cuyos términos sean el vino y el hombre. Tal vez entonces explique cómo y por qué ciertas bebidas tienen la virtud de aumentar sin medida la personalidad del ser pensante y de crear, por así decirlo, una tercera persona, operación mística en la que el hombre natural y el vino —el dios animal y el dios vegetal— desempeñan el papel del Padre y del Hijo en la Trinidad, y engendran un Espíritu Santo, que es el hombre superior, y que procede de ambos por igual.

Hay personas a quienes el vino les produce una euforia tal, que sus piernas se vuelven más firmes y su oído adquiere una extraordinaria agudeza. Yo he conocido a un individuo cuya vista debilitada recuperaba con la embriaguez su primitiva capacidad de penetración. El vino convertía al topo en águila.

Un viejo autor desconocido dijo: «Nada iguala la alegría del bebedor, excepto la alegría que siente el vino al ser bebido». En efecto, el vino desempeña un papel tan íntimo en la historia de la humanidad que no me extrañaría que algún racionalista tentado por el panteísmo le atribuyera una cierta personalidad. El vino y el hombre se me antojan dos luchadores amigos, que se combaten continuamente y se reconcilian sin cesar. Y siempre es el vencido quien abraza al vencedor.

Hay malas borracheras, pero son las de los hombres de naturaleza mala. La embriaguez hace al malo abominable, lo mismo que convierte al bueno en excelente.

A continuación voy a hablar de una sustancia que se ha puesto de moda desde hace unos años; de cierta droga que determinados diletantes encuentran deliciosa, y cuyos efectos son mucho más fulminantes y poderosos que los de vino. Describiré cuidadosamente todos estos efectos, y luego, retomando la descripción que he hecho de las distintas virtualidades del vino, compararé estos dos medios artificiales por los que el hombre, violentando su personalidad, crea, por así decirlo, en sí mismo una especie de dios.

Y expondré los inconveniente del hachís, el menor de los cuales —pese a los ignorados tesoros de bondad que hace germinar aparentemente en el corazón o, más bien, en el cerebro humano— consiste en su carácter antisocial, a diferencia del vino, que es profundamente humano, y casi me atrevería a decir que es un hombre de acción.

IV

El hachís

Cuando se recolecta el cáñamo, se producen ciertos fenómenos extraños en la persona de los trabajadores, hombres y mujeres. Se diría que emana de las mieses no sé qué espíritu vertiginoso, que circula alrededor de las piernas y asciende maliciosamente hasta el cerebro. La cabeza del segador se llena de torbellinos y a veces también de sueño. Los miembros se debilitan y se niegan a responder. Por otra parte, cuando era niño y jugaba y me revolcaba en los montones de alfalfa, también me sucedieron fenómenos similares.

Se ha querido obtener hachís del cáñamo francés, pero hasta ahora todos los intentos han fracasado, por lo que quienes desean procurarse esos maravillosos goces a cualquier precio, tienen que seguir utilizando el hachís que llega a través del Mediterráneo, es decir, el que se ha obtenido con cáñamo indio o egipcio. El hachís se consigue cociendo cáñamo indio con manteca y un poco de opio.

Es como una confitura verde, singularmente olorosa, tan olorosa que incluso provoca cierto asco, como lo haría, por lo demás, cualquier olor fino que fuese llevado a su máxima potencia y, por así decirlo, a su máxima densidad. Tomad una cucharadita de ella, una porción del tamaño aproximado de una nuez, y poseeréis la felicidad, la felicidad absoluta con todas sus embriagueces, con todas las locuras de la juventud y también con sus infinitas beatitudes. Ahí está la dicha, bajo la forma de un poco de confitura; tomadla sin miedo, pues ni mata ni causa daño alguno a los órganos físicos. Tal vez disminuya vuestra fuerza de voluntad, pero eso es otra cuestión.

Para dar al hachís toda su fuerza y plenitud, por lo general, hay que disolverlo en una taza de café solo muy caliente y tomarlo en ayunas; la comida fuerte se deja entonces para las diez o las doce de la noche, pues sólo se permite una sopa muy ligera. Si se infringe esta regla tan sencilla, o bien se producen vómitos, al entrar en colisión la comida y el hachís, o bien éste no llegará a ejercer su efecto. Muchos ignorantes e imbéciles que hacen esto, acusan luego al hachís de ineficaz.

Una vez ingerido ese poco de droga, operación que requiere, por otra parte, una cierta decisión, pues, como he dicho, la mezcla es tan olorosa que provoca en algunas personas ganas de vomitar, os encontraréis inmediatamente sumidos en un estado de ansiedad. Habéis oído hablar vagamente de los efectos maravillosos del hachís, vuestra imaginación se había formado una idea particular de ellos, una embriaguez ideal, y estáis impacientes por saber si el resultado, si la realidad responde a vuestra idea preconcebida. El tiempo que va desde la absorción del brebaje hasta la aparición de los primeros síntomas varía según el temperamento y el hábito. Las personas que conocen el hachís y que tienen práctica en su consumo experimentan a veces los primeros síntomas de la invasión después de media hora.

Olvidaba decir que como el hachís exaspera la personalidad humana y genera a la vez una sensibilidad muy intensa ante las circunstancias y el medio ambiente, conviene no exponerse a su acción más que en condiciones y en un entorno favorables. Lo mismo que se intensifica toda alegría y todo bienestar, cualquier dolor o angustia se vuelve intensamente profundo. No llevéis a cabo esta experiencia si tenéis que realizar alguna gestión molesta, si tendéis a la depresión o debéis pagar una letra de cambio. Ya he dicho que el hachís es impropio para la acción. No consuela como el vino; no hace más que potenciar desmesuradamente la personalidad humana en la situación concreta en que se encuentra. En la medida de lo posible, hay que disponer, pues, de una bella estancia o de un hermoso paisaje, de un estado de ánimo libre de preocupaciones y de algunos cómplices con facultades intelectuales similares a las vuestras. Conviene contar también, si se puede, con un poco de música.

La mayoría de las veces, los novicios suelen quejarse en su primera iniciación de la lentitud de los efectos. Los aguardan con ansiedad, y como no les parece que se manifiestan lo bastante pronto, se ponen a declarar con fanfarronería su incredulidad, cosa que divierte extraordinariamente a los antiguos iniciados, que saben cómo actúa el hachís. Uno de sus aspectos más cómicos es ver cómo los primeros síntomas aparecen y desaparecen en el seno mismo de esa incredulidad. Al principio se apodera de vosotros una hilaridad absurda e irresistible. Las palabras más corrientes, las ideas más triviales, adquieren una fisonomía nueva y extrema. Esa alegría nos resulta insoportable, pero es inútil resistirse a ella. Os ha invadido el demonio, y los esfuerzos que hagáis para ofrecerle resistencia sólo servirán para acelerar el avance del mal. Os reís de vuestra estupidez y de vuestra locura; vuestros compañeros se ríen de vosotros, pero no les guardáis ningún rencor, porque ya empieza a manifestarse la benevolencia.

Esa alegría lánguida, ese desasosiego en medio de la dicha y esa indecisión de la enfermedad suelen durar un tiempo muy breve. A veces, personas que son incapaces de hacer juegos de palabras, improvisan una serie interminable de ellos, o establecen asociaciones de ideas totalmente caprichosas, que desconcertarían a los maestros más hábiles en este arte absurdo. Al cabo de unos pocos minutos, las relaciones entre las ideas se van haciendo tan vagas y el hilo conductor que une vuestros conceptos tan tenue, que únicamente pueden entenderos vuestros cómplices, vuestros correligionarios. Vuestras locuras y vuestras carcajadas parecen sumamente estúpidas a todo el que no se encuentra en vuestro mismo estado.

La cordura de ese infortunado os regocija de forma desmedida; su sangre fría os impulsa a llevar la ironía hasta el extremo; os parece el más loco y ridículo de los hombres. Por el contrario, os entenderéis perfectamente con vuestros compañeros, y pronto bastará para ello con una simple mirada. Y lo cierto es que resulta una situación un tanto cómica el que un grupo de hombres disfruten de una alegría incomprensible para quien no se encuentra en su mismo mundo y hacia el que sienten una profunda compasión. De este modo, empieza a surgir en vuestro intelecto la idea de superioridad que muy pronto tomará proporciones desmedidas.

He sido testigo de dos escenas muy grotescas respecto a esta primera fase. Un músico célebre, que ignoraba las propiedades del hachís y que posiblemente no había oído hablar nunca de ellas, se acerca a un grupo de personas en el que varias lo habían ingerido. Tratan de hacerle entender sus maravillosos efectos. El músico sonríe amablemente, como hombre que quiere agradar y mantener una conversación durante unos minutos por simple espíritu de convivencia y porque es una persona bien educada. Todos se echan a reír a carcajadas, porque quien ha tomado hachís tiene un gran sentido de lo cómico en esta primera fase. Continúan las carcajadas, los disparates incomprensibles, los juegos de palabras interminables, los gestos extraños. El músico declara que toda aquella pantomina es de muy mal gusto y que, además, debe resultar agotadora para quienes la están representando.

La alegría sube de punto. «Puede que esta bromita les haga gracia a ustedes —dice él—, pero a mí no me hace ninguna». «Basta con que nos haga gracia a nosotros», replica, egoísta, uno de los enfermos. Unas carcajadas interminables retumban en la sala. El músico se enfada y hace ademán de marcharse. Pero alguien cierra la puerta y esconde la llave. Otro se arrodilla delante de él y le declara llorando que, aunque todos sienten por él y por su inferioridad la más honda compasión, no por ello dejan de estar animados de una eterna benevolencia hacia su persona.

Le suplican que les toque algo y el músico accede a ello. Pero cuando se extienden por la estancia los sonidos del violín, la música arrebata a uno o a otro de los enfermos. Todo son suspiros profundos, gemidos desgarradores, torrentes de lágrimas. El músico, asustado, se detiene, creyéndose que está en un manicomio. Se acerca a quien mostraba una beatitud más ruidosa, y le pregunta si sufre mucho y qué puede hacer para aliviarle. Un espíritu positivo, que tampoco había probado la droga beatífica, propone darle una limonada con algún ácido. Pero el enfermo, con el éxtasis en los ojos, mira a ambos con desprecio indescriptible. En efecto, ¿qué puede exasperar más a un enfermo de felicidad que pretender curarle?

Veamos otro fenómeno extraordinariamente curioso a mi juicio: Una criada, encargada de llevar tabaco y refrescos a unas personas que estaban embriagadas de hachís, al verse rodeada de aquellas caras extrañas, de aquellos ojos desmesuradamente abiertos y de toda aquella atmósfera malsana que produce una locura colectiva, lanza una imprudente carcajada, deja caer la bandeja, que se rompe con las tazas y los vasos, y huye despavorida a todo correr. Todo el mundo se ríe. Al día siguiente, aquella criada declara que había experimentado cosas muy extrañas durante varias horas, que se había sentido «muy rara, muy no sé cómo». Y, sin embargo, no había tomado hachís.

La segunda fase se anuncia con una sensación de frescor en las extremidades y una gran debilidad; las manos se os quedan dormidas, se os pone la cabeza pesada y sentís una estupefacción general en todo vuestro ser. Los ojos se os agrandan; sentís como si un éxtasis implacable tirase de ellos en todos los sentidos. Los labios se contraen y parece que van a hundirse en la boca. Se os escapan del pecho unos suspiros roncos y profundos, como si vuestra antigua naturaleza no pudiera soportar el peso de la nueva. Los sentidos adquieren una forma y una agudeza extraordinarias. Los ojos se hunden en el infinito. El oído percibe los sonidos más leves en medio del mayor estruendo.

Y empiezan las alucinaciones. Los objetos externos cobran apariencias monstruosas y se os manifiestan como formas desconocidas hasta entonces. Luego se deforman, se transforman y acaban entrando en vuestro ser o bien vosotros entráis en ellos. Se producen los equívocos más curiosos y las trasposiciones de ideas más inexplicables. Los sonidos adquieren color, y los colores producen música. Las notas musicales son números, y resolvéis con una rapidez vertiginosa asombrosos cálculos matemáticos, a medida que va penetrando la música en vuestros oídos. Estáis sentados y fumando; pero creéis estar sentados en vuestra pipa y que es ella la que os fuma, y es vuestro propio ser quien se desvanece en el humo azulado.

Os sentís bien y sólo os preocupa una cosa: saber cómo salir de la pipa. Esta fantasía dura toda una eternidad. Un intervalo de lucidez os permite con mucho esfuerzo mirar el reloj. Esa eternidad ha durado un minuto. Pero ya os arrastra otra corriente de ideas en su vivo torbellino, y seguirá haciéndolo durante otro minuto, pero ese minuto será una nueva eternidad. Las proporciones del tiempo y del espacio han sido alteradas por la multitud innumerable de ideas y por la intensidad de las sensaciones. En el espacio de una hora se viven varias vidas humanas. Éste es el tema de la novela de Balzac *La piel de zapa.* Ya no existe una proporción entre los órganos y sus goces.

De cuando en cuando desaparece la personalidad. La objetividad, propia de ciertos poetas panteístas y de los grandes actores, alcanza un grado tal, que os confundís con los seres externos. Ahora os habéis convertido en un árbol que gime al viento y canta a la naturaleza vegetales melodías. Luego estáis planeando por el azul de un cielo inmensamente grande. Han desaparecido todos los dolores. Ya no lucháis; os sentís arrastrados: ya no sois dueños de vosotros mismos, pero eso no os preocupa. Muy pronto desaparecerá toda idea de tiempo. De cuando en cuando, todavía os despertáis un momento y os parece que salís de un mundo maravilloso y fantástico. Es cierto que seguís conservando la facultad de observaros y que mañana recordaréis algunas de vuestras sensaciones. Pero esa capacidad psicológica no la podéis utilizar ahora. Os reto a que saquéis punta a un lápiz o a una pluma; sería una tarea por encima de vuestras fuerzas.

Otras veces la música os recita poemas infinitos o bien os introduce en medio de dramas terribles o maravillosos. Sus temas guardan relación con los objetos que tenéis delante de los ojos. Las pinturas del techo, aunque sean mediocres o malas, cobran una vida espantosa. El agua límpida y encantadora fluye por el césped que tiembla a su paso. Unas ninfas de brillantes carnes os miran con sus grandes ojos, más límpidos que el agua y que el cielo. Ocuparéis un lugar y desempeñaréis una función hasta en las peores pinturas y en los vulgares papeles pintados que cubren las paredes de las posadas.

He observado que el agua adquiere un encanto terrible en el caso de individuos con un cierto temperamento artístico, cuando son iluminados por el hachís. Los arroyos, los surtidores, las armoniosas cascadas, la inmensidad azul del mar se precipitan, duermen o cantan en el fondo de vuestro espíritu. Quizá no sea prudente dejar a un hombre en este estado al borde de unas aguas límpidas, porque podría dejarse arrastrar por el canto de la sirena, como el pescador de la balada.

Hacia el final de la velada se puede comer, pero esta operación no se realiza sin esfuerzo. Uno se halla tan por encima de las cosas materiales, que prefiere permanecer acostado en su paraíso espiritual. Sin embargo, a veces se despierta un extraordinario apetito, aunque hay que hacer acopio de valor para coger una botella, un tenedor o un cuchillo.

La tercera fase, separada de la segunda por una intensificación de la crisis y por una vertiginosa embriaguez seguida de una nueva inquietud, ya no se puede describir. Es lo que los orientales llaman *kief,* la absoluta felicidad. Ya no es algo turbulento ni agitado, sino una beatitud serena y estática. Todos los problemas filosóficos están resueltos. Todas las arduas cuestiones con las que debaten los teólogos y que desesperan a las personas que razonan, resultan ahora límpidas y claras. Todas las contradicciones se han resuelto en una unidad. El hombre ha *ascendido* hasta convertirse en un dios.

Una voz interior te dice: «Eres superior a todos los demás; nadie comprende lo que estás pensando y sintiendo. Hasta son incapaces de entender el inmenso amor que les tienes. Pero no debes odiarles por eso, sino compadecerles. Ante ti se abre un océano de virtud y de felicidad. Nadie sabrá nunca qué grado de virtud y de inteligencia has alcanzado. Quédate a solas con tu pensamiento y trata de no afligir a los demás».

Efectivamente, uno de los efectos más grotescos del hachís es el miedo a apenar a alguien; un miedo que llega hasta las meticulosidades más locas. Si se pudiera, hasta se disimularía el estado extranatural en el que uno se encuentra, para no preocupar al último de los hombres.

En los espíritus sensibles y artísticos que se hallan en ese estado supremo, el amor reviste las formas más curiosas y se presta a las combinaciones más extravagantes. El libertinaje más desenfrenado puede ir unido a un sentimiento paternal ardiente y afectuoso.

Mi última observación no será menos curiosa. Cuando el día siguiente veis que la luz del día inunda vuestro cuarto, vuestra primera impresión es una profunda sorpresa. El tiempo había desaparecido por completo. Hace un momento era de noche y ahora es de día. ¿He dormido o no he dormido? ¿Ha durado mi embriaguez toda la noche y, como no tenía noción del tiempo, la noche entera no ha representado para mí más que un segundo? ¿O los velos del sueño me han mantenido en un mundo repleto de visiones? Es imposible saberlo.

Os parece experimentar un bienestar y una agilidad espiritual admirables, sin el más mínimo asomo de cansancio. Pero cuando os ponéis en pie, os asalta un residuo de la antigua embriaguez. Vuestras piernas, debilitadas, os hacen andar con inseguridad; teméis romperos como un objeto frágil. Una gran indolencia, no exenta de encanto, se apodera de vuestro espíritu. Sois incapaces de trabajar o de actuar con cierta energía.

Es el castigo merecido por la impía prodigalidad con que habéis malgastado vuestro fluido nervioso. Habéis lanzado vuestra personalidad a los cuatro vientos y ahora os cuesta un enorme esfuerzo recogerla y concentrarla de nuevo.

V

No digo que el hachís produzca en todos los individuos todos los efectos que acabo de describir. He referido aproximadamente los efectos que suelen producirse, en general y salvo algunas variantes, en los espíritus artísticos y filosóficos. Pero hay temperamentos en los que esta droga sólo provoca una locura estrepitosa, una alegría violenta y vertiginosa que se traduce en bailes, saltos, pataleos, carcajadas... En tales individuos la embriaguez de hachís tiene un carácter puramente material, por así decirlo. Y resultan insoportables a los espiritualistas, que sienten por ellos una gran compasión. Lo más feo de su personalidad sale a relucir. Yo vi una vez a un respetable magistrado, una persona honorable, como dicen de sí mismos los hombres de mundo, uno de esos individuos cuya seriedad artificial resulta siempre imponente, que, en el momento de empezar a hacerle efecto el hachís, se puso de pronto a bailar el cancán más indecoroso. El verdadero monstruo que llevaba dentro salía a la luz.

Aquel hombre que juzgaba las acciones de sus semejantes, aquel togado, había aprendido a escondidas a bailar el cancán.

Cabe, pues, afirmar que la impersonalidad y la objetividad a las que antes aludía, y que no son sino el desarrollo excesivo del espíritu poético, no se darán jamás en la embriaguez del hachís de este tipo de personas.

VI

El gobierno egipcio prohíbe la venta y el consumo de hachís, al menos en el interior del país. Los desgraciados que alimentan esta pasión acuden a una farmacia para conseguir una pequeña dosis de su droga, preparada de antemano, con el pretexto de comprar una medicina. El gobierno egipcio tiene razón. Un Estado razonable no podría subsistir con el uso del hachís, pues esta droga no produce ciudadanos ni guerreros. En efecto, al hombre le está prohibido, bajo pena de decadencia y de muerte intelectual, alterar las condiciones primordiales de su existencia y romper el equilibrio existente entre sus facultades y el medio ambiente. Si a un gobierno le interesa corromper a sus gobernados, le bastaría con fomentar el consumo del hachís.

Dicen que esta sustancia no produce ningún perjuicio físico. Esto es cierto, al menos hasta ahora. Pues no sé hasta qué punto puede llamarse sano a un hombre que sólo sueña y que es incapaz de toda actividad, aunque todos sus miembros se hallen en buen estado. Lo único afectado es la voluntad, pero la voluntad es el órgano más preciado. Un hombre que puede obtener al punto todos los bienes del cielo y de la tierra con una cucharada de confitura, no alcanzará ni la milésima parte de ellos mediante el trabajo. Y, ante todo, es preciso vivir y trabajar.

Mi idea de hablar del vino y del hachís en un mismo artículo se debió al hecho de que ambos tienen, efectivamente, algo en común: el desarrollo poético excesivo del hombre. La afición frenética de éste por todas las sustancias, sanas o peligrosas, que exaltan su personalidad, da testimonio de su grandeza. El hombre aspira siempre a enardecer sus esperanzas y a elevarse hacia el infinito. Pero hay que tener en cuenta los resultados. Por un lado tenemos un licor que estimula la digestión, fortalece los músculos y enriquece la sangre. Aun tomado en gran cantidad, sólo causa desórdenes pasajeros. Y, por otro, una sustancia que interrumpe las funciones digestivas, debilita los miembros y puede ocasionar una embriaguez que dura veinticuatro horas. El vino favorece la voluntad; el hachís la destruye. El vino representa un apoyo físico; el hachís es un arma para el suicidio. El vino hace al individuo bueno y sociable; el hachís le aísla. Uno es laborioso, por así decirlo; el otro, indolente, pues, ¿para qué trabajar, cultivar la tierra, escribir o fabricar lo que sea, si se puede alcanzar de golpe el paraíso? En fin, el vino es para el pueblo que trabaja y merece beberlo. El hachís pertenece a la categoría de los goces solitarios: está hecho para los miserables ociosos. El vino es útil, produce resultados fructíferos. El hachís es inútil y peligroso[361].

VII

Acabaré este artículo con unas bellas palabras que no son mías, sino de un notable filósofo poco conocido, Barberau, teórico musical y profesor del Conservatorio. Yo estaba a su lado en una reunión de varias personas, donde algunas habían tomado el dichoso veneno. El profesor me dijo en un tono de inefable desprecio: «No entiendo por qué el hombre racional y espiritual utiliza medios artificiales para alcanzar la beatitud poética, cuando bastan el entusiasmo y la voluntad para elevarlo a una existencia sobrenatural. Los grandes poetas, los filósofos, los profetas, son seres que, mediante el ejercicio puro y libre de su voluntad, alcanzan un estado en el que son a un tiempo causa y efecto, sujeto y objeto, hipnotizador y sonámbulo».

Yo pienso exactamente lo mismo.

---

[361] Baudelaire añade aquí una nota al margen, en la que, según Jacques Crépet, se refiere a un libro del psiquiatra MOREAU DE TOURS, titulado *El hachís y la alienación mental.* Dice así:

«A título informativo quiero aludir al intento reciente de utilizar el hachís como forma de curación de la locura. El loco que toma hachís adquiere una locura que desplaza a la otra, pero cuando pasa a la embriaguez, la verdadera locura, que es el estado normal del loco, recupera su dominio, como sucede en los demás hombres con la razón y la salud. Alguien se ha tomado el trabajo de escribir un libro sobre el tema. El médico que ha ideado tan excelente sistema ha de carecer del más mínimo espíritu filosófico».

ÍNDICE